U0901683

·科幻小说·

STAR 星际超人 SUPERMAN

苏逸平 | 著

异星族类入侵地球！地球上所有具备某种特殊天赋的人，
开启了一项超人核酸计划

台海出版社

图书在版编目（CIP）数据

星际超人 / 苏逸平著. —北京：台海出版社，2017. 5

ISBN 978 - 7 - 5168 - 1369 - 0

Ⅰ. ①星… Ⅱ. ①苏… Ⅲ. ①科学幻想小说 - 中国 - 当代 Ⅳ. ①I247. 5

中国版本图书馆 CIP 数据核字(2017)第 082670 号

星际超人

著　　者：苏逸平

责任编辑：王　品　贾凤华　　　　装帧设计：天下书装

版式设计：天下书装　　　　　　　责任印制：蔡　旭

出版发行：台海出版社

地　　址：北京市东城区景山东街 20 号　邮政编码：100009

电　　话：010 - 64041652(发行,邮购)

传　　真：010 - 84045799(总编室)

网　　址：www. taimeng. org. cn/thcbs/default. htm

E － mail：thcbs@ 126. com

经　　销：全国各地新华书店

印　　刷：北京华平博印刷有限公司

本书如有破损、缺页、装订错误，请与本社联系调换

开　　本：710 × 1000　　1/16

字　　数：200 千字　　　　　　　印　　张：15

版　　次：2017 年 7 月第 1 版　　印　　次：2017 年 7 月第 1 次印刷

书　　号：ISBN 978 - 7 - 5168 - 1369 - 0

定　　价：32. 00 元

星·际·超·人
STAR
SUPERMAN
目录
mu·lu

多年后，当姚德面对着一片残破的大地，仰望着苍茫阴郁的天边，忍不住想起，二十岁那年，他第一次看见半人马星座的“龙畏”星际战舰，差不多遮蔽了半个天空、排山倒海而来的情景。

那人类前所未见的壮观景像，残酷却超越想象的暴力之美，直到这个最终时刻，仍然清晰地浮现在他的脑海之中。

难道所有的一切，就是这样的结局吗？

多年以后，“吉他手姚德”的事迹在许许多多人的传颂之下，已经成了日后几个世纪最伟大的英雄传说，就连百年后的时光英雄传奇也无法遮掩他的光芒。然而，在这个世界即将终结的瞬间，姚德心中想要的，却不过是携一杯清冽的酒，背着心爱的吉他，漫步在静静的湖畔，唱一首自己喜欢的歌。

所谓英雄的宿命，难道就是这样？

有多少叱咤风云、血染黄沙的英雄，在内心最深处，其实最想要的，不过就是携一杯酒，哼着一首自己最喜欢的歌？

那首一直铭刻在内心最深处的歌……

大气中的氧气此刻像是一具具极大的风扇般迅速抽离，天空中的云朵、尘沙像是崩塌的天花板一样，带着浊黯的沙尘“扑扑扑”地一大片一大片往下掉落。那是行星炸弹“变天”级弹头引爆的后果。姚德的眼前开始变得阴暗，大气中的光线黯淡下来。

在这一刻，已经没有什么事是值得在乎了的吧?

许许多多后世学者很想知道，在这个神秘惨烈的星战传说中，伟大的英雄姚德在地球生命全部灭绝的最后一刻，心中到底在想些什么。但是他们万万不会料到，在这一切即将终结的时刻，他却只是在唇边露出淡淡的笑，轻声哼唱着一首歌。

“我不经心地，服下你调好的毒
我知道今后我将万劫不复
但是你的红唇仍让我屈服

四月的樱花火红满天
我和你的梦，却要到何处去缱绻?

虽然人间的情爱万万千千
世上已有太多崩毁的誓言

七个黑夜，七个白天
我为你写下的歌，彩绘的纸笺
却只能随着晚风
飘在大海的岸边

我仍愿服下你精心为我调好的毒
从你那深情的吻

吞下我与你在人间

最后的流光万千辗转朱颜……”

那歌声虽然低沉，而且随着地表抽离的狂风逐渐微弱，却绕梁不绝，仿佛亘古不散地，永远飘散在已经变色的大气层间。

世界，就在这场历时数十年的“超人战争”中逐渐抽离生命的能量，最终归于死寂。

[第01章]
祸起 “天龙堂”

公元二二二二年零时四十七分，“天使之京” 市中心。

入夜的城市，人潮、笑声、闹声仿佛永不止歇。公元二十三世纪名城 “天使之京” 在五光十色的激光、霓虹映照之下，像是一座巨大的不夜天堂。

公元二十三世纪，是一个纷乱繁华的时代。在这个时代中，社会学者一致认为，人类文明已经发展到了极其璀璨的程度，至于这种光芒万丈的璀璨是福是祸，却没有人敢轻易下断言。

而在这个时代最繁华的城市 “天使之京” 里，最热闹的去处之一，便是城中心一处名叫 “浪荡废墟” 的狂野酒吧。

此刻，姚德便置身在酒吧内数百名情绪极度亢奋的寻欢作乐者之中。

酒吧内的霓虹光芒不住闪烁迸射，非常耀眼，从量子扬声器中炸射而出的乐声震耳欲聋。

虽然置身在如此热闹欢畅的人群之中，姚德的心里却没来由地觉得落寞，而且还开始有点出神起来，因为走了神，弹着吉他的手就慢了一些。

“喂！发什么呆？换歌了！”

低声说话的是一旁的第二吉他手任杰夫，他身材高瘦，有趣的是，脸上还戴了个青面獠牙的面具。

姚德微微一笑，一个摆头，脑后长长的马尾随着动作扬散在空中。

“说得好！”他在嘈杂的乐声、人声中高声大笑，“那我们这几个‘彩虹毒药’，就把这个酒吧的屋顶给唱翻掉！”

在这个城市里，喜欢摇滚音乐的人都知道，这个狂野的“彩虹毒药”乐团是重金属乐界翘楚。主唱姚德、吉他手任杰夫、鼓手水克斯、键盘手丁于，再加上贝斯手海志耀，是城市摇滚乐手中的著名人物。

此刻，姚德猛力一挥左手，洒下长串的重和弦，开始唱一首曲调狂野的《情色卡门》。

著名重金属乐团“彩虹毒药”的乐声果然不同凡响，舞池里的人如痴如醉，在氤腾的热气中，在酒精的催化下，五彩缤纷、光影交错的空间逐渐被忘我的狂热气氛占满。

姚德在激光束不住盘桓的舞台上忘情地弹着吉他，激越悠扬的《情色卡门》歌声中，却听见一旁的任杰夫“哼”了一声。

此刻任杰夫正在急速弹出一串繁复的碎音。和姚德不同的是，任杰夫弹吉他惯用右手，他也不像姚德那样喜欢手指直接弹动琴弦的赤裸触感，所以在指间夹上了黄金打造的拨片去弹吉他。

“吉他手任杰夫”总是在表演时戴上狰狞的面具，但是从狞恶的面具上，还是能看见他柔亮的蓝眼睛。

姚德顺着任杰夫的眼神看过去，发现伸展舞台的另一端起了小小的骚动，一群人在那里推来挤去的，像是发生了争执。

隐隐约约的，还可以听见怒骂声夹杂在乐声之中。

忽然，一个脸色苍白的瘦小男人，一脸铁青地被两个大块头举了起来。

平凡的城市上班族鲁森林如果知道今晚会遇到这样的窘境，就是打死他，他也不会和同事来到这家“浪荡废墟”寻找刺激了。

身材瘦小的他一个不小心，在人群中玩到有点忘形了，一伸手便恰好推了身边的大块头一把，立刻惹下了大麻烦。

“妈呀!”当他看见大块头脖子上那片龙形刺青时，便知道今天很难有好下场了。“天龙堂”!

公元二十三世纪是一个社会结构极为复杂的时代，人类已经适应百年的许多制度发生了剧烈的改变。因为在二十二世纪，人类文明史上最惊人、最可怕的科技“潘多拉核酸”发明之后，人类的脑力、体能得到了空前的大幅迈进，许多既有的社会结构就势必要洗牌重整了。

而在这些暗潮汹涌的巨变之中，最令人不安的，便是黑帮势力的蔓延。

聪明才智的演化，并不一定都朝正向的方面发展，对于负面的力量，也有同样的促进作用。从二十一世纪初几个中南美洲国家的黑帮毒品组织发展开始，许多国家实质上都已经成了黑帮的禁脔，受到这种历史久远的组织控制。

在这个时代的许多城市、政府单位之中，黑帮势力已经逐渐渗透到权力中心，而且，很可能还有一个更大的组织在掌控着这股强大的黑色势力。

在“天使之京”中，黑帮势力最强的，首推“天龙堂”。

此刻鲁森林不慎惹上的，正是“天龙堂”中的黑帮分子。

在吵嚷的人群中，“天龙堂”的大个子庞文斌狞声狂笑，在这样一个狂欢的夜晚，他正闲得发慌，美酒、毒品、音乐、泡马子已经开始令他厌烦，这时候居然有一个不长眼的小子自动送上门来，简直是一场新奇的娱乐。

庞文斌向身旁的同伴使了个眼色，像是发了狂的大象般怒气勃勃，眼神中却带着促狭的笑意。

一旁的同伴米修杰会意，两个人怪叫一声，便生生地把小个子鲁森林高举了起来。

周围的狂欢人群中，有些人已经注意到了这边的异状，在震耳欲聋的乐声中，有不少人停下了舞步，好奇地看着这一场即将爆发的冲突。

小个子鲁森林似乎已经吓呆了，整个人被两个大个子在空中架得高高的，他的身体在簌簌发抖，连讨饶的话都说不出来了。

他的同伴之中有个年长些的男人，硬着头皮走过来，想要打个圆场。

“两位大哥……”年长男人赔笑道，“我们……”

年长男人一句话还没说完，庞文斌怪叫一声，便将他“砰”地一记反腿踢飞出去。那个男人吃了这沉重的一腿，收势不住倒向人群。有几个女人忍不住尖叫出声，闪着躲着，人群一下子乱了起来。

“这是‘天龙堂’的事，”庞文斌环视人群，大声笑道，“有谁想要管这档子事的，就站出来！”

这样凶狠的语气，再加上“天龙堂”的名号，在场众人面面相觑，纷纷噤声，一句话也不敢说出来。有几个胆子小的离门近些，便伏低了身子，准备溜出酒吧。

因为出了这样的状况，舞台上姚德几个人有些闪了神，乐声便稍稍静了下来。庞文斌横眉怒目，立刻把头转向舞台。

“唱歌的小子！”他高声大叫道，“他妈的谁敢给我停下来，给我继续唱下去！”

姚德和任杰夫对望了一眼。姚德神情自若，唇边却挂着淡淡的冷笑。就在此时，吉他音突然变得高亢，像是漆黑的夜里突然出现一串明亮的烟火。

紧接着，酒吧的重音喇叭里传出更激越的摇滚歌曲，熟悉这个乐团的人一下就听出来了，这是“彩虹毒药”的另一首著名舞曲《莫可战舞》。

狂野酷炫的重金属舞曲，烟雾弥漫的酒吧，人群中一场怪异的冲突，面面相觑的舞客，构成了一个诡异的场景。

“吉他手任杰夫”右手的金色拨片一挥，划出一串仿佛带着缤纷色彩的重和弦，一转头，却看见姚德仿佛忘形地沉醉在音乐之中，脚步逐渐向伸展舞台的另一端踱过去。

看到这样的情景，任杰夫就知道事情要糟。

“姚德！”他低声怒道，“姚德！回来！”

但是姚德已经踱开了几步。也不知道是听不见，还是假装没听见，他仍然坚定地且走且唱，一个人离开了乐团所在的大型舞台，往舞台的末端走过去。

舞台的末端，便是“天龙堂”的大个子们恃强凌弱的冲突所在地点。

“妈的！”任杰夫愤怒地一跺脚，却看见一旁的鼓手和键盘手面无表情，只是一致瞪着姚德的背影，不住摇头。

“天龙堂”的庞文斌仍然和同伴抓着小个子鲁森林的双手双脚，高高举着，像放风筝似的在人群中绕着圈圈。可怜的鲁森林哪见过这样的阵仗，绕了几圈就吐了，吐得自己满脸都是，最后忍不住失声哭了出来。

“孬种！”庞文斌怒笑道，“大男人有什么好哭的？有种就不要哭！”

虽然嘴上这样说，但是他整人的兴致仍然浓厚，眼珠子一转，探手在鲁森林的腰上扯了几下，便将鲁森林的裤子扯了下来。

鲁森林更是放声大哭，两个恶作剧的大个子喝骂不止。狂野的乐声逐渐接近，庞文斌更像疯子一般，在人群中大叫大嚷。

“你再哭！你再哭！”庞文斌叫得兴起，哈哈大笑，顺手从口袋中掏出一把高爆枪，指着鲁森林的头，“再哭，老子就崩了你！”

鲁森林吓得魂飞魄散，连哭叫都忘记了。一时之间，四周围观的舞客们也惊呆了，每个人都知道“天龙堂”的人胆大妄为，闹起事来，出个三五条人命也是家常便饭。

“砰”的一声响起，有人忍不住惊叫出来。然而这一声“砰”却不是枪响，只是庞文斌恶作剧地大叫出来的声音，他向一旁的同伴使了个眼色，左晃右晃，便将鲁森林整个人向吧台的方向重重地甩了出去。

在众人惊呆的眼光中，可怜的上班族鲁森林便赤着下身，跌进吧台，里面立刻传来玻璃破碎的声音。

看见大家惊惧失措的眼神，庞文斌更是得意。他知道，在这个城市里，他这样的人简直就是横行无阻的禁卫军，为所欲为，绝对没有人敢阻拦。

狂野的摇滚声更接近了，伴着他趾高气昂的疯狂情绪，仿佛天地都踩在了自己脚下。

“看什么看?”他得意地对着人群大声狂吼道，“再看，老子就……”

这句话，他没能说完。因为就在这一刹那，只听见“砰”的一声，“天龙堂”的不良分子庞文斌便两眼发直，像是看见了不可思议的东西一样，表情、声音、动作，整个人陡地冻结起来。

然后，庞文斌两眼翻白，高大的身躯便软软地倒下去。

庞文斌倒下去之后，后面出现了姚德毫不在乎的古怪笑容。此时姚德仍然用左手弹着吉他，但是吉他的尾端却高高举起，伸了出去。

方才，姚德走到伸展舞台的尽头，用吉他敲晕了闹事的庞文斌！

这时，《莫可战舞》已经弹完，姚德激烈地做了一个大动作，挥出长串的尾音和弦，一下将所有乐声止歇。

而后方不远处的乐团队友们也在这一瞬间结束了这首令人血脉偾张的重摇滚舞曲！

突如其来的安静，使整个酒吧漾着诡异的气氛，每个人都愣愣地看着姚德，又看看倒在地上口吐白沫的庞文斌，再愣愣地看看身边的人。

“我唱歌的时候，”在诡异的安静中，姚德轻松地一摊手，说道，“最讨厌有人不专心听我唱了。”

一时之间，庞文斌的同伴米修杰还反应不过来，他的脑筋稍嫌迟钝，毕竟身为“天龙堂”的成员，遇上这种公然挑衅的场面实在出乎他的意料。惯于欺凌他人的凶恶分子，其实胆子比谁都小，平时也就罢了，一旦遇上了敢反击的对手，反倒变得手足无措。

然后，好像是觉得这样的场面还不够混乱似的，有几个好事的小伙子居然鼓噪起来，开始用力鼓掌，那掌声像是会传染一样，逐渐在酒吧里蔓延开来。

这下子，米修杰总算意识到了眼前发生的状况，看看地上昏晕的同伴，自己脸上也是青一阵白一阵。于是他一声低吼，横眉竖目地便打算冲向舞台上的姚德。

“小子！你是什么人？”他大声叫道，“你难道不知道我们是什么人吗？你向天王老子借了胆吗？”

姚德傲然大笑。

“来到这儿，居然不知道我是谁？”他冷然俯视两个“天龙堂”的凶神恶煞，仿佛他们只是毫无威胁的街头顽童。“来到这儿，就要乖乖听我唱歌！”

说着，他居然好整以暇地弹出一串高音，开始唱起那首他的成名歌曲。

“……我知道今后我将万劫不复

但是你的红唇仍让我屈服……”

重新迸现的狂野乐声中，米修杰不知所措地站着，不知道该冲上台去，还是该把昏迷的同伴抬回去。这样迟疑了一会儿，他才仿佛想起了什么似的，脸上露出凶残的神情，从倒地的庞文斌身上抄起那支高爆枪，举向舞台上不再理会他的姚德，瞄准……

人群中有个女人看见他的举动和凶狠神情，忍不住高声惊呼出来。

舞台上的姚德警觉地回过头，却看见高爆枪的枪口已经对准了自己。

第01章 祸起“天龙堂”

眼看米修杰只要一扣扳机，高爆枪的光束便会将姚德的头颅打碎……

“砰”的一声巨响，盖过了酒吧中狂猛的乐声，又把众人惊得呆若木鸡。

然后，就听见一声几乎要撕裂喉咙的惨呼。

只见姚德愣愣地站在舞台上，头颅并没有被高爆枪打成碎片，而米修杰却举着焦黑的右手，手上还缠绕着亮蓝的电流，他的高爆枪“锵”地一下掉在地上，还弹了几下。

米修杰右手的焦黑惨状，对二十三世纪枪械略有研究的人一看就知道，是长程电击枪的杰作。

米修杰耐不住电击枪的烧灸、电击之感，凄惨地大声吼叫出来，没有挨电击的左手却颤巍巍地指向吧台。

在吧台的后方，开枪击中米修杰的是一个身材高挑的美貌女子。就着明亮的黄色光线看过去，只见她杏眼圆睁，一个利落的纵跃便翻出吧台，肩上扛着电击枪，排开众人向米修杰走去。

米修杰感觉右手无比痛麻，额上冒出豆大的冷汗，他指着那个高大的女子，却“你你你”地说不出话来。

那个高大的女子冷冷地看着米修杰，又瞪了舞台上的姚德一眼。

“我是这家‘浪荡废墟’的老板原纪香，和你们‘天龙堂’向来井水不犯河水。”她的声音和身材不同，高亢娇嫩，高声说起话来像是个小女生，细看之下，她的动作虽然很帅气，眉目间却仍然有些稚气。“我们不惹事，但也绝对不怕事！”

她一手扛着电击枪，另一只手轻巧地将高爆枪捡起，塞进米修杰的腰间，再轻松地一把将晕倒在地的庞文斌扶起来，把他推到米修杰怀里。两个动作一气呵成，让米修杰连抗拒都来不及。

“今天的事，改天我会亲自去向你们老大道歉，我和你们的大哥‘电鳗’还有那么点儿交情。”原纪香冷然说道，语气中却透现出极为坚定的威严。“我的人惹的事，我自己会管他们，你就带着你的同伴走吧！今天的事，我会给你们一个交代！”

这时，人群自动让出一条路来。米修杰垂着头，步履蹒跚地扶着庞文斌慢慢地走出酒吧，出门前他往姚德的方向看了一眼，眼神中满是狠毒的怨恨。

这个眼神，姚德和原纪香都看见了。美貌却豪爽英气的原纪香面露忧色，狠狠地瞪了姚德一眼，姚德却像没事人一样，一耸肩，又开心地唱起歌来。

一场不大不小的冲突，就像沙滩上的漩涡，不一会儿就被焚风吹散，“浪荡废墟”酒吧里笑声、乐声依旧，又是一个狂欢不尽的二十三世纪城市夜晚。

深夜时分，当最后一滴美酒已被饮干，最后一个音符已然消散，酒吧中的狂野气息化为夜色下的阴暗，“彩虹毒药”的几个成员这才一身大汗地走回后台。

一走进后台，他们便看见酒吧老板娘原纪香脸色铁青地站在更衣室中央。

看到原纪香这样的神情，姚德和任杰夫便知道要糟，如果见过原纪香发过脾气的人，会知道这个比男人还要强悍的女人发起火来，简直就像是一场强台风。更糟的是，今天她脸上的神情比往常还要严肃几分。

姚德有点可怜兮兮地望向身旁的任杰夫，任杰夫却没有理他，摸了摸脸上的面具，便自顾自地走到一旁的角落，摆明是一副“生死阁下自理”的无奈模样。

其余的团员更是不敢出声，“嗖”地一下便溜过原纪香身边，只留下姚德一人站在她的面前。

虽然姚德向来是全然不在乎的潇洒个性，但是在这一瞬间，还是陡然有种背脊发凉的感觉。

“我……”他有点呼吸困难地说道，“你不要发脾气，小香，我不是……”

出乎他的意料，原纪香并没有发脾气。

“姚德，”她脸色铁青地摇摇头道，“今天我不想和你发脾气，可是，你知不知道，总有一天你会把我们全部害死。知不知道？全！部！害死！”

姚德勉强地笑笑。如果原纪香一开口就大叫大嚷，他还知道怎样赔笑带过，但是她这么严肃沉重的样子，却令他不知所措起来。

“不、不会这么严重吧？”

“你和我都生长在这个时代，难道你会不知道这种事情的严重性吗？得罪了黑帮，难道我们还会有好日子过吗？”

“可是，那些家伙也的确太过分了啊！”姚德固执地辩解道，“难道在我们的酒吧里，就这样任他们乱来惹事吗？”

“难道因为这样，你就要惹上‘天龙堂’？你知道这些家伙会做出什么样的事来吗？”

“我不怕！”姚德昂然道，“我就是这样一个人，有什么事情，全部由我来扛就是了！”

听到姚德这样的回答，原纪香深吸了一口气，仿佛马上就要暴跳如雷了，但是她想了想，还是强自把怒气压了下去。

“我当然知道你不怕。”她冷冷地说道，“你从小就是这样，天不怕地不怕。可是，你知不知道，你只是一个人，什么牵挂都没有，而我却要经营好这个酒吧，如果这个酒吧出了什么事，你叫我如何对得起我死去的老爸？”

一提及这个话题，姚德陡地冷静了下来，其他几个团员也神色一变，都想起了至今还是很鲜明的回忆。

当他们年纪还很小的时候，就常常到“浪荡废墟”来玩。几个半大不小的孩子家境都不好，也都没有父亲，原纪香的爸爸原刚相当照顾这几个孩子。

而且，姚德等人的音乐技巧就是在这间酒吧里，向前辈歌手们学来的。“彩虹毒药”的第一场正式演出，也是在“浪荡废墟”的舞台上。

因此，一提到不久前过世的原刚，几个人心里立刻涌起了莫名的复杂情绪。

虽然那种满不在乎的吊儿郎当神情已经收起，姚德想了一下，还是低声说道：“我知道这里是原叔的心血，为了保护这里，我就是送了性命也没有关系。”他坚定地说道，“但是，这世上有些事情，只要是错的，就得有人去纠正！”

“你的毛病就出在这儿！”原纪香大声说道，“这世上的确有很多事情不公平，也不讲道理，但人生就是这样，有很多事情你不喜欢，但还得对它笑，你懂吗？”

姚德低低哼了一声，没有答话。

原纪香重重地长叹一口气。

“我知道，我的话你听不进去。但是，我真的知道，”她的语气转为无奈，“总有一天，你这种无聊的正义感真的会把我们全部害死！”

眼见得两个人的对话越来越僵，在一旁的几个团员开始有点不知所措。

“小香，你说的没有错。”忽然，一个温柔的声音在角落里响起。说话的是任杰夫，此时他沉静地坐在后台大梳妆镜的前面，一盏金黄的小灯映着他脸上的狰狞面具。“但是，姚德做的事，也不见得完全没有意义。”

他的语调虽然不高，还带有柔和低沉的腔调，却像有魔力一样，一开口就让原纪香那山雨欲来的怒气止息下来。她缓缓地转过头，望向任杰夫，原先和姚德争辩的气势陡然消逝无踪，神情也变得柔和起来。

姚德和几名团员看到这样的情景，都忍不住在心里暗自好笑，却不敢表现在脸上。

任杰夫一边缓缓地把脸上的面具摘下，一边淡淡地说道：“姚德做的事虽然非常白痴，但也不能算是坏事。”他的声音在摘下面具的过程中有些模糊，“但是，你也知道，无论出了什么事，我们都会和他一起打下这个娄子。”

原纪香没有说话，只是有点出神地望着任杰夫，仿佛没有听见他在说些什么。暗黄的镜前小灯下，任杰夫露出了面具下的脸，他浅浅地笑了笑。

他的笑脸仿佛发着光，将他的容貌衬托得虚幻迷蒙，比起他的手上握着的面具，这样的容颜更让人觉得不真实。

“天使之京”的摇滚乐迷们对“彩虹毒药”的团员知之甚深，走在城市的大街上，姚德等人也常被狂热的乐迷们围住。但是，没有人看到过“吉他手任杰夫”的真面目，因为他广为人知的一个怪癖，便是脸上总是戴着一个青面獠牙的面具。

任杰夫在演唱时始终戴着面具这件事，也曾经在摇滚乐界中引发过不大不小的话题，也颇有一些闲来无事的乐评人时时拿这件事来炒作新闻。

有人言之凿凿地说，看到过任杰夫脸上有丑陋的伤疤，所以不得不用面具遮住。

也有人说，任杰夫的真实身份是个犯下重罪的通缉犯，戴上面具就是不想暴露自己的身份，怕被警方逮捕。

还有一次，有个八卦杂志宣称掌握了任杰夫面具的改装工厂地点，他的嗓音其实是机器合成出来的。

而姚德等人当然心知肚明，任杰夫戴上面具的原因其实相当简单。

任杰夫戴上面具，只不过是因为，身为男子汉的任杰夫，却长了一张比女子还要美貌得多的脸。

早在姚德等人少年的时候，任杰夫便为了这张绝美的脸和街坊上的半大孩子们打过数不清的架。他是个在个性、心智上完全正常的大男孩，身材更是比一般男人高大，在这几个人之中，只比姚德矮一点儿，却时时因为这张比女孩还要美丽的脸庞困扰不已。

年少的时候，街上还有几个好色的胖大个子曾经想要侵犯任杰夫，却被任杰夫打得几近残废。

此刻，从姚德的角度望过去，原纪香和任杰夫的脸并列在一起，虽然她也是个容貌出众的美女，但是和任杰夫比起来，仍然要失色几分。

从很小的时候开始，原纪香就对任杰夫有着特殊的情愫，这也是大伙儿心知肚明的事。

因此，只要任杰夫一开口，姚德和原纪香争吵的这件事便算带过了。

"我知道你们会挺下这件事。"原纪香幽幽地叹气道，"但是，这次惹上的是'天龙堂'啊……"

姚德再次露出傲然的笑容。

"小香，"他一字一顿坚定地说道，"我知道你并不相信我，但是我要你知道，无论发生什么事情，我一定会拼了命，保护原叔留下的这间酒吧！"

任杰夫也笑了，他那绝美的脸上绽放出令人惊艳的容光。

"你以为只有你是这样的吗？还有我们，我们也是一样，无论这个酒吧发生什么事情，我们一定会誓死保护它！"顿了顿，他又正色地对原纪香说道，"不过，我还是要再说一次，即便如此，有件事，我们的想法和你绝对一样。"说到此处，他淡然一笑，指着姚德说道，"姚德虽然是我们的哥们儿，但是我们都同意，他是个白痴！如果他做出任何白痴的事情，也不是什么稀奇事！"

"扑哧"一声，本来神色凝重的原纪香忍不住笑了起来，她的笑容艳如春花，总算把这个冲突引发的争执带过去了。

然而，等她送走了姚德等人，关上酒吧大门之后，忧虑的神情又重新出现在她的眼眉间。

“所以，你们真的是这样觉得的?”在临近清晨的夜色下，姚德很认真地问道，“你们真的觉得，我这样做很白痴?”

走在长长的暗巷里，众人的身形拖出长长的影子。鼓手水克斯和键盘手丁于对望一眼，有些无奈地耸耸肩，并没有回答姚德的问题。

“你们是为了消小香的气，才这样说的，对不对?”姚德固执地嘟哝道，“你们是我的哥们儿嘛！如果我是白痴的话，你们也没什么光彩的，对不对?”

任杰夫走在前面，背着吉他昂然而行，听见他这样说，忍不住回过头来。他是有着高加索白人血统的混血儿，除了蓝眼睛之外，长长的头发也有点金黄，此刻他柔亮的头发在微白的天空下泛出柔和的光泽。

“没错，你是我们的哥们儿。”任杰夫平静地说道，“不过，我们真的觉得你是个白痴。”

贝斯手海志耀放声大笑，笑声在空荡荡的长巷中传了出去。姚德不服气地正打算反唇相讥，却发现前方不远处站了一个身形窈窕的侧影，是一个身材纤细高挑的少女。

那个少女的侧脸盈满笑意，虽然她长得很秀气，头发却比姚德等人要短，而且眉目之间还透出一股英气。

看见姚德几人走过来，那个少女“啊呀”欢叫一声，纵身一蹦一跳的，便往姚德等人的方向奔跑过来。

“姚德！”

她嘴里叫着，却纵身一跳，亲亲热热地搂住了任杰夫。

“大哥！”

这个秀气的少女，便是任杰夫的妹妹任青河，她和任杰夫从小相依为命，跟姚德等人也非常亲近。

任杰夫被她这突如其来的动作弄得有点手足无措，他本是个沉静寡言的人，面对这个爱撒娇的妹妹却什么办法也没有。

任青河又抱了任杰夫几下，调皮地在他的脸上亲了一口。她的五官和任杰夫颇为相似，奇异的是，虽然她也是个美少女，但是和任杰夫的样貌比起来，还是任杰夫的美貌略胜一筹。

不过，这样的念头当然只能在这几个人的脑海中一闪而过。因为任杰夫生平最恨的便是这件事，如果有人不小心提及，即使是这几个好朋友，也一定会翻脸，也许还要狠狠打上一架。

“你们刚刚说什么白痴啊?”任青河笑道，“又在骂什么人了，对不对?”

“没什么。”任杰夫淡淡地说道，“我们只不过是说，姚德刚刚在酒吧里扁了两个家伙。”

“姚德又打架了?”任青河嘻嘻哈哈地笑道，她对这样的事情已经习以为常了，“那你们呢?你们也上了吗?”

水克斯和丁于神情古怪地对望一眼。

“没有。”

“没有?”任青河嘟着嘴说道，“场面不够大，那就不好玩了嘛!”

任杰夫皱了皱眉。

“女孩子家，不要成天把打啊杀啊的事情挂在嘴上，好好嫁个人就行了，这种话，以后不准你再说。”

“我不是早就说了吗?我以后要嫁给姚德的嘛!这样就可以和他一起去打架了嘛!”说着，任青河这才来到姚德身边，亲密地勾着他的手臂，“你说，如果我嫁给你的话，你不会在意我和你一起出去找人打架的，对不对?”

姚德开心地大笑，有点无可奈何地摇摇头，嘴里却说道：“对对对。”

几个人就这样嘻嘻哈哈地走过长长的暗巷。一出巷口，眼前的景象便豁然开朗。因为，他们已经来到了“千里夜市”。

[第02章]

吉他手的秘密

“千里夜市”是二十三世纪城市里的一个特有景象，坐落在城市的角落，占地很广。据说，这样的景象在二十世纪的亚洲处处可见，唯一的差别在于，二十世纪的夜市里，摆摊的老板是真正的人类，但在二十三世纪的“千里夜市”中，摆摊的绝大多数是装载人工智能的机械人。

自从“潘多拉核酸”科技在二十二世纪问世以来，人类的文明进步到令人惊讶的程度。许多在二十世纪被认为是匪夷所思的科技纷纷得到突破，就连“人工智能”的机械人科技也已经进步到几可和真正人类乱真的程度。

而在“千里夜市”之中，摆摊子卖食物、开游乐场、卖日常用品的，绝大多数就是永远不知道疲累为何物的机械人。

任青河兴高采烈地拖着姚德的手，走过一个又一个小摊位。这些摊位上，有时有耍弄生化蛇的机械印度人，有时有机械表演者表演吐出烈火融化精钢的节目。任青河还是个玩心很大的少女，一进到这么好玩的地方，就像小孩子一样乐而忘返。

通常，姚德和任杰夫几人在酒吧表演完之后，都会来到“千里夜市”喝些小酒，看一些精彩的表演。

姚德等人在海鳗肉干小摊买了几串肉干，手上捧着虚拟碳酸饮料。任青河高兴得又叫又跳，欢乐的情绪感染了大家，一行人在“千里夜市”里吃吃喝喝，边走边看，玩得很尽兴。

此时，天际已经渐渐透出曙光，一个狂野的夜晚将要过去。

突然，很出乎意料地，从喧闹的“千里夜市”中，传来一阵幽幽的低沉沙哑的歌声。

那歌声伴着清亮的吉他乐声，在嘈杂的夜市人声中仍然听得分明，像是古代传说中莱茵河女妖罗蕾莱的魅惑歌声一般。姚德静静地聆听着那奇特的吉他乐声，手上不自觉地虚按着和弦，一边循着歌声走过去。

唱歌的是一个身材算得上高壮的人，不，是不是真人并不清楚，在这样的夜市中，多的是样貌和人类极为接近的智能机械人。总之，“他”的身上穿着破敝的皮袍，套着一件紧身的合成树脂裤。这种裤子姚德等人都不陌生，因为这是城市里摇滚乐手们表演时最喜欢穿的衣服。

而“他”的长相也有些特别，长发已经花白，潇洒地散披在胸前。“他”的脸上布满皱纹，颇有风霜之色，最特别的是他的眼睛，只看得见眼白。

这个不知道是人或是机械人的歌手，竟然是一个盲人！

只见这个盲人缓缓张开嘴，伴着熟练的吉他乐声，唱起一首曲调雄浑的歌。

“……真爱到哪里去追寻？

如果平凡的岁月中，没有绚惑的美丽风景

没有时间的世界，有没有我想见到的笑靥？

我要乘着时光之风，走过所有的时空

我是悲剧中的时光英雄

我的爱，注定要消失在风中……”

第02章 吉他手的秘密

那“人”的吉他弹奏方式乍看之下没有什么特别，却从和弦中透现出和姚德截然不同的风格。姚德凝神听着，专注地看着他的指法，不禁目瞪口呆。

原来，那“人”的每一个颤音都是由很多迅捷指法组成的，也就是说，他的指法是一种难度极高的弹奏技巧！

这种弹奏技法，姚德和任杰夫以前也试过，虽然不是弹不出来，却无法弹得像这个盲歌手那么纯熟！

这时候，一旁的任杰夫也看出了端倪，他向来很冷静，此刻脸上也忍不住露出了惊讶的表情。

姚德看了任杰夫一眼，又看看那个盲歌手的模样，忍不住强烈的好奇心，便缓缓伸出手去，打算摸摸盲歌手的脸。

因为，如果是机械人的话，脸上肌肤的触感和真人是不一样的。不过，如果是真人的话，这可就是非常不礼貌的举动了。但是姚德实在太好奇了，已经顾不得礼节了。

姚德缓缓伸出去的手眼看就要触到那个盲歌手的脸了。突然，一阵轻柔的风吹来，根本不知道发生了什么，姚德只觉得眼前一花，盲歌手便已经退到了三四米外的地方。

奇怪的是，姚德既没看见他抬腿，弹奏吉他的手势也没变，连歌声、乐声都丝毫没有受到干扰，他就像轻柔的春风一般，整个人直接向后方移了一大段距离。

“……飞翔在无尽变化的天空
我是时间的过客，我看遍细柳春风
我走遍七海苍穹
没有人知道我的心，没有人知道我的爱
这场梦，何时才能清醒
我的泪珠晶莹，期待黑暗中的光明

借问唱歌的人，明不明白我的心

从时光尽头捎来我的信

我的誓言已尽

我的爱人已去

你问何人是此君

我啊！我就是啊……”

歌声至此，盲歌手悄然停下弦音。过了几拍之后，他才幽幽地唱出最后一句。

“……那时空中的可怜浪人雷葛新……”

唱完此句，盲歌手的歌声渐渐沉寂，过了一会儿，才抬起头来，以空洞的盲眼“望”向姚德等人，露出友善的微笑。

“我不是机械演奏者，是个真人，我的名字叫雷玛。”盲歌手笑道，“我的歌，你们喜欢听吗?”

凝神细听他唱歌的姚德等人这才恍若从梦中惊醒，愣了愣，便一致大力拍手鼓起掌来。

盲歌手雷玛神情温和地走向众人。方才他以绝妙的身法倒退，离开了他们三四米远，这时他缓缓走回来，他们这才发现，他的右腿从膝盖以下已是机械，走起路来有“铿锵铿锵”的金属摩擦声。

“你们之中，也有人弹吉他的，是吗?”雷玛笑问道。他的眼睛明显全无视力，却仿佛见得着一切似的，一脸明朗的光彩。“刚刚我唱的歌，你们知道唱的是什么人吗?”

任青河俏皮地转转眼珠，笑着说道：“不就是那个传说中的时光英雄的故事吗？你的吉他弹得真好。”她的声调活泼开朗，一边说还一边咯咯笑着。“不过，为什么你要说雷葛新是个‘可怜的浪人’呢？我也看过‘时光英雄’的音乐剧呀！他不是个伟大的英雄吗？为什么说他可怜呢？”

“小女孩，小女孩。”雷玛若有所思地睁着空洞的双眼，轻轻摇头道，“情深不寿，遭鬼神忌、有大智慧的人，自然要走那悲剧的一遭，这一点，你总有一天会明白的。”

“我不懂你在说什么。”任青河由衷地笑道，“不过，你的吉他弹得真好。我大哥，还有姚德都弹吉他，可是他们都没有你弹得好。”

雷玛摇摇头，脸上仍然带着微笑。

“你这样说的话，你的朋友会不高兴的哟！”

听见盲歌手这样说，姚德连忙摆摆手，继而想起做这样的手势对方也看不见，便连忙说道：“不会不会，前辈弹吉他的指法真是非常棒，我和我的朋友都很佩服的。”

雷玛转头“凝视”着姚德。姚德很奇妙地感觉到，盲歌手正在专注地打量他。

“你说这样的话，是真心的吗？”

“当然。”姚德忙答道，“当然。”

“那你觉得，要达到我这样的演奏技法，以你自己来说，要再练上多少年？”

姚德愣了愣，一时间不知道要怎样回答。他转了转眼珠，又捏着指头虚算了几下，转过头去看着一旁的任杰夫，比出五个手指，脸上露出询问的表情。他的意思当然是指“五年”。

任杰夫想了想，摇摇头，伸出双手，比出十个手指。

看来，任杰夫要比姚德更为保守，他的答案是要十年，才能够弹得出盲歌手雷玛这样的指法。

姚德无奈地耸耸肩，还没开口，便听见雷玛开心地大笑起来。

“好！好！好！”他连声说了几个“好”字，笑道，“几个小伙子果然有意思，明日此时，如果有缘，青云山巅，与阁下相候。”

说完之后，他掉头便走，没有再多说一句话。

姚德愕然地望着他的背影，想要再问上几句，却看见盲歌手雷玛的身影移动得很快，也没看见他迈多快的步子，人却一下子便翩然远去。不一会儿，他的身影就在夜市的人潮中彻底消失了。

“他说什么来着?”姚德好奇地问道，方才雷玛最后几句话用的是古中文里的文言文句法，这种句法在二十三世纪已经相当罕见，所以他没有听懂。“什么山巅，什么相候的?”

任青河故意大声地“唉唉唉”叹了几口气，促狭地说道：“有人哪！就是不肯多念书嘛！”她笑道，“他的意思是说，如果有意要向他请教的话，让你明天这个时候，到青云山上找他。”

天蒙蒙亮了，姚德等人走出“千里夜市”。在夜市外不远处，便是城市郊外的海边，此时太阳已经在海平线上逐渐发出淡金色的光芒。

“我们去海边看日出，好不好?”任青河兴致勃勃地拉着姚德的手，一边回头看着大哥任杰夫。任杰夫意兴阑珊地打了个长长的呵欠，一脸没有兴趣的表情。

“我累了，没有你们那么好的兴致。”他一边打着呵欠，一边对身旁的水克斯、海志耀、丁于使了个眼色，几个人会意，也纷纷打着呵欠。“还是让姚德陪你去吧！”

几个人从少年时代便是最要好的挚友，对彼此的心思当然早就了然于胸。任青河从很小的时候就对姚德情有独钟，姚德也非常喜欢这个娇俏可人的女孩，两情相悦之下，任杰夫等人自然也乐见其成。

于是，姚德就携着任青河的手，两个人慢慢爬上海边小丘的山顶，等着看日出。

明亮的朝阳缓缓从海面下升起，起初还可以用眼睛直直地凝看，但是过了一会儿，光线逐渐变强，刺眼得令人无法直视。金碧辉煌的火蛇洒满海面，让人心中油然生起无限的生机与希望。

任青河看了一会儿，低低地叫了姚德一声。

“姚德。”

姚德柔柔地从背后搂着她，轻轻嗅着女孩淡淡的发香。

“什么事?”

“姚德。”任青河仿佛梦呓一般，又叫了他一声。“我只是想告诉你，有你在我的身边，我觉得好快乐好快乐。”

姚德轻轻地吻了一下她的脸颊。

“我也是。”

任青河缓缓地侧过头，她的侧脸在朝阳、海面波光的映照下显得美艳不可方物。姚德痴痴地看着她，一句话都说不出来。

过了良久，任青河才轻轻地开口说道:“我有没有告诉过你，我从很小很小的时候开始，就想要做你的新娘。”

“你说过的。”

“如果我真的好爱好爱你，你也很爱我的时候，我们之间，是不是就不会有任何秘密了?”

“对。”

“如果我说，我有一个秘密，从来没有告诉过任何人，你会想要知道吗?”

“如果你想告诉我，你就会让我知道。”

任青河在清晨灿烂的阳光下回头凝视着姚德，神情非常认真。

“那你呢?”她问道，“你有秘密吗?”

姚德想了想，点点头。

“有。”

“那你……”任青河认真地凝视着他，“你会告诉我吗?”

“会。”姚德坚定地说道，“如果你问，我就告诉你。”

“真的?”

“真的。”

“好！”任青河利落地转过身来，“那我现在就想知道你的秘密！”

姚德有点愕然地看她，过了一会儿，会意地笑笑，点点头。

姚德不过二十岁，青春岁月毫无负担，他看着朝阳映照下的任青河秀美的脸，简直看痴了。娇俏的少女轻轻倚在他的怀里，姚德便娓娓道出一个当世极大的秘密。

“这个秘密，得从公元二十二世纪的一个热带小岛说起。当年，这个名字叫作‘可鲁瓦’的小岛本是个度假胜地，每年夏天的时候，总会涌进许多游客。但是，有一年，这个小岛周围突然集结了许多联合国军事部队的舰艇，将整个小岛团团围住。”

“好奇怪。”任青河忍不住问道，“不是个普通的度假胜地吗？为什么会有军队去围住它呢？”

“据说，”姚德说道，“当时的军事行动司令下的任务指令是说，这座岛上发生了可怕的疫病，必须将全岛封锁，任何人都不能离开。因为这种疫病太过可怕，甚至可能造成全人类的浩劫，所以才出动了这么多舰艇封锁。”

“这么说，岛上的人就永远逃不出来了？”任青河好奇地问道，“那种疫病，真的那么可怕？”

“详细的情况，已经是个永远的谜了。但是，最奇怪的事情，是发生在封锁行动之后。”

“什么奇怪的事情？”

“联合国的军事部队在封锁行动之后，突然又采取了紧急的抢滩行动，出动了许多部队，打算攻占整个小岛。”

“这就奇怪了。”任青河疑惑地说道，“岛上不是发生了严重的疫病吗？为什么还有人敢上去？而且，把这样一个小岛攻下来，又有什么用处？”

“对！”姚德赞许地拍拍她的脸颊，“这就是问题的关键所在！因为这些精锐部队后来不只攻占了这个小岛，而且还在小岛的外围全部被歼灭！”

“全部歼灭?”任青河奇道，“在这样的地方，会有什么部队能把联合国的精兵全部歼灭?”

“这就是整件事最神秘之处。其实当年在可鲁瓦岛上发生的那场疫病，并不真的传染病，因为人们后来才知道，当年在岛上染了这场病的人，体质全部发生了变异，变成了昆虫体质的异人。”

任青河瞪大眼睛，愣了一愣。

“等一等！”她叫道，“这不就是传说中的那次‘昆虫世纪事件’吗?”

姚德点点头。

“没错，就是那个事件。”

“不对不对。”任青河摇摇头，脸上现出不敢置信的神情。“不是说，那只是一段天马行空的野史吗? 历史书上也写着，这个事件是一些幻想家编撰出来的传说，和二十世纪的费城磁场实验、美国国防部第五十一区藏有外星人的传说一样，都只是传说而已嘛！”

“那就是有关部门想要你这样认定的看法，但实际上，可鲁瓦‘岛昆虫世纪事件’是确确实实发生过的事，而且也造成了许多重大影响。”

“什么重大影响?”

“你想想看，当时在岛上产生变异的有几千个人，最后，这些人全部离开了可鲁瓦岛，但他们已经不再是普通人了，因为他们都已经变成了基因中混有昆虫基因的奇特族类。”

“昆虫人吗?”任青河骇然笑道，“那会是什么模样?”

“真正的情形，因为时间过得太久，已经没有人知道了。”姚德说道，“但是，这些人拥有比常人更大的能力，是毋庸置疑的。”

姚德很专注地叙说着这段奇妙的历史，却没有发现，这时怀里的女孩脸上露出了复杂的神情。任青河的目光中闪过一丝深沉、哀伤、痛苦，但这些交织在一起的复杂眼神只出现了一下，古怪的神情立刻又换成了天真烂漫的笑脸。

“昆虫耶！”任青河做出不在乎的神情，笑着说道，“只不过是小小的虫子，有什么大能力呢？”

“这样说就小看它们了。”姚德正色道，“如果撇开身体的大小差异不谈，昆虫其实是我们这个地球上最强的族类！你想想看，跳蚤可以跳到比它的身体高数十倍的高度，蚂蚁可以背负比身体重五十倍的食物，有些臭虫甚至可以三年不吃不喝不动，这样的能力，如果出现在人的身上，会有什么样的后果？而如果有这种能力的人，把这些能力运用在犯罪或其他不好的意图上，会是多么可怕的敌人？”

“真的会发生这样的事情吗？”

“其实，在‘昆虫世纪事件’后的这一百多年间，的确出现过一些有野心犯事的昆虫人，也发生过不少可怕事件，只不过这些事件都被刻意淡化了，所以世人并不清楚世界上出现过昆虫人这种族类。”

“这样的昆虫人，现在还有吗？”任青河有点瑟缩地问道，仿佛身边随时会出现一个长得像大虫子的可怕昆虫人。

“这个‘昆虫世纪事件’，是一个影响极为深远的事件，你有没有想过，这种有着昆虫基因的人，即使没有犯下罪行，但是如果他们和正常人结婚，生下后代，会不会又生出小昆虫人？”

“啊？”任青河恍然点点头，“对啊！这样的话，不就又多了一些昆虫人？”

“如果昆虫基因是显性的话，那么昆虫人会越来越多，如果这种事情发生的话，人类的历史就要改写了。因为这些昆虫人会自成一个种族，而且是一个比普通人强上许多倍的种族，这样一来……”

“这样一来，就会发生对立冲突的情形，对不对？”任青河说道，“而且最后的结局很可能就是人类种族被昆虫族消灭。”

“不过，很幸运的是，这种情况实际上并没有发生，似乎昆虫人和普通人生下的后代都没有了昆虫特征。也就是说，现在世界上应该几乎没有昆虫人存在了。”

“几乎?”任青河奇道，“应该是一个也不会有了吧？因为他们的基因是隐性的，所以，当第一代昆虫人全都过世后，就不会再有昆虫人了呀？除非……除非有昆虫人可以活上一百多岁，从二十二世纪活到现在。”

“不，从理论上说，在这个世界上，仍然有昆虫人存在。”

“为什么?”

“因为，虽然他们的基因是隐性的，但如果是昆虫人和昆虫人生下后代，后代还是有可能是昆虫人。”

任青河想了一下，点点头。

“没有错，真的有这个可能。”她转头看着姚德，“可是，这跟你要说的秘密又有什么关系呢?”

“当年，从可鲁岛上逃出来的昆虫人里，有几个交情极好的朋友，他们离开小岛之后，因为性格上的差异，各自都有了不寻常的际遇。多年之后，这几个朋友又聚在一起，凭借着自身不凡的能力，他们便在‘富饶之岛’上建立了一座城市，这座城市，就是后来世界上最大的城市——‘帝王之京’!

“而隐藏在幕后，操纵整个城市的，便是这几个有着昆虫能力的人组成的三个大家族。这三个大家族的家徽都以昆虫为标志，以纪念他们的先人。以铁甲虫为标志的家族姓伍，控制的是城市中的科技产业。以蜘蛛为标志的家族姓波鲁斯基，掌控的是城市中的政府部门。而势力最大、掌管范围最广的家族，以蚱蜢和蝴蝶为标志。这个家族，姓姚。”

顿了一顿，姚德的脸上露出沉重的神情。

“而我，便是这个姚家的后代子孙。”

此时阳光极为灿烂，映照在大海之上，透出雄伟的光芒。然而，不知道为什么，从遥远的天边隐隐传来闷雷般的声响。

姚德静静地挽着任青河的手，站在山丘之上，仰望万里晴空，一阵海风吹来，将两人的头发吹得肆意飞扬。

“这，就是我的秘密。”姚德平静地说道。

任青河仰头看着他。坚毅的唇角上有些胡楂，姚德的容貌当然不如任杰夫俊美，但却透出更吸引人的男子气息。这时候，她又忍不住想起年幼时第一次见到姚德的情景。

姚德来到这个城市的时候，不过是个大孩子，当时他躲在妈妈身后，背着一个几乎和身体一样大的背包。他第一次出现在街头的时候，还和任杰夫狠狠地打了一架，只不过因为他好奇地多看了任杰夫几眼。

后来任杰夫也说过，完全不知道姚德是从什么地方来的。虽然和乐团的朋友们有这么深厚的交情，姚德却从来不提自己过去的经历和身世背景。

直到现在，任青河才知道，原来姚德并不是个在街头打滚的毛孩子，而是当世最显贵的“帝王之京”姚家的后人！

他是这样一个世家子弟，然而，自己却只是个街头的平凡女孩……一念及此，任青河不禁有点发起怔来。虽然不至于自惭形秽，但是想到两人身世的天渊之别，她还是说不出话来。

远方的天空中，这时又传来了“嘟轰嘟轰”的闷雷声响，奇怪的是，天际非常晴朗，没有一点儿云彩。

姚德看着任青河的神情变化，早就猜到了她的心思，他轻轻地笑着，揽住她的肩头。

“不是你想的那样。”他温柔地吻了吻她的耳朵，“虽然我也姓姚，但是我恨死了姚家，这辈子也不可能再和他们有任何瓜葛。”

任青河的眼眶微红，面露诧异之色，怔怔地看着他。

姚德摇摇头，伸手揩去她眼角几乎要垂下来的泪珠。

“这种不愉快的事，不要再说了，好不好？以后有空我再告诉你。”他笑道，“好啦！我的秘密已经说出来啦！现在该换你说出你的秘密了。”

任青河闭了一下眼睛又睁开，闪着泪光笑了起来。

“原本我要告诉你的，但是现在又不想告诉你了。”她调皮地说道，但是笑容中却有着一丝不易察觉的深沉。“我以后再告诉你。”

“但是我现在就想知道啊！”

任青河轻轻地摇头，伸手从粉润的颈子上摘下一条项链。

“我不会骗你的。有一天，我一定会告诉你的。”她把那条项链郑重地交到姚德手上，“这是我给你的保证，我答应你，很快我就会告诉你的！”

姚德把那条项链放在眼前端详，那是一条细细的银项链，链坠子是一个银色十字架，在阳光下泛出亮白色的光芒。

“就这样，就把我打发了？”姚德有点可怜兮兮地问道。

任青河笑了，笑容还带着泪光，像是沾着露珠的小花。

她缓缓地伸出手去，用手指轻轻揉着姚德的左耳耳垂。

“我常常在想，如果你戴上耳环的话，一定会很好看的。”她像是在梦中，幽幽地说着，“总有一天，你要戴上耳环给我看哟！”

姚德笑笑，没有搭腔，心中却莫名地觉得女孩子真是奇妙无比，从心里最深的秘密能扯到项链，现在又扯到了耳环。

“你啊……”

任青河深吸一口气，努力挤出灿烂的笑容。她眼睛圆睁，张开嘴巴指着姚德，仿佛想起了什么重要的事。

“啊，所以……所以你也算是个昆虫人耶，好恶心……”她做出惊诧的表情，但是眼里却充满了笑意。“哪天你惹了本小姐不高兴，我可是会拿只拖鞋打扁你哦……”

姚德一怔，一手轻轻地把她环抱入怀中。任青河圆睁杏眼，做出生气的表情，但是眼底都是笑意。两人紧紧相拥，仿佛什么都无法将他们分开。

突然，从不远处传来闷闷的“嗯哼”一声轻咳。

姚德和任青河惊讶地转过头去，却看见沙滩上有几个穿着黑色衣服的人站在那儿。而在黑衣人身后探头探脑的，便是之前在酒吧里和姚德起过冲突的“天龙堂”不良分子米修杰。

虽然脸上仍然是满不在乎的神情，姚德却在心中暗暗叫苦。

原纪香担心的事情，果然不是空穴来风。虽然姚德并不后悔在酒吧里和他们发生冲突，但是此刻身边少了任杰夫和水克斯他们，还又多了个娇怯怯的任青河。

如果只有自己一个人，一旦打起来，姚德并不担心，因为这种一个人打一票家伙的场面，早已在他的少年时期上演过无数次，即使打不赢，他也能溜之大吉，全身而退。但是多了任青河在身边，溜之大吉的机会就小了许多。

即使是这样，他还是要硬着头皮去面对。

“嗨!”姚德勉强地笑道，“你们有重要事情商量，对不对？那我就不打扰各位了……”

没有回答。远方天际的闷雷声又传来几响，几个黑衣人目光炯炯地望着他，良久，才有一个沙哑嗓子的中等身材的人开口说话。

“找你们麻烦的，”他转头望向米修杰，“就是这个人?”

米修杰的个头要比他高，但是一听见黑衣人的问话，他却忙不迭地回答，态度极为恭顺。

“是他。是！是!”

“那么……你有没有告诉他，你是‘天龙堂’的人?”

“我在酒吧里提过的。”

中等身材的黑衣人点点头。

“行了。”他不再理会米修杰，转头看着姚德和任青河。

“既然是这样，那就没事了。”他淡淡地说道，“你是要我废了你的手，还是废了你的脚?"

听到这样的问话，姚德又惊又怒，这才惊觉自己已经处在一个极为不利的处境。

他观察四周，发现所在之处一片空旷，没有什么遮蔽之处。而几名黑衣人的腰际高高鼓起，显然带了能够长程射击的武器。

任青河深吸一口气，身体一晃，便打算冲过去。但是姚德的动作比她更快，一把便将她抓住。她虽然是个女孩，但是从小便和姚德、任杰夫等人在街头打架，所以遇上这种阵仗，那股子干架的气势一点儿也不会输给姚德。

不过，久经战阵的姚德很清楚，眼下这个局面对自己极为不利，自己的一只手或一条腿很可能要被这些人废了。

"不用这样吧?"姚德勉强地笑道，"我知道我们有点误会，但是，今天这件事和我的女朋友无关。而且……对了，我的老板和你们老大也有些交情……"

黑衣人冷冷地笑笑。

"那个女人是吗? 叫作原纪香的女人。我们已经查过，我们老大和她没有任何交情，倒是和她的老子还结过梁子。"他说道，"不要浪费我的时间。手，还是脚?"

姚德还想说些什么，试图挽回这个恶劣的局面，却完全想不出该说些什么。

另一名黑衣人不耐烦地怒道："你没听见他说的话吗? 别浪费我们的时间，依我说啊……"

可是，他没能说完这句话。因为就在这一刹那，几个黑衣人，包括不良分子米修杰在内，每一个人的表情突然变得惊讶无比，张口结舌地望着姚德身后，像是见着了最匪夷所思的鬼魅。

此刻姚德背对着大海，看见众人的惊讶神情，他的思绪从紧张变为好奇，脑海里电光石火地想到海面上是不是出了什么变故。他还没转过头，就感觉到了身后有着和阳光截然不同的强光。

而且，闷雷的声音更密集了，声音虽然不大，却像恶魔的鼓声一般，重重地敲在心上。

任青河动作灵巧，早在姚德还没动之前便转过头去，只听见她也“啊”地惊叫出声。

“轰咚！轰咚！轰咚！”闷声巨响不住地从天空中传来，阳光突然黯淡下来，仿佛太阳被什么东西遮住了。

几个黑衣人瞠目结舌，望着姚德的身后不住发抖。很难相信，几秒钟前他们还是一式的冷酷神情，此刻每个人的身体却像是秋风中的落叶一般瑟瑟发抖，大个子米修杰更是脚一软，跪倒在地。

姚德有点僵硬地转过身去，圆瞪的大眼立刻映入排空而来的火云。那火云的亮度比阳光要暗，却将半个天空遮住，使得阳光都黯淡下来。

从翻滚腾挪的火云之中出现的，是一艘形状古怪、深灰色的巨大星际战舰。一艘穿越了数千光年，无声无息出现在地球上空的半人马星人的“龙畏”超级战舰。

这个壮观且带着极大令人恐惧和压迫之感的景象出现的时刻，是此后数百年间史学家们常常论及的历史性时刻。因为，当这艘战舰出现在地球上空之时，公元二十三世纪的“星战英雄时期”便正式拉开了序幕。

[第03章]
拜师青云山

在晦暗的天空下，姚德和任青河手携着手，微张着嘴巴，愣愣地看着那艘丑恶如毒瘤的半人马星战舰。

这艘星际战舰出现的景象，从此便深深烙在每一个亲身经历的人的脑海里。

虽然是白天，但是此刻天空下却已经出现妖异的鬼魅气息。海风从远方吹过来，天空中静静地飘浮着半人马星人的战舰。任青河突然激灵灵地打了个寒战。

“姚德。”

姚德伸出手臂，温柔地搂着她。

“我们的世界，要开始大乱了，对不对?”任青河轻轻地说道，“快乐的日子，已经结束了，对不对?”

姚德转头看她，眼光温柔而坚定。

“不会的。”他坚定地说道，“只要有我在，我就不会让你有一分一秒的不快乐。”

远方的天边，这时“扑扑扑扑”地出现了许多颜色鲜明的飞行器，那是地球防卫联军的军事战斗飞行器，此刻像小苍蝇一般飞过巨大无比的半人马星战舰，颜色虽然鲜明美丽，但在巨舰的衬托之下，却显得势孤力薄。

公元二二二二年午后十四时十八分，地球防卫联军总部。

偌大的防卫联军总部议事厅，这时变成了一幅浩瀚的宇宙星图，太阳系的几个大行星分布在深邃的太空之中，间或还可以看得见一些系外的著名星云。

星图的正中央，正站着十来名制服整齐的中年人。如果对这个时代的军事系统稍有了解，便可以认出，这些人全都是地球各军区的最高军事指挥官。

在这样的宇宙场景之中，每个军事将领的神情都非常凝重。站在他们中间的，是一名年纪很轻的女军官，此刻她正在流利地叙述太阳系星图上的战略位置，随着她的解说，有几个模拟的亮点不住地在立体虚拟星图上游移。

“……根据我们的评估，‘他们’的来处应该是半人马星座一带的星系，这一带的星系我们并不很了解，也没有什么数据……”

“半人马星座?”一名白衣将领打断了她的叙述，他是个肤色黝黑的卷发男子，是亚非军区的强人桑库巴德。“这个星系有生命体居住?”

“半人马星座，又叫射手座，是黄道十二宫的星座之一，在古代中国还有一个名称，叫作‘南斗星’。”年轻的女军官说道，并且在星图的一侧另开了个窗口，投映出半人马星座的星系图。“这个星系在我们的星际外交版图上属于极度陌生的领域，在记载中，我们从来没有和那儿的文明有过任何接触，而与我们友好的星际文明之中，也没有这个星系的数据。”

“这么说，就是完全的空白了，是吗?”桑库巴德闷哼一声，摇摇头。

太阳系星图上，这时缓缓出现几个红色亮点，并且在经过的轨迹上留下淡淡的红色亮线。

“他们的星际巨舰，目前观测得到踪迹的有七艘，两艘在月球附近，两艘在大气层边缘，三艘进入了大气层，分别停泊在‘天使之京’、美利坚的曼哈坦以及新咸阳城上空。”

一名瘦小的秃头将领这时用力挥着双手，不耐烦地说道：“那不就结了？兵临城下，这么大的战舰都杀到门口了，还有什么好谈的？当然是开打！”

这名暴躁的将领是亚洲军区的名将波修将军，是亚洲地区一个相当难缠的独裁强人。听到他这么说，将领们纷纷皱着眉头，因为波修将军看似暴躁不定，却是个阴沉的狂人，此刻他脑子里想着什么样的嗜血玩意儿，是谁也说不准的。

一名红衣的白发老将领这时向解说的女军官使了个眼色，女军官点点头。

“对于半人马星座的行动，严格来说我们要有所回应是有困难的，因为最大的问题在于，我们对他们完全不了解，所以这三艘巨型的星际舰艇——请各位长官注意，是舰艇，而不是战舰——真正的用意我们不得而知。”她顿了顿，又在另一个窗口上投映出一份立体文件，接着说道，“而根据我们在二十二世纪与十九个星系签订的文明交流公约，因为各星球间的种族、文明、历史乃至生物形态的不同，除非我们能确定半人马星人的舰艇有敌意，否则我们是不能采取任何不利行动的。”

“那就要这样任人站在我们的面前了？”波修咆哮道，“这一点我第一个反对！任人宰割，我可做不到！”

白发将领面色沉重，过了一会儿才缓缓说道：“无论如何，星际交流公约是一定要遵守的，而且有一件事你们必须知道……”星图的光点移至地球和火星间的小行星带，并且开始放大，众将领凝神看着星图，纷纷惊呼起来。

在那儿，停着另一艘半人马星人的巨舰，这艘巨舰实在太大，大到令人无法相信是人工制造的科技产品。

“我并不认为半人马星人的造访有什么善意，在这一点上，我同意波修将军的看法。但是，我认为，我们的反应要非常谨慎。”星图上显示出这艘巨大的星际舰艇的相关数据，“它的直径几乎有一千公里，相当于一个小卫星的大小，而我们已知的星际科技产物，从来没有听过有这么大的。也就是说，他们的文明发展程度不容小觑，极有可能远在我们之上。万一回应不谨慎，说不定会造成地球的大灾难。”

另一个将领忍不住问道：“但是，我们真的什么事都不能做吗？如果他们有敌意的话，我们不就是任人宰割了吗？”

“当然不是这样的。”那名解说的女军官说道，“根据星系的共同约定，虽然星球间的文明有着不同习俗，可以有一个缓冲的期限，但不能够一味地用‘习俗不同’做理由。而星系公约中的缓冲期是七十二银河公时，在这个时间段内，我们只能尝试用外交手段和他们沟通。”

“七十二小时？”那名将领失声道，“那敢情好，挨过三天，要打要和，就知道结果了。现在连话说不说得通都搞不清楚，还怎么沟通啊？”

波修将军瞪了他一眼，大声说道：“你没听清楚是七十二个银河公时吗？那就是一百八十个地球日，半年啊！”他怒道，“我认为，还是要打！”

那名白发将领沉吟半晌，才缓缓说道：“我还是赞成耐心等过这一段缓冲期，因为星际公约规定，过了这段缓冲期，就符合了星际惯例，到时候，如果半人马星人有任何敌意，各大星系也不会袖手旁观，除非……”他饶有深意地环视了周遭的将领一眼，“除非我们地球上有人不同心。”

“你这是非常要不得的失败主义，克鲁将军。”波修将军冷冷地瞪了他一眼，“如果地球人都是这样的消极想法，总有一天，那些外星来的家伙，会把我们杀个精光！”

白发苍苍的克鲁横了波修一眼，眼中闪出异样的光芒。

“我知道你的脑子里在想些什么，波修。”克鲁沉静地说道，“但是，只要我还是军事委员会的主席，一切事情都还是我说了算。”

波修微微冷笑，“呼”的一下，做了一个快速挥动双臂的手势。

“没错，只要你还是主席，你是可以说了算。”他的脸上露出阴郁冷酷的神情，“不过，只怕你这主席的宝座也坐不久了。”

第03章 拜师青云山

说完这句话，他怒目横了身旁的将领们一眼，径自转身便走。

克鲁将军若有所思地望着他离去的背影，脸上露出忧虑的神情。

“只要有一丝残忍之心，就是再有怎样显赫的战功，”他喃喃地说道，可能是说给在场的军事将领们听，也可能只是说给自己听，“也只会造成更大的苦难。”

他又沉思了一会儿，才将注意力转回星图上的半人马星战舰之上。

“虽然波修是个穷兵黩武的狂人，但他的军事才能是毋庸置疑的。”克鲁将军说道，“我也认为这一次半人马星人来意不善，但是为了星际盟友最终能站在我们一边，我们真的不能够采取主动。因为如果是我们开启的战端，就只有我们单打独斗了，其他星系会袖手旁观的。那样的话，不管胜算如何，地球就要生灵涂炭了。”

一名来自欧罗巴洲军区的将领开口说道：“我并不认为我们在战力上会处于劣势，也许他们的科技实力比我们强，但是，我们也有一样最强的武器……”

此话一出，将领们纷纷点头表示赞同，克鲁将军也微微一笑，颔首表示同意他的说法。一想到这个武器，大家仿佛都吃了个定心丸，觉得心安不少。

“就因为我们有‘潘多拉核酸’，我才会觉得，耐心等待缓冲期过去也不失为一个好办法。”克鲁将军说道，“因为……”

“因为不战也可以是战，我们不打他们，但是我们却可以在这段时间里，做好打扁他们的准备！”从角落里传出来一个坚定清朗的声音，说话的人是个个头中等的精瘦中年男子。

听见这个人的声音，大家更是觉得心安不少，仿佛在昏暗的长长隧道中，看见了一道光明。

“法兰西共和国，莫里多上校。”克鲁将军赞许地点点头，“让我们听听你的高见。”

公元二十三世纪的军事将领中，法兰西共和国的莫里多上校可以说是无人不知、无人不晓的人物。莫里多早年是个研究“潘多拉核酸”的工程师，但是，在一场对抗智能型恐怖分子的战役中，他的同事因为军警的疏忽全部殉职，自此之后，他便投身军旅，以三十七岁的年纪进入初级军校，并且史无前例地在短短四年之内，由一个阶位极低的上等兵升为地球防卫联军的上校。

虽然投身军旅的时间不算长，但是已经有军方的人士在私人场合将他与古代法国名将拿破仑相提并论。除了掌握“潘多拉核酸”的核心技术外，莫里多是个真正的军事天才，虽然二十三世纪的地球没有大型战役，但是他出色的军事才能已经在一些地区性的小战役中展露无遗。

面对突如其来的半人马星军团，一生戎马、战功无数的克鲁将军也想听听莫里多的意见。

“我不主张战争，事实上，不用战争就解决问题，才是最好的解决方案。”莫里多沉静地说道，他的脸色白皙，一脸斯文，眼神深处却闪着炽热的火焰。“这样的说法，在古代中国，便有一位名叫孙武的军事家说过。”

克鲁将军点点头道：“我知道，‘不战而屈人之兵’。”

“我觉得，半人马星座的军团前来地球，其实早就有战争的打算。因为不管‘不同星球，习俗不同’的理由多么冠冕堂皇，今天他们来到了地球，就一定有所图谋。”

“对。”克鲁点点头道，“这一点刚刚我已经说过。”

“星际公约的缓冲期乍看之下，似乎是在绑住我们的手脚，其实它是个对我们很有利的条件。”

“何以见得?”一个将领好奇地问道。

“因为战争并不只是单纯的战斗行动，它牵扯的层面极广，经济、政治、商业、工业，都会很受战争的影响。从工业的角度来看，我们的军备物资并没有为这样的星际战事做好充分准备，因为有史以来，我们从来没有和其他星球发生战事的先例。勉强来算的话，只有二十二世纪美利坚的‘昆虫世纪事件’，当时美利坚政府以中子弹攻击史赫可星人，算得上是第一场、也是唯一一场星际战事。现在我们和半人马星军团一旦爆发战事，将会是一场全面性的星际战事，和以往的战事相比，这会是前所未有的一场大战！”

“以你的看法，我们应该如何准备？”

“即使我们有着不落后于其他星区的太空科技，我们也并没有在太空战斗的足够兵力。因此，我认为，我们在这六个月缓冲期里的首要之务，便是倾全球之力组建一支强大的星际部队！”

莫里多的星战分析到此为止。除了军事委员会主席克鲁一直在仔细地倾听，其他将领有的面露难色，有的不以为然。

看见大家这样的反应，莫里多并不意外，他知道人们常常昧于现实，只关心眼前的小得失，却很容易忽略大灾难。特别是，当这样的意见是来自一个军阶不高的上校时。

其实，建立一支强大的星际部队，早在百年前就已经有人提出过这个构想了，但是从来没有一个国家或机构能够付诸实践。因为“来自外星球的敌人”这个概念，一直只停留在科幻小说里，虽然在二十二世纪拜“潘多拉核酸”科技之赐，人类文明已然正式和外星文明展开接触，但是面对浩瀚宇宙中的无数种族，地球人对地外文明的了解，还是等于一无所知。因此，建立星际武装力量的构想总是胎死腹中，并且反对的理由总是掷地有声。

“建立星际武装力量的构想，其实是人类劣根性的最好证明。”某位反对组建星际武装力量的政治人物，引用二十世纪科幻小说家的理论指出，“正因为我们好战，便假设地外文明也同样好战，是一种很不负责任的推测，这无异于‘买武器对付自己影子’的愚蠢行为，是古代殖民帝国主义的余毒！”

而最常见的反对理由也常常令提倡组建星战兵力的人哑口无言，因为“连民生物资都快要供给不足了，哪儿还有余力去维持这种非常昂贵的武装力量?”

静静的议事厅中，半人马星座军团的巨舰仍然停驻在浩瀚的星空之中，全球各军区的将领已然离开，只剩下莫里多一个人静静地伫立在大厅中央。

良久，他长长地叹了一口气，仿佛已经可以看见不久的将来会出现的一场浩劫。

“所以，他们就在沙滩上堵上我们，好在天空中突然出现了那艘古怪的外星舰艇，把‘天龙堂’的人吓得呆住了，我和青河才有机会跑回来了。”在任杰夫居住的小小单位里，姚德心有余悸地说道。他和任青河趁乱逃离了沙滩，而“天龙堂”的黑衣人也被半人马星巨舰的出现震慑得忘了执行任务，这才让姚德和任青河逃过了一劫。

城市里的人们因为这个可怕的异象而变得人心惶惶，大半片天空几乎要被那古怪的巨舰遮满。许多人在街上仰望天空，目瞪口呆得说不出话来，还有人因为看天空看得出了神，导致了严重的连环车祸。

有的城市居民歇斯底里地准备衣物，打算逃离家园。城市里的不良分子也趁乱打劫，有的人纵火，有的人偷窃，警务人员也因为犯罪事件激增而疲于奔命。

任杰夫的住处位于大楼的第三百四十九层，虽然在这样的高度，却仍然得仰望才能看见半人马星座的巨舰，可见这艘巨舰有多么巨大可怖。

但是，此刻还有更让姚德和任杰夫担忧的事情。

“我想，这次惹出来的事情可能很难解决了。”任杰夫摇摇头说道，“照你的说法，‘天龙堂’已经有人在找你的碴，虽然因为遇上了这码事……”他指了指天空中的巨舰，“但是他们一定还会再来找你的麻烦的……”他沉吟半晌，又摇摇头说道，“你还是找个地方躲上几天吧！等事情的风声过去，看看情况怎样，我再去找你。”

“有这么严重吗?”姚德疑惑道，“真的要我去躲起来?”

第03章 拜师青云山

“就有这么严重，我只怕，你如果再不留点儿神，也许过些天，你的尸体就要浮在天使湾上了。”

“我要躲到哪里去呢?”姚德还是一脸满不在乎的神情，他轻松地笑道，“我妈妈早就过世了，又只有你们这些朋友……”

突然，任青河“啊”地叫了一声，姚德知道她想起了什么，连忙摇摇头，示意她不要说出来。

在任青河的想法里，既然姚德是姚家的后人，倒不如向家族求援，因为“帝王之京”的姚家势力极大，说不定连“天龙堂”都归他们管。

姚德笑了笑，又看了任青河一眼。

“要躲哪里去呢?”他耸耸肩说道，“我看，还是算了吧！反正我就这小命一条，他们要来拿的话，就让他们拿去吧！”

任杰夫狠狠瞪了他一眼。

“如果现在小香在这儿的话，我敢保证，她一定会在你脑门上敲出一个大洞来。”任杰夫没好气地说道，“你有没有想过，就算你不在乎自己的性命，但是别人呢？今天你和青河遇见了那些人，如果你出了事，青河会不会也受到伤害?”

姚德愣了愣，没再吭声。他知道任杰夫和青河从小相依为命，最疼的就是这个妹妹，如果青河真的出了什么事情的话，自己真的是死了也无法向任杰夫交代。

任杰夫站在窗前，修长的手指轻敲着窗沿，嘴里不由得哼起一首歌。

姚德听了几句，觉得这首歌有点耳熟，想起这首歌便是前一天夜里，那个盲歌手雷玛唱的“时光英雄雷葛新”。

这时，两个人同时灵光一闪，“啊”的一声大叫出来。

“青云山！”

“去找那个雷玛！”

“青云山巅，与阁下相候。”

这是前一天晚上，那个神秘的盲歌手对姚德等人说的话，他的吉他弹奏技巧出神入化，如果有机会能向他讨教的话，一定是非常难得的经验。特别是在被“天龙堂”这样的组织追杀的时候。

深夜时分，姚德带了几件换洗衣物，爬上市郊的青云山，准备去见见那位神秘的盲歌手雷玛。

任杰夫几年前有个哥们儿在青云山搭了一座小屋，却一直没有住进去，他便安排姚德到那座小屋里住上一段时间，逃开“天龙堂”的纠缠。

原本任青河也打算跟来的，但是姚德和任杰夫都觉得有她在反而更危险，出了事也不见得能照顾得到她，就坚持没让她跟来。

青云山其实并不全然是山，而是工业时代由废土堆积而成的丘陵，经过市政府的改造，在上面加了一层人工土壤，以古代中国的黄山为范本，建了一座人工小山。经过近百年的经营，整座山倒也蓊蓊郁郁，一片青翠的盎然景象。

姚德不到一个小时便爬上了山巅，在夜色里，远远便看见了雷玛抱着吉他端坐在一株大树上的身影。

“你来了。”雷玛赞许地笑笑。

“我来了。”姚德点点头。

不过，到了这个时候，姚德才想起一件事。

他只知道雷玛要他来，来了之后，要做什么呢?

在夜色中，姚德有点好奇地看着端坐在树上的雷玛，却惊讶地发现那是一株夹竹桃类的树，虽然树大约有两个人的高度，但是夹竹桃类的树木并不坚韧，不用说坐在上面了，连爬上去都有点困难。可是雷玛却像没有重量一般，轻巧巧地端坐在那儿，一阵微风吹过，还随着树枝缓缓飘荡。

雷玛仰望着天空，仿佛正在出神，虽然他应该什么东西都看不见，但是姚德却微妙地觉得，雷玛的心应该比大多数有眼睛的人更清明。

过了一会儿，雷玛轻轻挥动右手，他和姚德一样，并不喜欢用拨片

这样的弹奏工具来阻隔手指上的触感。右手繁复的指法挥过，空气中便柔和地漾满了吉他的弦声。

那弦音仿佛是有魔力一般，深深地流入姚德的心里。此时雷玛弹奏的是《荒城月色》，那弦音如流水、如流云，闭上眼睛，仿佛真的可以看见一片倾颓的古城、散落在城墙下的石块，还有从断壁残垣中透出的一片寂寞月色。

姚德出神地聆听雷玛弹奏的吉他乐声，浑然忘记了自己来的目的，也忘记了方才的疑问，只是愣愣地听着那柔和的乐声，间或以手指虚按空中，仿佛也想弹出这样的乐声。

虽然乐音流入耳中是那样顺畅，但是姚德发现自己虚按的指法却很迟钝笨拙。这一首平时感觉技法普通的歌，要真的像雷玛这样弹奏出来，却难似登天。

一首《荒城月色》弹毕，琴音流转，变得高亢起来。起初，是一串像流星般的快板，然后戛然静止，一拍、两拍之后，再响起的旋律，却让姚德“啊”地一声惊呼出来。

原来，此刻雷玛弹奏的，正是姚德自己写的《服下你藏好的毒》。

那自己再熟悉不过的旋律飘荡在空气之中，每一个音符、每一个小节都极其熟悉，但是雷玛的指法却像是有魔法一般，将这首耳熟能详的曲子带进另一个境界。像是一个负心的女人冷冷的眼神，对你说出最后一句话，就此将你推入无底的深渊。又仿佛是服下最苦涩的毒药，心中苦痛不已，却觉得那毒药甘若醴泉。

姚德唱这首《服下你藏好的毒》已经好几年了，却从来没有感受过这么悲凉哀伤的感觉。

一阵轻风吹来，脸颊上有着水气般的凉意。

姚德这才发现，自己的脸上已经流下了两行清泪。

琴音逐渐止歇，“嚓”的一声，雷玛将手掌按压在吉他弦上，让所有悲伤、感叹、思念在这一刹那全部褪去，只是方才的琴音却像有无穷尽的生命一般，依然悠悠地荡漾在夜风之中。

姚德愣愣地看着他的身影，完全说不出话来。

过了良久，雷玛才悠悠地说道：“你也弹吉他，是吗?”

姚德思索了好一会儿，才低声答道：“本来是的。”他似乎有些出神，语气并不肯定。“但是，现在我已经不知道，我算不算会弹吉他了。”

雷玛微微一笑，他的笑容在夜色下显得神秘，却透出温和的善意。

“你会的。”他说道，“只要你有一颗心，你就能把吉他弹得很出色。”

“可是，像你那样的指法，我想我就是再练上十年，也练不出来。”姚德由衷地感叹道，“太难了，真的很难很难。”

“用指头弹吉他，当然很难，没有把心投入其中的指法，就是练上百年千年，也只是没有灵魂的空洞技法。”

姚德专心地听着雷玛娓娓道来，一边细细咀嚼他话中的含义。

“心在其中，艺，便在其中。”雷玛继续温和地说道，“术由心生，心由意生，一首美好的歌，就要有一颗完全投入的心。”

“有心的话，就能够弹出好的音乐吗?”

“有心的话，就能够弹出最出色的音乐，但是最出色的音乐，却仍然不是最好的音乐。”

“要怎么样，才能够弹出最好的音乐?”

雷玛微微一笑，仿佛也轻轻叹了一口气。

“仁善之心，充满关爱之心，才能弹出最好的音乐。”雷玛说道，“最好的音乐，不是来自指法，也不是来自苦练，而是来自心中那一份无私的爱。”

“要怎么样，才能有无私的爱?”姚德好奇地问道。

这一回，雷玛没有像之前那么流畅地回答，忽然沉默了下来。

过了良久，他才平静地问道：“你是个摇滚乐手，是吧?”

姚德默默地点点头。

“能够在这样的乱世中相遇，你我也算有缘，你愿意和我共同切磋弹吉他的技巧吗?”雷玛侧着头，问着姚德，“我也曾经是个摇滚乐手，你愿意帮助我，让我重新找回那些狂野的记忆吗?”

听到他这样说，姚德高兴万分，忙不迭地点点头。

“愿意，我很愿意。”他欣喜地笑道，“我愿意拜你做老师，跟随老师学吉他技法。”

“师徒的称谓只是个表象而已，我们要学的，只是弹吉他的技法，师徒之说，以后也不要再提起。”

“是，是。”

“还有，我有一件很重要的事情，要你先答应。”

姚德连忙点头。

“请前辈直说。”

“什么前辈后辈的?”雷玛笑道，“我这个人，这辈子最恨这种不知所谓的虚名了，我叫雷玛，你可以直接这样叫我，或叫我老雷也可以。”

“是。”

“是什么是?”雷玛笑骂道，“我说，叫我雷玛，或者老雷!”

姚德迟疑了一下，才低声唤道:“雷玛。”

“这不就是了，不必被礼教虚名拘束，不过就是学学吉他嘛!有什么了不起的，我刚才说到哪儿了?”

“你说到有一件重要的事要我答应。”

“是!就是这件事。”雷玛好像心情极好，之前的淡然神情已经褪去，已经有了几分逸兴遄飞的豪气。“不过不只是一件事，是好几件事。”

“前……不，雷玛，你请说。”

雷玛呵呵大笑，一个轻巧的纵跃，也不见他费什么力气，便跃离了大树，轻飘飘地落到姚德面前。

“第一，我不喜欢别人问我的来历，不要问我从哪里来，到何处去。我是雷玛，一个盲人，还会弹一点点吉他，就是这样，明白了吗?”

“明白了。”

“还有，我也不喜欢别人知道我在什么地方，所以有人问起我的话，你也从来没有见过我，知道吗？”

姚德愣了一下，有点迟疑地说道：“这一点，我也许无法做到，因为我和我的女友已经约定了，两人之间绝对不会有秘密，如果她问起，我是不会瞒她的。”

“‘千里夜市’那个小家伙，是吗？有意思！”雷玛爽朗地大笑道，“那小兄弟也怪有趣。”

姚德又怔了怔，心想雷玛或许是眼盲，一时没能分辨得清楚。

“不是我的那些兄弟，是我的女友。”

“女友，女友。”雷玛微微笑道，“还有女友的姐姐，是吗？”

姚德又好气又好笑，也不知道雷玛是在开玩笑，还是因为眼睛看不见，才把容貌比女人还要俊美的任杰夫称为姐姐，不过话说回来，被陌生人认错性别，本来就是时时发生在任杰夫身上的事情。

“这句话，你可不能让他听见。”姚德笑道，“即使是我们这些好兄弟，如果说错了话，照样会被他打的。”

“很好，很好，他也是个弹吉他的，是吗？”雷玛点点头，神情转为庄重。“以后如果有机缘，你也可以把我的技法传给他。”顿了顿，他又说道，“我的要求，就这些了，你能不能答应我，一生都能遵守？”

姚德深吸一口气，挺起胸膛。

“可以的，您的要求，我都能做到。”

“好！”雷玛大笑道，“我就算多了你这个小友，今天如此痛快，不浮它一大白怎么可以？”

说着，也不知道他从什么地方，一眨眼便掏出个金属小壶来，旋开壶盖，空气中便飘着浓烈的酒香。他一仰头，“咕嘟咕嘟”灌了几口。

“喝！”

姚德也不推辞，接过酒壶便也灌了一大口。

于是，在夜色下，就着酒香，盲歌手雷玛便开始教姚德弹吉他。

[第04章]
复仇之火

和一般的吉他技法学习不同的是，雷玛不只教姚德指法、和弦，也教他在舞台上弹吉他时的舞步。因为雷玛说，一个出色的摇滚乐手除了动人的音乐之外，弹奏时的肢体语言也是极为重要的。

原先姚德以为，雷玛教他的吉他弹法会集中在指法和和弦上，因为吉他的弹奏重点也就在于此。但是雷玛却只在一开始粗略地教了他几次基本指法，又提了几回“心即琴弦，琴弦为心”的哲理，便将教授的重点放在了舞台表现的步法动作上。

姚德学得非常用心，因为雷玛教授的舞台动作极为繁复精深，甚至还涉及很精辟的古代玄学知识。

“步法是所有动作的基础，正确的步法可以让你只出一点点的力气，却收到大大的效果。”为了让姚德看清楚，雷玛还在地上画出繁复步法的示意图。“这套步法脱胎于古代中国的一部奇书，叫作《简单经典》，只要你把其中的关键弄懂，连宇宙的至理也可以一览无遗。”

据雷玛说，持吉他的姿势也是非常精深的学问，姚德从最基础的前推、旋转、倒拖、下挑、上压开始学起，又学习在激烈动作中调匀呼吸、不影响唱歌的气息技巧。雷玛教他的技法仿佛打开了一扇前所未闻的大门，门后充满了令人惊艳、以前绝对不会想得到的精深诀窍，看似无关，经过雷玛指点，却每一项都和音乐息息相关。

就这样，虽然没有直接学很多弹奏的指法，姚德却发现自己的弹奏水平时时在蜕变，有时如泣如诉，有时又隐隐传出不似吉他能传出的风雷之声。

姚德本来以为，以自己跳脱浮躁的个性，一定无法在青云山躲得太久，没几天就会偷溜下山。但是，沉浸在这样一个浩瀚广大的领域之中，在雷玛的悉心教导之下，他居然一心沉迷在学习之中，一个月内都没有下山。

这段时间里，任杰夫上山来看过姚德两次，但是为了安全起见，任青河并没有跟来。

一个月前，半人马星人的巨舰的出现在世界范围内都造成了很大的恐慌，但是在各国政府有心隐瞒之下，这三艘巨舰被描述为“不善沟通的外星盟友在地球设置的观察站”，而且媒体、电影也适时地播出多部友善的外星人的温馨故事，所以近一个月之后，这阵骚动总算暂时平息下来。

除了在“天使之京”“帝王之京”以及新咸阳市仍能看见巨舰之外，半人马星人不曾有过任何动作，经过一段时间后，民众的恐慌总算平复了一些。

恐慌的结束，对姚德来说并不是个好消息。

因为外星巨舰的造访，人类社会一度陷入混乱状态，但是恐慌一旦平息下来，许多机构便会再次正常运作。

很不幸的，黑帮的势力也同样恢复了常态。

“这一阵子，又传出来‘天龙堂’有人在打听你的消息了，所以你还是有危险。”任杰夫皱眉说道，“酒吧那边、你的家里都有陌生人去打探过消息，所以我想，你还是要再等一阵子，等风声完全过去了再说。”

姚德满不在乎地笑笑。

“那也没关系，反正我也没打算下山去。”他说道，“不过，如果我想下山，我是不会怕那些家伙的。”

任杰夫无奈地看了他一眼，知道这个天不怕地不怕的家伙说的并不是大话，但是也不知道怎样才能阻止他，只好暗地里希望雷玛可以教他更久一些，让他在山上多待一阵子。

但是，姚德上山后的第三十七天，雷玛便无声无息地飘然离去。前一天晚上，他还在细心地教姚德一种上身不动、让旁人产生瞬间移动错觉的步法，姚德学了一晚才勉强学好。因为这种步法实在很费心神，姚德练完后很疲惫地睡着了，一觉醒来已然不见雷玛的踪影。

这位盲眼的神秘人物，就这样倾尽心力教了姚德三十多天吉他技巧后便翩然远去，也不知道他去了哪里。

姚德在山前山后找了好几天，才颓然停止寻找。虽然只有短短一个多月，而且雷玛坚决不肯和他以师徒相称，但是在姚德的心目中，早已对这位神秘的盲眼奇人萌生一种如父如兄的亲切之感。

想起日后重逢也许遥遥无期，姚德心中有点惆怅。

不过，姚德在雷玛的下榻之处，发现了他留给自己的一个记忆芯片。

姚德将记忆芯片放进随身带来的袖珍播放器，按下开关，从镜头处漫出柔和的光影，光影中便出现了雷玛的3D虚拟身形。

“姚德，”雷玛在光影中还是一如往常地声调柔和，“当你看见这个影像时，我已经离开很远了。你我非常有缘，有机会与你相处一个多月，也是我毕生的一大快事。

“我一生经历坎坷，也阅人无数，你是个心地纯善的人，个性却流于浮躁，但是你的资质、根骨都非常出色，日后必定大有所成。我在少年时偶然涉猎命理相术，所以知道你一生际遇不凡，成就不是我辈凡人所能望及，有缘可以指点你一二，已是我平生最引以为豪之事。

“当今之世，战火随时会在人间燃起，乱世将至，望你好自为之，凡事但求宽容。要知道，天下最强大的利器不是坚兵重炮，也不是利刃武功，真正的力量，乃来自于真爱。

“我给你留下了一份吉他琴谱，希望你有时间多多钻研，我毕生所学都在其中，这一月来教过你的所有技法，都在琴谱之中，天下苍生，必能因你得到大利。切记切记。”

雷玛的留言至此结束了，虽然他说的话依旧绕口，却不难理解。只是姚德有点纳闷，不知道自己只学了一个月的吉他，和拯救天下苍生有什么关系？像他这样一个张皇躲避黑帮追杀的小子，又哪里称得上“一生际遇不凡，成就不是我辈凡人所能望及”？

雷玛的琴谱果然附在内存的后段，姚德略略翻看了一下，发现上面多是一些难懂的古文。以他的程度，要将这些文字全部弄懂，也不知要到何年何月。

姚德一边纳闷，一边收拾行李。在翻动行李时，看见一件亮晶晶的东西掉了出来。

那是任青河送他的一条银色小项链，链坠是个精美的银色十字架。这件饰品是女孩子戴的，姚德当然不好戴上。

那天，任青河送他这件礼物的时候曾经说过，以后要告诉他一个秘密。姚德心想，下山后干脆对她说，就用这条项链来换她的秘密好了。

想起女孩那柔美的颈项、小巧的耳垂，姚德突然觉得心情激荡，恨不得立刻下山去看她。

突然，任青河说过的一番话此刻鲜明地出现在他的脑海之中。

“我常常在想，如果你戴上耳环的话，一定会很好看的。”她的声音娇美动听，像是在梦境中似的，幽幽地说，“总有一天，你要戴上耳环给我看哟！”

姚德轻轻一笑，将那个链坠放在耳际，小小的晶亮十字架垂在耳旁，果然还挺好看的。

不过，姚德一直很抗拒戴戒指、项链、耳环一类的饰品，他不像任杰夫和水克斯他们，身上总戴着各种饰品。他常常想，这一生他唯一有可能戴上的饰物，就是和青河的结婚戒指。

就这样胡思乱想着，姚德一直等到深夜，才悄悄地下了青云山，离开这个他住了一个多月的地方。

在沉静的夜空下，姚德一抬头，还是可以看见半人马星巨舰在空中飘浮的巨大身影。每一次他看见那古怪的巨舰，便会油然生起一股不快的凉意。

为了避人耳目，姚德刻意钻小巷子走，这样迂回地走了一阵，才来到了“浪荡废墟”酒吧。

在熙攘的人群中，他低着头，用眼角的余光观察了一下四周。这时，在舞台上，任杰夫几人激越地演奏着摇滚歌曲，主唱换成了老板娘原纪香。

“浪荡废墟”的上一任老板原刚是个出名的摇滚音乐经纪人，姚德等人便是他培养出来的。原纪香虽然后来接手了这个酒吧，不再参加演出，但是她早年也是个挺有名气的少女歌手。

酒吧里，一派热烈的歌舞升平的气氛，仿佛人人都沉浸在快乐之中，而这世上并没有苦难，也没有隐忧。

而在这样的狂欢气氛中，姚德却总会没来由地感到寂寞和孤绝。

他小心翼翼地看了一会儿，看见任青河站在酒吧的一个小角落里，仰望着台上的任杰夫等人，正自得其乐地摇摆着身子，随着他们的歌声轻轻地唱和着。

姚德走过去，一把拉住了她的手。

任青河猛一扭头，看见是姚德，脸上立刻露出欣喜的表情，睁大了眼睛，忍不住就要大叫出来。

“姚……”

姚德赶紧捂住她的嘴，张臂抱住她。年轻女孩柔软的身体拥入怀中，发际淡淡的香味传入鼻端，姚德只希望这一刻永远定格，时光不要流逝。

任青河也环抱着他，双臂收紧，深吸了一口气。

“我都不知道你什么时候才能回来呢！”她悄声说道，“我好想你。”

“我也是。”姚德低声说道。

两个人在嘈杂的人群中携着手，慢慢走向后门的出口。

就在他们的身影消失在后门的时候，有一双阴沉的眼睛眨了一眨，将他们离开的情景全部看在眼里。

走出酒吧的后门，将那些嘈杂的乐声、人声抛在身后，任青河深深吸了一口夜色中微凉的空气，欣喜地看着姚德，调皮地踮起脚尖，捏了捏他的脸颊。

“我看看，看看这个小朋友变胖了，还是变瘦了。”她咯咯笑道，“没有我在身边，你一定吃不好、睡不好，对不对？”

“对。”姚德正色说道，“因为有更多美女在我旁边，所以才没时间吃，没时间睡。”

任青河瞪了他一眼，装出生气的样子。

“我的身边也有许多男孩子哟！快拿出来！”

姚德奇道：“拿什么出来？”

“我的项链，不给你了！”任青河佯怒道，眼里却漾着笑意。“省得你送给那些美女去！”

姚德笑笑，把项链掏出来，举在脸颊旁轻轻晃动。

任青河静静地看着他，绷着脸，还是忍不住“扑哧”笑了出来。

“你一直带着它，对不对？”她甜甜地说道，“我知道你不喜欢戴东西，但是因为是我送给你的，所以你就一直随身带着，对不对？”

“对。”

“你知道吗？如果你戴上耳环的话，一定会非常好看。”

姚德笑笑，把小十字架坠子放在耳旁比了比。

第04章 复仇之火

“这样好了，”他认真地说道，“如果你告诉我你的那个秘密，我就考虑去穿个耳洞。”

任青河嘻嘻哈哈的，还来不及回话，就听见不远处的巷弄里传来沙哑难听的笑声。

姚德心里猛然打了个突，脑海里开始飞快地转着念头。

又是同样的处境！

他方才和任青河一时聊得太高兴，居然忘了先观察留意四周的环境。他慢慢地转头，夜色下，巷弄地面有些潮湿，映照出城市的霓虹灯光，在两个人不远处，站着几个不怀好意的人影。

“一、二、三、四，有四个。”任青河低声道，“不过，好像不是上次那个丑家伙。”

带头的那个人桀黠地笑着，笑声非常刺耳。姚德认得他便是那日酒吧内起冲突时，被自己用吉他敲晕的“天龙堂”的庞文斌。

此刻他脸上带着残忍的怨毒微笑，慢慢向姚德和任青河走近。

“你找个空当，能逃就逃，我自己可以搞定。”姚德低声说道，“然后，去找你大哥和小香他们过来。”

任青河摇摇头。

“我不走，我要和你在一起。”她的声音很坚定，一点儿也不害怕的样子。“要打我们就一起打，这辈子你赶我是赶不走的了。”

庞文斌一声低啸，后头的同伴便包抄过来。这几个人的个头不小，姚德虽然不是没有以寡敌众的经验，但是这几个人却和以往交手的街头小混混不同，没有那么容易打发。

姚德看着他们一步步逼近，不禁有点发起愁来。

就在这一刹那，他的脑海中突然忆起雷玛在青云山上教过他的几个步法。

“损，转为复，益，亦为中孚。”

雷玛说，这是一个摇滚表演的步法，在听众的情绪略现低落时，将他们的情绪转为高亢，就可以用这样的步法。

虽然现在并不是在摇滚表演的舞台上，但是四名大汉的夹击之势却恰好形成了雷玛教过的“损”方位。

也就是说，要转为“复”，改变不利形势的话，就得集中全力，攻击左方的第二名大汉。

想到这儿，姚德忍不住摇摇头，觉得这样的联想太过荒谬，把摇滚的表演方式用到打架之上，未免也太匪夷所思了。

但是，大汉们没有再给他迟疑下去的机会，为首的庞文斌一声怒吼，大汉们便扎手扎脚地向他扑了过来。

一时之间，姚德来不及细想，就踩开雷玛教的“复”步法，顺手往背上一抄，便将吉他拿到了手上，一个“前推”，便往左首第二个大汉的脸上砸过去。

那个大汉从来没有见过这样的古怪招式，一愣之下还来不及反应，便被吉他打个正着，砸中了鼻梁。

他在剧痛之下也无法细想，一声惨呼，往后便倒。这一倒便绊住了其他两个人，三个大汉跌成一团，只剩下庞文斌一人，他愣了愣，还是咬牙冲向姚德。

如果只剩下一个人，姚德就不那么担心了，他曾经和庞文斌交过手，知道这个大块头除了力气大之外，打架的招式相当有限。

果然，庞文斌冲到姚德面前，伸出拳头便打。姚德轻巧地闪过，双手拎住吉他，趁势便往庞文斌的腰眼上点了一脚，大个子庞文斌一下就站不稳了，脸部着地，立刻鲜血长流。

姚德看见打倒了庞文斌，拉起任青河的手便跑。

“走！快逃！”

任青河也是少女心性，嘻嘻哈哈地一跃，跳过庞文斌偌大的身躯，还顺势踢了他一脚。

庞文斌怒吼一声，勉力从口袋里掏出了个什么东西。

第04章 复仇之火

姚德的反应很快，他用眼角余光见到庞文斌的动作有异，看见他从怀里掏出的东西乌光湛然，心里知道绝对不是什么好东西。

于是他一个敏捷的转身，一个抬脚的动作，便将地上一个金属垃圾盖踢向庞文斌。

“铿锵”一声，姚德踢得极准，登时将庞文斌手上的手枪击歪。“砰”的一声巨响，那颗低爆式子弹便失去准头，打在金属墙上，那跳弹的反弹声远远地传了出去。

姚德拉着任青河的手，忙不迭地跑离后巷，因为酒吧的后门入口被庞文斌几个人堵住，只好绕个圈子从另外一边回到酒吧。

“看吧！我们的运气真好。”姚德笑着回头，还是拉着任青河的手。“又让我们逃过去了。”

任青河笑笑，没有说话，可是脚步却慢了下来。

姚德携着她的手又跑了几步，发现她的手越来越沉重，脚步也越来越慢。

“青河，你还好吧?”突然，有一股森冷的寒意没来由地从他的背脊升起，他却不知道这股寒意从何而来。“你扭伤脚了吗?”

在街灯的映照下，任青河脸色惨白，却仍然勉强带着笑容，她的手掌冰凉，凉得让姚德的心更加恐慌起来。

“你怎么样了?”姚德急道，“你说话呀！你不要吓我呀！”

任青河的嘴唇已经失去了血色，却仍然带着浅浅的笑。

“我……我没事啊！快走，我们快点儿回到大……哥那儿。”

姚德惶急地抱住她纤细的肩，另一只手环住她的腰，却感到手臂上一阵湿热。

就着街灯的光线，姚德像是害怕看到天底下最可怕的事物一般，浑身簌簌发抖，双腿软瘫，在几近失控的慌乱状态下，把手臂伸到眼前。

他环住任青河的整只手臂，这时已经沾满了女孩犹有体温的鲜血！

“青河！”姚德撕破喉咙似的大声叫唤，顾不得一身血污，急切地把任青河抱在怀中，捧着她的脸。

这时，任青河的目光已经涣散，秀美的脸庞苍白如纸，但是脸上依然带着微笑。

她的左后背上那个拇指大小的伤口仍然汩汩流着鲜血。方才庞文斌那一枪虽然没有直接命中，子弹却阴错阳差地弹跳而出，穿透了女孩的身体，也穿透了心脏。

“青河！”

姚德已经什么都顾不得了，只是死命地抱着任青河的身体，感到她的体温逐渐失去。他更紧地抱住她，仿佛这样就可以将自己炽热的体温传给她。

这时，他们身后传来杂沓的脚步声，姚德完全不管是不是“天龙堂”的人又来了，他的脸上涕泗横流，一声声地呼喊着任青河的名字。

女孩的呼吸越来越微弱，望着他的眼神却越来越柔和。

身后的脚步声已经近至身旁，只听见几个人纷纷惊呼出声。

“姚德！”

“青河！”

急速飞奔而来的是任杰夫和原纪香等人，他们在酒吧里看不见任青河，却也没有注意到姚德的出现，过了半晌后不放心，就全都跳下舞台，到外面看看情况。一到这儿，就看见姚德满身是血，神情狂乱地抱着任青河。

任杰夫看见妹妹的脸色，脑中像是挨了一记重击似的“咻”的一声全部变成空白，然后又在一瞬间，脑海中急速闪过无数个画面影像。

任青河三岁那年，在街上看不见任杰夫时号啕大哭的影像。

任青河六岁那年，穿着公主装过生日的影像。

父亲临终前一刻，握着兄妹二人的手的影像。

还有，兄妹二人捧着父母的遗像，在墓园相拥哭泣的影像……

第04章 复仇之火

冷静如任杰夫，在这一刻也忍不住涕泗横流，大声哭号出来。

“青河！”

但是，无论他们如何哭喊，也唤不回少女十六岁的生命了。她的心脏被低爆跳弹命中，迅速失血使她在短短几分钟内便被夺走了生命。

而这一瞬间，也改变了姚德的一生。

同样惊慌失措的原纪香抹去满脸的泪，从酒吧抄出一柄重火力的长枪，便带着丁于、水克斯和海志耀前往后门的暗巷，却没有找到“天龙堂”成员的踪迹。

但是，这件事绝对不能如此善了。因为任青河的死，已经让这个原本单纯的冲突演变成了无法解开的深仇大恨。

凌晨时分，任青河的尸身静静地躺在“浪荡废墟”的一张长桌上。她的面容清秀干净，原纪香已经细心地帮她清洗了脸上的血污，还化上了精致的彩妆。

原纪香静静地坐在黑暗之中，良久，才听见酒吧后门打开的声音。

从门后鬼魅般出现的，是面色木然的姚德，此刻他形容憔悴，短短一夜，他的鬓角已经出现了几茎白发。

任杰夫的脸上没有戴面具，也没有化妆，他那绝世的俊美容颜此刻却像一个复仇的恶魔一般，森冷而阴沉。

原纪香坐在吧台后面，按下一个小小的遥控器的按钮。酒吧的舞台从中开启了一个很大的空间，里面居然井然有序地排满了金光湛然的各式武器！

“浪荡废墟”酒吧的前任主人原刚本来是个黑白通吃的厉害角色，虽然中年之后便远离江湖，但是仍然藏有数量可观、威力最强的重武器。

姚德、任杰夫、丁于、水克斯和海志耀静静地过去挑选了各自适用的武器，拿在手上掂了掂。姚德和任杰夫对望一眼，便缓缓地走出去。

可是，走出几步之后，大伙儿便一致停住脚步，脸上露出诧异之色。

因为酒吧的现任主人原纪香也抄起了两柄重武器，跟在他们的身后。

任杰夫轻轻地咳了一声，摇摇头。

“小香，用不着的。”他轻轻地说道，美丽的蓝眼睛在暗淡的灯光下闪着亮光。“你还要管好原叔的酒吧，我们的事，就让我们去办吧！只要有缘，我们一定会再回来的。”

原纪香淡然地微笑着，摇了摇头。

“青河曾经对我这样说过。”原纪香仿佛心情平静地在叙说一个女孩子的心事，脸上却流下两行清泪。“她说，‘小香，如果我和姚德结婚，我一定会要你做我的伴娘！’”原纪香腾出手来，擦了擦眼泪。“我知道我爸的心血在这里，但是我也知道，青河会很寂寞的，如果我们能一起去陪她，那不是最好的吗？”

任杰夫看着她坚定的神情，虽然还想再说些什么，却没有再开口。

“有件事我一直没告诉过你们。”原纪香说道，“关于‘天龙堂’的事，我是知道一些的，他们的势力绝对不只是在这个城市、这个小地盘这么简单，他们的后台，是在帝京的几个大家族。”她有点自嘲地看着姚德等人，笑得挺苦涩。“而你们要去做的这件事，不管成与不成，在那些黑帮头子的眼中，你们就已经是几个不可能再活在世上的人了。”

高挑爽朗的她继续悠然地说下去，仿佛不是在谈一件生死攸关的事，而是一件日常琐事。

“如果你们一去不回的话，我的酒吧也不用再开下去了，毕竟，要找到另一个像‘彩虹毒药’这样的摇滚乐队，是不太可能了，对不对？”她笑道，“所以，我要和你们一起去，如果能回来，也要和你们一起回来！”

姚德点点头，慢慢地流下了眼泪。

“所有的事，都是因我而起的。杰夫说得没错，我是个白痴，到头来，还害青河送了性命。”他的泪水像是无尽的河流一般，在脸颊上流淌下来，他也不去擦拭，只任它流下脸庞。“对今天的事，我也无法再说什么了。我只能告诉大家，总有一天，我会把欠你们的恩情全部还给你们，就算送了我的性命也没有关系，因为你们的恩情，就是要我再死上十次也还不起。”

他一边流着眼泪，一边走过去，把任青河的尸身绑在背上，越过众人，昂然走出去。

他温柔无比地对已经死去多时的任青河轻轻细语道：“青河，我要去了。你好好看着，那些害死你的人，只要是做错事的，我一定要让他们知道，只要这个世界上有我，就一定要有正义和公理！”

此时的天空无比晦暗，是黎明即将到来之前，最阴暗的一刻。

姚德、任杰夫、原纪香等人的身影，在夜色中拖出长长的影子。远方的天空中，半人马星巨舰的庞大身影仍然在空中静静悬浮着，在前往“天龙堂”总部的途中，姚德偶尔抬头看着天空上的巨舰，心情复杂地想到，自己可能见不到明天的太阳了。

当那阵激烈的爆炸火光在城市的一隅亮起时，法兰西共和国名将莫里多正对着窗外，静静端详着半人马星的巨舰。从联军议事厅所在的很高楼层望下去，那火光并不明显，因为此刻已近正午，从他的角度看过去，只像是远方原野上的一把小小野火。但离得这么远仍然可以看到火光，可见爆炸之猛烈。

莫里多乍见那道火光时，心中还陡然打了个突，担心是不是悬浮在空中的半人马星巨舰已经开始了攻击行动。

不过，那火光只出现在一个固定区域，并没有向四周蔓延，不像是来自高空的轰炸攻击，倒像是引爆了大量的炸药。

但是为谨慎起见，他还是招手叫了一个年轻参谋过来，指着那道火光。

“你来看看。”莫里多问道，“那里是什么地方？”

年轻参谋探头望了一眼，疑惑地皱起眉头。

“那是城内一处畜类屠宰场，至少表面上是这样。”年轻参谋的阶徽上显示他是情报本部的人员。“不过，实际上是城内的黑帮‘天龙堂’的大本营。”

“哦！”莫里多点点头，示意他可以离开了。

如果不是和星战有关的事件，莫里多就不放在心上了。因为真正的心腹大患来自数千光年外的星系，一旦爆发了星战，这些黑帮的爆炸事件，根本就是微不足道的小事。

这时，议事厅的大门“轰”地一声被打开，军容整齐的各军区最高指挥官们鱼贯而入，许多人手上掌握着足以毁灭一个地区的强大武力。看见这样的阵仗，莫里多感到有些沉重，关乎数千万人命运的事，就要由这一群人来决定了。

今天要讨论的是一个攸关日后地球防卫联军走向的重大议题，因为现任的军事委员会主席克鲁将军的任期已满，今天要改选出新的主席。

而大家都知道，来自亚洲军区的波修将军对这个位子觊觎已久，并且早已放话要角逐这一届的军事委员会主席。

波修将军是个尽人皆知的军事狂人。面对半人马星巨舰的压境而来，他主张立刻攻击，虽然他有着各种冠冕堂皇的理由，但是大家都知道，他不过是极度嗜血而已。

一阵“笃笃笃”的重重脚步声响起，身着淡蓝军装的波修这时领着一群亚洲的将领，挺胸突肚地走了进来，经过现任主席克鲁身边时，他嘿嘿地冷笑。

“克鲁将军。”波修桀黠地笑道，“这一阵子，辛苦你了。不过，还好你快要可以休息了。”

白发苍苍的克鲁哼了一声，并不答话。

这一次的军事会议由莫里多做简报，等到所有将领都入座之后，他打开简报用的立体虚拟仪，开始说明这一个多月以来的局势。

“关于半人马星巨舰来到地球一事，在这一个多月里，我们已经有了初步了解。从星际友邦调来的数据显示，这次出现在地球的，是半人马星座四十六星群的星人，他们的星系，我们暂时翻译为‘沙吉特利尔司’，也就是射手星的意思。但是，对于这个射手星系的文明，我们无法找到任何信息，因为他们几乎没和其他星际文明接触过，连是不是和我们有同样的沟通方式也不得而知，唯一知道的就是，他们也和我们一样，是有机生物体。”

在二十三世纪的世界中，“外星生物”的定义已经和一个世纪前截然不同了。在一个世纪前，人类仍然只将外星人界定为外形和我们不同，但是生命结构却大致类似的种族。也因此，古代的科幻电影中，外星人形象看似多变，其实只不过是地球上各类动物的排列组合，并没有太过出奇之处。

直到地球和星际文明逐渐接触之后，地球人类才知道，原来宇宙间还存在着那么多匪夷所思的生物。像M56星云的“卢机”星人，身体结构完全是矿物，而据说在天狼星的星系中，有一种“云人”，那种生物的形态更是奇特，只是淡淡的云气。

这样的话题，在一般的演说场合当然非常引人入胜，但是心有异志的波修将军却听得有点不耐烦起来。

[第05章]
逃　亡

“又不是小学生参观科技馆，说这么多废话干什么？为什么还不进入正题?”波修将军不耐烦地打断道。

莫里多横了他一眼，不理会他，仍然专注地报告下去。

“这一个多月以来，各国政府、各级外交机构透过各种管道向半人马星巨舰喊话、联络，却没有得到任何明确的回复，也不知道是我们和他们的沟通方式完全不同，还是对方刻意不予回应。”

许多将领这时纷纷“喔”了一声，交头接耳起来。

一名来自中东的将领忍不住说道：“这样说来，他们的敌意更明确了。一个多月以前，波修将军就主张要采取反制行动，现在看来，波修将军的判断果然是很正确的。”

波修得意地冷笑着，欣然地听着他发表意见。

“没错。”另外一名来自北非的将领说道，“我们也赞成波修将军的强硬主张。”

“这一个多月以来，各地都有过小型不明飞行器出现的报道，我们有理由相信，这些飞行器应该和半人马星人有关，他们的用意已经越来越明显。”莫里多沉声道，“他们的敌意，的确非常明显。”

“没错!”波修将军大声说道，“所以，我从一开始就说，我们要打他们！”他再也按捺不住，站了起来。“各位将军，我们也不用再多说废话了，如果不采取果断措施的话，我们就只有任人宰割的份儿。所以，我说，如果你们要在这场战争中取胜，就要选我做军事委员会主席，我一定会带领大家，打垮这些外星杂种！”

此言一出，将领们反应不一，有人点头赞同，有人面露犹豫之色。现任主席克鲁脸色凝重，不发一言。

莫里多沉静地站在议事台前，等到众人的议论稍稍止息下来，才沉声说道：“向半人马星人宣战，或许是个免不了的宿命，各位长官的见识不凡，当然都能看得出这一点。但是，在这儿要问各位一句话：如果现在向半人马星人宣战，我们的胜算有多大？”

与会的将领们面面相觑，一时之间，不知道要怎样回答这个问题。

波修重重地“哼”了一声，也没有答话。

投映幕上，这时显示出一张兵力分配图。

“我们地球上的武器，杀伤力是绝对没有问题的，从早年留下的传统核武器、中子武器，到现在的量子系统，我们在武器的研发上，始终维持在星际文明的平均水平以上。但是，在星际作战的这一环，我们却没有足够强的后盾。地球军团最精锐的飞行器中，只有百分之三具备飞出地球的性能，那些有星际飞行能力的飞行船，都只停留在民用、商用的阶段。在所有星际飞行器中，火力最强的，就是‘艾斯廓’级的金星、水星殖民地护卫艇。而星战中大量需要的战斗机、战舰，我们一架都没有！也就是说，以地球现在的兵力，一旦爆发星际战事，我们只能自保，只能打在大气层内的战事，而一旦出了大气层，就一点儿办法也没有了。”

“怕什么？”波修怒道，“只要众志成城，大家一条心，我就不信有打不赢的仗！”

莫里多并不理会他，自始至终，他没有正眼看过波修一眼。

“但是，这样的局面不会持续下去了，因为，克鲁将军有一套短期内组建军队的计划。各位请看，这就是地球防卫联军在短短一个月内的成果……”

投映幕上这时出现了一艘巨大的灰色太空战舰，灰色巨舰的外表有些陈旧，处处看得出改装过的痕迹。

“这是由古代美利坚航空母舰‘中途岛’改建而来的星战巨舰。我们的计划是，以旧有的古代船舰做外壳，装载军方研发的反重力质子引擎，在短期内建造出可以在太阳系内作战的星战舰艇，这样就不会在半人马星人面前毫无招架之力了。而最重要的是，这支星战舰队预定在五个月内初步成军，而那也正好是星际公约的最后期限，到那时，我们进可攻、退可守，可以将半人马星人的威胁减到最低。”

说到这儿，莫里多刻意停顿了一下，环视了其他将领，独独没有正眼看着波修。

“总而言之，战争也许无可避免，但是打仗就要打有把握的仗。一味地乱冲乱撞，打打游击战还可以，但是面对这样大规模的星际战事，只靠乱叫乱跳的冲动是没有用的。而且，只为了一己私心，就要盲目挑起战事，我恳请诸位长官多多深思，如果让这种人掌握地球的军事领导权，地球就要永无宁日了……”

这句话说得实在太露骨，波修被莫里多这样一顿抢白，如何还能按捺得住，他重重地一拍桌面，大声吼叫道：“莫里多，你算什么？敢这样对我说话？”他怒气冲天地说道，“来来来，你要打架的话，我把军阶摘下，我们好好打一架！”

场面有些混乱起来，有几个和波修交好的将领纷纷过去劝说，有人则对莫里多怒目而视，也有人为他捏了把冷汗。

但是莫里多却不以为意，只是肃然地坐着，不再说话。

这样闹哄哄地吵嚷了一阵，军事委员会主席克鲁轻咳一声，敲了敲金属议事槌。

“我想，大家已经对当前的局势有了一定的认识，那么……”他冷静地环视将领们一周，缓缓说道，“现在我们就投票选出下一任军事委员会主席。”

按照军事委员会的规定，想要担任主席的将领需要有超过三人以上的推选，定出候选人，再从这些候选人之中选出主席。

除了现任主席之外，其余将领面对半人马星人大军压境的重大变局，纷纷退缩了，没有人想要接这个极度烫手的山芋。

而只有野心极大、企图极为明显的波修，在几个亚洲将领的推举下，出马角逐主席。

因此，最后争夺主席的人选，只有克鲁将军和波修将军。

但是，因为莫里多之前精辟的军事分析，原先打算支持波修的几名主战派将军也改变了初衷，转而支持现任主席克鲁将军。虽然如此，人人还是心知肚明，知道他们支持的并不是克鲁将军本人，而是当世的军事天才莫里多上校。

没过多久，将领们的计票结果已然出炉。结果并不出人意料，现任主席克鲁以十七票对四票，击败了挑战的波修将军。

“各位长官，现在宣布新任军事委员会主席当选结果。”莫里多朗声道，“克鲁将军连任成功！”

将领们一致起立鼓掌表示祝贺。在一片掌声中，波修将军却冷然地坐在座位上，脸上是毫不掩饰的凶狠神情。出乎意料地，他并没有因为这样的结果暴跳如雷，只是安静地坐着。

掌声稍歇之后，白发苍苍的克鲁将军微微一笑，正打算开口说话，却听见从议事厅的四面八方传来低沉的机械声响。将领们纷纷惊疑地四下环顾。

“乓啷乓啷”几声巨响，议事厅里的落地窗同时碎裂开来，从落地窗外利落地跃进来十多名特种部队士兵，每个人手上都握着火力强大的高爆性重兵器。

波修将军哈哈大笑起来。

“怎么样？我说过的，我才是下任的军事委员会主席，谁还要和我抢？”

按照联军的规定，议事厅内不准携带武器，所以将领们虽然久经战阵，此时面对这样一队武器精良的特战士兵，也只好束手就擒。

“山不转水转，这个宝座，终究要落到我的手上！”波修得意地狞笑道，“克鲁老家伙，你还有什么话要说？”

克鲁将军神色凝重，瞪着波修得意的嘴脸，不发一言。

“还有你，你这个只会纸上谈兵的跟屁虫。”波修转头看着莫里多，“你有那么多废话，现在呢？你再说啊！”

莫里多脸上没有一丝恐惧的神情，居然还露出轻松的微笑。

“我当然有话要说，除了军事法庭的传唤之外，我猜……”他冷静地笑道，“你还要负责把议事厅的玻璃全部修好！”

波修闻言一怔，一时间不明白他这样说是什么意思。

莫里多并没有让他思索太久，此刻他轻轻一握拳，整个议事厅里便充满了古怪的嗡嗡声响。

就在这电光石火的一刹那，特战队员纷纷惊惶地叫出声来，因为他们身上的装备、武器此刻就像发疯一般跳动不停，在手上、身上不住扯动，然后“乒乒乓乓”地纷纷离手而去，飞到空中，牢牢地黏在天花板上。

这样的变故，局面急转直下，让所有人目瞪口呆。

“质子力场吸收器，没听过吧？”莫里多笑道，“这是军方最高机密的新装备，可以将所有具备杀伤力的武器缴获，所以，这个议事厅里才没有警卫部队，知道吗？波修将军。”他按下桌上的一个掣钮，又看了看四周十几名呆若木鸡的特战队员。“现在，除非你的队员有空手杀狮毙虎，还有能够接高爆子弹的本领，否则，你现在只有两个选择……”

波修闷哼一声。

“哪两个选择？”

第05章 逃亡

莫里多微微一笑。

“送交军事法庭的时候，你是要坐车，还是要坐飞行器?”

波修突然身体一阵颤抖，脸色铁青，拔腿就跑。那十几名特战队员簇拥着他，从破了的玻璃窗跳出去，窗外的飞行器将这些人接住，忙乱地迅速逃离。

“你们给我记着!”波修临走，大声叫道，“这笔账，我一定会和你们算个清楚!”

莫里多没有再采取任何行动，任由波修张皇逃走。他走到洞开的落地窗前，窗外的强风呼呼地吹进来，吹散了他额前的金发。

刚才这场变故很是惊险，一旦处理不好，便会酿成影响深远的大祸。

质子力场吸收器将突袭的特战队员的武器全部缴获时，好在波修和那些特战队员被这个突如其来的变故吓呆了，没有反应过来。其实他们就算没有武器，还是可以将克鲁将军掳走，或者干脆将他推下高楼。

这样，在群龙无首的情况下，波修还是很有可能夺取军事委员会主席的宝座。

还好，波修被唬住了，再用军事审判吓他一吓，他便像丧家之犬一样逃走了。

但是……那些来自数千光年外的半人马星人，能这么容易打发吗?

窗外的风依然强劲，从这儿能清晰地看见那艘停在“天使之京”上空的巨舰。

“要下雨了……”良久，莫里多才喃喃地说道。

远方的城市一隅，“天龙堂”大本营的火光仍未熄灭，耀眼的火光在铁灰色的城市之中相当醒目，像盛开了一朵娇艳却残酷的花。

这时，从遥远的“帝王之京”，悄悄地往全世界许多城市送出了一份追杀令，上面清楚地印着姚德、任杰夫、原纪香等人的照片。

“这几个人是极度危险分子，一夜之间灭了‘天使之京’的‘天龙堂’总部。”追杀令上这样写道，“通令组织所有同仁，遇见这些人，格杀勿论！”

雄霸整个城市、势力遍及“天使之京”每一个角落的“天龙堂”总部，竟在一夜之间化为灰烬，从此成为历史名词。追根究底，只因为他们低估了一件事。

“做错事的人，无论是谁，地位多么高，名声多么显赫，只要做错事，就一定会受到惩罚。”这是日后的星战英雄姚德的广为传颂的一句话，“这是一个有正义、公理的世界，也许它会来得很迟，但是终有一天，它还是会来。”

没几天工夫，“天使之京”的街头上出现了异常肃杀的气氛，来自各地的黑帮分子几乎找遍了所有街道，却完全找不到姚德等人的踪影。

而城市中最有名的酒吧“浪荡废墟”也成了一座空屋，自此以后，再也不复见当年的狂野欢乐景象。

“很久很久以前哪！”日后，有人在酒吧的废墟前这样感叹道，“这儿曾经有过欢乐、美酒、音乐，当年，在这儿唱歌的，就是星战英雄姚德、任杰夫……”

明月当空，海面如镜。

太平洋在月光的映照下，显得寂寞而沉静。

夏天，静夜，气温三十摄氏度。

在遥远的海平面上，漾着长长的碎裂月光，月色极美，但不能多看。因为只要一用心去感受这个浪漫的情景，任青河柔美的声音便又会在姚德的脑海中响起。

高高的桅杆上，姚德在那儿搭了个吊床，上船后的大半个月，他便一直躺在这儿，不说话，也不太吃东西。

半个多月前，他和“彩虹毒药”的同伴们只身独闯“天龙堂”，并且在一夜之间将“天龙堂”的许多储备物资一股脑儿炸光。在那场战事

第05章
逃 亡

之中，原纪香和任杰夫受了伤，他们不知道在这个城市中如何能躲得过追杀，几个人便到了码头，搭上这艘“西佛利安”号旧邮轮。

这艘“西佛利安”号是古代极有名的“爱之船”豪华邮轮，但是因为引擎实在太过老旧，便被人废弃在天使湾里。后来有脑子动得快的生意人将它整修起来，专门给买不起跨洲机票的穷人、逃犯横渡太平洋。

古代的“爱之船”是极为豪华的邮轮，经过了长久的岁月，船上的许多古老设备就像一座海上的雄伟废墟。登上这艘巨轮的人，一天只有一餐，其他食物、饮用水就只能仰赖船上的来自世界各地的边缘族类。在近一个月的航程之中，船上的争吵、抢夺、斗殴不断，即使有人送命也不足为奇。

这艘“西佛利安”号的目的地是位于大洋彼端的“帝王之京”，姚德等人也知道，“天龙堂”的幕后组织很有可能就在“帝王之京”，但是，“最危险的地方就是最安全的地方”。而且，二十三世纪的大城市之中，只有“帝王之京”不查个人身份，而他们已经走投无路，便打算在“帝王之京”隐姓埋名，从此做浪迹天涯的浪人。

远方的海面上，这时传来呜呜的沉闷声响，像是号角声，又像是动物的哀鸣。前几天，有个老水手说过，那是鲸鱼的呼唤声，在深夜的大海里，呼唤自己伴侣的声音。

如果可以，姚德真的希望能再呼唤青河一声，只要一声就可以。

这时，他的身后传来窸窸窣窣的响声。

“又在发呆了?”说话的是任杰夫，他在炸毁“天龙堂”的行动中肩头中枪，此刻肩上还绑着带血的绷带。“又想起青河了?”

“不只是想起她，还想起你、小香，还有丁于他们。”

任杰夫绕过吊床，坐在桅杆的边缘，此刻他的侧脸正对着月光，依稀有点青河的神采。但即便任青河也算是很秀丽的女子，和任杰夫相比，还是要逊色许多。

“想起我们做什么?”

“想起我活到现在，好像只是一直在带给我身边人麻烦。我害死了妈妈，也害死了爸爸，现在还害死了青河。”

“想这些不愉快的事干什么?”任杰夫摇头说道，“你也不是故意要这样的结果。”

“小时候，我第一次见到你的时候，就和你狠狠打了一架，还把你的头打破了。”姚德的眼神有些迷离，沉醉在回忆之中。“可是，在我所有的朋友中，你却是对我最好的，每一次我捅了什么娄子，你从来都不怪我，总是和我一起揽下来。”

“我倒霉嘛!”任杰夫淡淡地笑道，“自从交了你这个朋友，我就已经认了。”

“就连青河这件事，你也一句话都没有怪我，就和我一起去打‘天龙堂’。”

“什么事都是冤有头、债有主的。”任杰夫说道，想起任青河，他的心中也是陡地一痛。“害死她的是‘天龙堂’，我当然要去找他们的晦气。至于你，我早知道你是个白痴，早就习惯了。”

“可是，我倒宁可你狠狠地骂我一顿、揍我一顿，这样也许我会好过得多。”

“我是想过要狠狠地揍你。”任杰夫摇摇头说道，“可是想一想，这样青河一定会心疼的，就算了。青河从小就很珍惜自己所爱的东西，即使那些东西脏了、旧了，还是不准别人去碰它。我想，她对你更是这样的。”

姚德没有说话，良久，才深吸了一口气。然后，他再也忍不住，失声痛哭起来。

“杰夫，我好想她，我真的好想她。”姚德的泪水在月光下像晶莹的水花，闪亮地挂在脸上。“我想着她和我说过的每一句话，想着她脸上的每一个表情，我好想再听一次她对我说话，真的，只要一次，只要一次就好……”

第05章
逃 亡

任杰夫怔怔地看着他。

“青河对我说，‘你知道吗？如果你戴上耳环的话，一定会非常好看。’可是，我为什么就是不戴呢？她那么想看，我为什么没有戴给她看呢？”他从怀中掏出那个小小的银十字架项链。“为什么我要等到失去了，才知道太迟了呢？”

任杰夫将那条项链接过去，链子在手上轻轻晃动。

一时之间，两个人又沉默了。

突然，任杰夫把链子一把扯断，只留下那个银十字架链坠。

“没有什么事是太迟的，只要想做，永远不会嫌迟。”他仔细地将那个银十字架链坠上的钩弯了一个角度。“你说，你想念青河，很爱青河，对不对？”

姚德愣了愣，随即坚定地点头。

“对。”

“那我就马上帮你穿上耳洞，而且要你一辈子都戴着这个……”他晃了晃手上的银十字架链坠。“这个银色十字架，表示你永生不忘我们任家的女儿，你愿意吗？”

姚德的眼睛陡地一亮。

“愿意！”他忙不迭地大叫道，“我愿意！”

任杰夫赞许地笑笑，从口袋里取出一支真空尖针。

“扎耳洞的时候，会有点痛，因为我没什么器械，只有这支真空针。”他说道，“所以，你可以和我说说话，分分心。”

姚德看着任杰夫，他很专注地仔细擦拭那支真空针。看着他那俊美且和任青河有几分相似的脸，姚德突然想起一件事。

“杰夫。”

任杰夫在手上抹了一点儿酒，搓了姚德的左耳垂几下。

“什么事？”

“青河曾经答应过我，说要告诉我一个她的秘密，可是，她还来不及说就去世了。”

任杰夫的身体极轻微地颤抖了一下，但是姚德并没有察觉。

“什么秘密?”他故作轻松地问道，手上却还是有点发抖。“她说过是什么秘密吗?”

“没有。不过她说，总有一天，她一定会告诉我的。”姚德有点出神地说道，“但是，现在我再也没有机会知道了。”

任杰夫举起针头，轻松地说道：“没有关系，总有一天，你会知道的。”

“什么，你知道……哎哟！”姚德正好奇地想问个明白，任杰夫却在此刻准确地在他的左耳垂上打了一个耳洞，真空针头在穿洞的一瞬间便使受伤的组织愈合，一滴血也没有流。

“好了。”

姚德捏着自己的耳垂，仍然不死心地追问着任杰夫。

“你是说，你知道青河要告诉我的，是什么秘密?”

“我大概知道。”

“那么，你一定会告诉我的，对不对?”

“青河也一定告诉过你，要等到适当的时机，她才会告诉你，是吗?”

“对。”

“那不就是了?”任杰夫笑道，“我连她说的‘适当的时机’都知道，所以，只要到了那个时候，我一定会告诉你的，好吗?”

“你真的知道?”姚德怀疑地问道。

“真的。”任杰夫将那个银十字架链坠又细心地擦了擦，递给姚德。“你戴上吧！”

姚德接过泛着银白光芒的小小十字架，将挂钩穿过耳洞。

后来，这个银十字架耳环成为他在“星战英雄时期”最著名的标志，到了公元二十五世纪，时光英雄雷葛新的时代，这个造型成了许多年轻人竞相模仿的潮流。

“很好看。”任杰夫笑道，“青河的眼光果然没有错。”

姚德笑了，但笑容里还是有些落寞。

“不过，我还是不知道，青河要告诉我的秘密是什么。”

任杰夫不再理他，只是收好了针头，便打算翻身爬下桅杆。

姚德又叫了他一声。

“杰夫。”

“还有事吗?”任杰夫笑道，“你不是要告诉我，耳朵痛会睡不着觉吧?”

“不是这档子事。”

“那又是什么事?”

“我只是想告诉你，我已经把自己最爱的人害死了，但是你的幸福还在，你一定要好好地把握。”

任杰夫不耐烦地瞪了他一眼。

“你在胡说些什么?”

“小香的事。”姚德直截了当地说，“她放弃酒吧，放弃自己的生活，你不会认为，她只是为了和我们讲义气吧?”

“要不然，还因为什么?”任杰夫勉强笑道，“她和青河感情非常好，你也听她说过，她也要替青河报仇嘛!”

“这种话，跟我们讲讲也就算了，大家都从小一起长大的，谁能不清楚她对你的心意? 你可别辜负了人家。”

“我不懂你在说什么，我们是好哥们儿，就这样。”

“我只怕，有一天，你会还不了人家对你付出的心意。”

“这是我自己的事，不劳你费心。”任杰夫不耐烦地说道，“你还有事吗?”

“没事了。”姚德笑道，“不过，你说过的，有一天，你一定要告诉我青河的那个秘密。”

任杰夫怔怔地瞪了姚德一眼。

“有时候，我觉得，你真的是个白痴。”他哈哈笑道，“真的是个白痴。”

姚德不在意地摆摆手，便又躺回吊床。

只是他不知道，任杰夫在爬下去的时候，嘴里喃喃地说过这样一句话：“‘她’会再回来的，‘她’一定会回来的。”

第二天，巨轮经过太平洋的一个小港口，停在那里补充了饮用水和食物，也上来了不少新乘客。

中午时分，姚德和任杰夫等人在甲板上懒懒地晒太阳，有一搭没一搭地闲聊着，言谈之间，却发现一道身影挡住了他们的视线。

那是一个穿着黑色大衣的男人，身后跟着几个横眉竖目的大汉。这是一个温度很高、空气闷热的中午，可是，这个男人却是一身密实打扮，仿佛这样的高温对他毫无影响。

突然被这样一个诡异形貌的人挡住，自然不是什么好事，姚德警觉地伸手握住了一旁的吉他。

“姚德、任杰夫、水克斯、海志耀、丁于。”那个黑衣人冷然道，“还有一个，到哪儿去了?”

一听见这样的问话，姚德的心便沉入了谷底。

在大海上漂流了大半个月，他们终究没能躲过黑帮的追杀。他们的行踪还是走漏了，眼前这些人当然又是前来追杀的黑帮杀手。

不过，这一次姚德身边有任杰夫他们，比起以前的处境要好上一些。

但是，看到黑衣人从大衣里抽出一柄泛着蓝光的长剑时，姚德又觉得死神接近了自己几分。

公元二十三世纪，有一派奇特的“人体潜能激发学”大行其道。这种所谓的“激发学”，在二十世纪之前，就叫作“武功”。

在古代的历史记载中，“武功”曾经在某些时代大放异彩。在武器科技尚未十分发达的时代，擅长“武功”的人士被称为“武林高手”，而这样的高手在当时的社会有相当高的地位，受到民众的崇敬。

第05章

逃亡

根据后世科学家的研究，“武功”在某种程度上，的确有激发人体潜能、达到伤敌自保的效果。但是，等到火药、枪炮等武器发明并大力发展之后，这一类“武学”已然式微，成为历史上的传说。

然而，到了二十二世纪末期，世纪科技“潘多拉核酸”发明后，人类的潜能再次得到激发，也因为“潘多拉核酸”能用不同的剂量调配，使人类的智能、体力大幅提升。因此，这一种激发人类潜能的“武学”便又逐渐兴起。

一个经过“潘多拉核酸”提升，而且武学技巧纯熟的高手，一般持枪械的人根本无法与之抗衡。但是，和千百年前的“武学”一样，人类的自私与劣根性使得和“武学”有关的知识无法普及，成了被少数人霸占的秘籍，因此，一般人并不容易遇见这样的高手。

但是，此刻出现在姚德等人面前的，显然便是这样一个出色的剑士。

通常，一个得到过“潘多拉核酸”助力的高明剑士，可以只身面对十个以上的持枪对手，而不见得会落下风。以往，姚德只和几个小喽啰交过手，而且不见得能打赢，所以今天一旦这个黑衣剑士出手，他们几个很可能连招架都来不及就要当场丧命。

“我叫桑俊禾，是帝京‘飞鹏会’的剑士，今天奉上级命令，前来追杀你们。”黑衣人桑俊禾傲然道，“追杀令上说的是‘格杀勿论’，你们是要自行了断，还是要我动手?”

姚德的脸色变得很苍白，任杰夫、丁于、水克斯和海志耀也好不到哪儿去。这样的神秘剑士向来只在传闻中听说过，今天好不容易见到，却是来要自己的性命的。

“我是姚德。”姚德沉声说道，“所有的事情都是我做的，和我的朋友无关，你要杀的话，杀我就可以了。”

任杰夫大声叫道：“不！我也有份，我也是你们要杀的人，如果一定要动手的话，我也不会怕你！”

“还有我！”

“我也是！”

突然，不远处传来一个女子的声音。

“我就是另外那一个！要死的话，我们也要一起死！”

原纪香缓缓地从船舱里走出来，她在进攻“天龙堂”一战中伤了大腿，还没痊愈，走起路来并不方便。

“我是他们的同伴原纪香，炸掉‘天龙堂’的事，我也有份，他们用的武器都是我给的！”

桑俊禾放声大笑。

“很好！很好！你们果然都是好汉。”顿了顿，他又说道，“别让人说我欺负你们，今天我就和你们玩一场游戏，输赢定你们的生死，怎么样？”

他身后一名大汉听了之后，脸上露出不以为然的神情。

“老桑，这可不合上级的规定哪！”他摇摇手，冷冷地说道，“上级要的是他们的性命，如果出了什么差错，我只怕你担不起。”

“铮”的一声，桑俊禾挥起长剑，泛出耀眼的蓝光。

“有什么事情，都算我的！你们别多话！”

那大汉嘿嘿冷笑，似乎不太服气，但还是默默地和几个同伴退到了一旁。

桑俊禾将长剑剑尖指向姚德等人，动作虽然轻松，身上的黑衣却已经开始鼓荡起来。

“我出三招，如果你们之中有人挡得了我的一招，今天我便放过你们。”

姚德深吸一口气，摇摇头。

“要我们空手接你的剑吗？这样的话，还不是在欺负我们？”

“当然不是空手，你们可以使用任何武器。”

“任何武器？”急性子的海志耀说道，“不会吧？连枪都可以吗？”

桑俊禾傲然地点点头。

“就算你们要用高爆枪也没有关系。”

[第06章]
帝京十剑

海志耀闻言，连忙从背囊中取出一柄长枪，准备用它来对抗剑士桑俊禾。

任杰夫走过来，将他的枪推了开去，示意海志耀不要鲁莽行事。

海志耀愣了愣，正想开口，却听见原纪香低声说道：“杰夫做得没错，不要用枪，因为这些剑士的体能和我们不同，寻常的枪械根本打不到他们，而如果我们用刀、剑，他们碍于身份，出手或许不会一招就置我们于死地。”

任杰夫环视四周，看见旁边有一根长棒，便将那根长棒抄起，对着桑俊禾行一个恭敬的礼。

一旁的围观者有人暗暗点头，知道这是请求桑俊禾手下留情的意思。而且，任杰夫用的是比较没杀伤力的长棒，也是要桑俊禾下手不能太狠的暗示。

“得罪了。”

任杰夫一个箭步上前，轻巧巧地挥动长棒，便向着桑俊禾直捣过去，但这招却只是个幌子，真正的攻击是往地面上的一记扫腿，打算把桑俊禾扫倒在地。

“啪！”的一声，只见蓝光一闪，也没看见桑俊禾有什么动作，任杰夫的长棒便直飞上天，俊美的脸上却出现了长长一道瘀痕。他闷哼一声，向后便倒。

原纪香大吃一惊，连忙过去扶他，只见任杰夫脸上好长一道伤痕，重击之下他几乎晕了过去，却没有流血。

原来，桑俊禾果然下手容情，在出手的一刹那不用剑锋，只用剑面打了任杰夫一记，否则这一招就会把他的头颅削成两半。

“一招！”

海志耀再也忍耐不住，转头一看，只见姚德愣愣地看着桑俊禾，却没有出手的意思。

“我来！”海志耀大声叫道，“你敢不敢空手和我打?”

桑俊禾冷笑一声，便将长剑收入剑鞘。

原纪香扶着任杰夫，看见桑俊禾收起长剑，心中不禁燃起一线希望。海志耀是个得过技击大赛冠军的高手，拳脚功夫相当不错，如果能引得桑俊禾和他空手对决，或许会有一点点胜算。

海志耀集中精神，双拳护在胸前，不住地跳跃。桑俊禾却一动也不动，只任由海志耀在他的身边跳跃不已。

“小心了！”海志耀大叫，然后一拳便送到桑俊禾的脸前，直到距离他的脸颊已经不到五厘米，桑俊禾依然动也不动。

海志耀心中暗自窃喜，以为一定可以打中他的脸颊……

“砰”的一声，这一拳没能打中，海志耀偌大的身躯却像任杰夫的长棍一样高高飞起，然后重重落地。

方才，桑俊禾的拳头后发先至，趁海志耀的攻击伸展了身体、露出破绽时，便一拳击在他的肋骨之上，将他打飞了出去。

“第二招！”

突然，姚德如梦初醒一般，高声叫了出来。

“等等！第三招我来！”

甲板上，任杰夫和海志耀分别吃了桑俊禾一记，痛得说不出话来，原纪香又脚上有伤，几个人狼狈地或坐或卧，一时间不知如何是好。

姚德看了一眼同伴，也看见了大家脸上那又惊又怒的神情。

“第三招我来和你比。”他大声说道，“而且，我要你用剑！”

桑俊禾乍听之下，愣了一愣。

“要我用剑？我有没有听错？”他摇头说道，“小子，你知不知道我最擅长的就是用剑？‘帝京十剑’中，我的排名一直在前三名，而你今天却要和我比剑？”

姚德同样也摇摇头。

“我不和你比剑。”姚德从背后抄出一把吉他来，“你用剑，我用这个。”

桑俊禾无法置信地瞪着他，想确定这个小子是不是脑子有问题。

“你用这个？你真的用这个？”

“没错。”

“好！好！好！”桑俊禾连说了三个好字，不禁有点动气起来。“这样的话，不用说剩下一招了，我就给你十招，十招之内，如果你躲得了我一招，我就放过你们，怎么样？”

一旁的大汉又忍不住皱眉道：“不行！老桑，你……”

桑俊禾冷冷地横了他一眼，大汉被他的眼神所慑，便将下面要说的话吞进肚里。

“陆品湖。”桑俊禾沉声道，“你再给我多一句废话，我便先杀了你，你明不明白？”

那个叫陆品湖的人不禁打了个寒战，不敢再说话。

桑俊禾不再理他，转过身来看着姚德，缓缓抽出长剑，身上的黑衣又开始鼓荡。

而姚德却松垮垮地捧着吉他，和剑士桑俊禾的肃杀形成鲜明的对比。

原纪香和任杰夫等人看着两人对峙的情景，想不出姚德有任何可以逃过这一个死局的可能性。任杰夫甚至已经将眼睛闭上，不忍见到姚德将要被砍成两段的样子。

桑俊禾的长剑在空中一划，“铮”的一声便往姚德脸上削过去。也没看见姚德有什么大动作，只见他脚上垫了一小步，身体转了一些，“锵”的一声巨响之后，桑俊禾居然一个收势不住，重重地跌在地上。

而姚德却手上捧着吉他，仿佛有点迷惘，也好像有点出神，身上居然毫发无伤。

桑俊禾不敢置信地看着眼前发生的情况，一个利落的翻身便站了起来，举着长剑，望着姚德惊疑不定。

“等……等，前辈，桑……桑前辈。”姚德急忙说道，“刚刚你不是说，挡得过一招就行了吗？我……”

桑俊禾不理会他，只是沉声说道：“好功夫，再接我一招！”

说时迟，那时快，他的身形如雷似电，蓝色的剑光也像是一片耀眼的光。这一次他居然施出了全力，猛力向姚德刺过去。

而姚德的身法仿佛笨拙无比，捧着吉他往上一挡，任杰夫等人终于看清楚了，他在这个挡的动作之前，脚步又巧妙地动了一些。

这一次，桑俊禾不但没能碰到吉他，连姚德的衣服也没沾上边，一下失去了重心，又重重跌了一跤！

桑俊禾愣愣地坐在地上，以长剑撑着身体，仰头看着姚德，仿佛看见了可怕的鬼魅。良久，他勉力想要站起来，而长剑吃不住他的体重，“铮”的一声断成两截。

“银步雷！”他望着姚德，厉声问道，“银步雷是你什么人？”

姚德愣了一下，摇摇头。

“我不认识什么银步雷。”

“不可能！不可能！”桑俊禾大声叫道，“你这身法，你这步法，不可能不是银步雷！”

姚德小心翼翼地看着他，缓缓地说道：“我真的不认识什么银步雷。”

桑俊禾狠狠地瞪着他，仿佛要确定他说的话是真是假，良久，才长长叹了一口气。

“我的这一生，注定要被他压制，我这一生，果然再怎么样也比不过他。”他颓然地说道，“你赢了，我不再为难你们。”

姚德还没说话，一旁的几个大汉便急忙冲过来。

“不行！”那个叫陆品湖的大汉大叫道，“这件事不是你能够决定的，桑俊禾，你故意放水，你放过他们，已经严重犯了会规，我回去一定要提报你！”

桑俊禾冷冷地望了他一眼，几名大汉挺胸突肚，在那儿大叫大嚷。

“很好。”他微微笑道，“很好……”

蓝光再现，他的断剑再次出手。这一次，剑法更是快捷，剑光过去，陆品湖仍然在那儿大声呼喝，他身后的两名大汉却已经喉头中剑，鲜血狂喷，倒地而死。

“现在，我再问一次，是你要提报我吗?”桑俊禾森然问道，“是你吗?”

陆品湖一声惨呼，掉头就跑，另外两名大汉也跟在他的身后没命狂奔。三个人前后跑到甲板的栏杆边缘，毫不犹豫地跳了下去，传来“咚咚咚”的落水声。

姚德等人看见这一幕，又是惊讶，又是好笑。几个人小心翼翼地看着桑俊禾，不知道这个脾气怪异的剑士要怎样对付他们。

桑俊禾看了他们一眼，那种剑拔弩张的气势消散了许多，他将断剑收入鞘中，向姚德微一招手。

“姚德，你接住了我两招，我会遵守我的诺言，不再与你们为难。”他说道，“请你们借一步说话。”

一场生死交关的相斗能有这样的结局，算是极为圆满，任杰夫、海志耀的伤口虽然仍隐隐作痛，却也依言走过来。

“我知道你也许有苦衷，但是我对你的步法、武功实在是好奇。”桑俊禾诚恳地说道，“你真的不认识银步雷?”

姚德点点头。

“如果我不想告诉你，或是不能告诉你，我会诚实地说出来，所以，我是真的不知道这个银步雷是什么人。”

桑俊禾沉吟半晌，摇摇头。

“这样的话，那可真的令人难以索解了。还有，你这一身功夫是什么人教你的?”

“功夫?”姚德奇道，“我有什么功夫?”

桑俊禾冷冷地说道:“你这么说，分明就是当面骗我了。”他有点不高兴地说道，“如果你不懂功夫的话，方才我那两招，难道是自己脚底打滑跌的跤?”

姚德睁大眼睛，一脸难以置信的神情。

“我还以为是你有意放过我们，故意放水的哪!”他惊讶地说道，“我那不是武功，只是别人教我的摇滚吉他演奏步法呀!”

“摇滚吉他?”

“没错，像这样……”姚德手上握着吉他，用雷玛教过的步法走了几步。“这不过是演奏时的舞台技巧呀!”

桑俊禾有点惊疑不定地看着他，仿佛在思索着什么难解的问题。

“那么，这种步法又是什么人教给你的?”

“不行不行，这个就真的不能告诉你了。”姚德歉然道，“因为，教我的人让我绝对不能说出他来。”

桑俊禾深吸一口气，神情郑重。

“你不用再说了，我已经知道是怎么回事了。”他摇摇头，神情落寞地说，“那个人是瘦小个子，而且双目失明，对不对?”

“啊?”姚德惊讶道，“什么?”

“他可能告诉你，他叫雷玛，或者叫银雷，对不对?”

“原来前辈也认识他?难道你也是……”姚德疑惑地喃喃自语，话说出口才知道说漏了嘴，“……不对，你应该不是个摇滚歌手啊!”

“什么摇滚歌手?”桑俊禾没好气地说道,“银步雷教你的,根本不是什么摇滚步法,那是他的武学,而且是他最精辟的武学!”

姚德愕然了。

“不……不会吧?我哪儿会什么武学?我只是个吉他手啊!”他吃惊地说道,“难道说,这个银步雷就是雷玛?”

“我问你,”桑俊禾指着任杰夫,“我刚刚击中你的那一剑,你有没有看清楚我的剑势?”

任杰夫想了想,由衷地摇头。

“没有。”

桑俊禾顺手从旁边抄起一柄木尺,缓缓地比着剑式。

“当时,我的剑势是这样的,当然,你们不一定看得懂,但是我这一招‘笑劈惊雷’的剑势中,隐含着四个变化,就是剑法造诣比我高的剑士,也不见得能躲得过,知不知道?还有你,”他转身又指向海志耀,“虽然打中你肋骨的那一下用的是拳头,但是它的精髓还是剑式,知道吗?这一式是我花了三年才练成的功夫,后发先至,不用说是你,就连武功强你十倍的人也躲不过,知道吗?”

他比画了一遍拳法的招式,又转向姚德。

“但是你,你拿吉他抵挡我的那一招,你知不知道其中有多少个变化?”

姚德诚实地摇摇头。

“不知道。”

“你知不知道其中有几个后劲?”

“也不知道。”

桑俊禾意兴阑珊地摇摇头,整个人仿佛一下子泄气了。

“可是你却轻轻松松地挡过了,而且还让我跌了一跤。最气人的是,你还以为这只是弹摇滚吉他的步法!”

“这个真的是武功?雷玛师父会武功?”

桑俊禾神情索然，仿佛已经失去了人生的乐趣。

“你的这个雷玛师父，本名叫银步雷，是帝京最有名的剑士。当年，他连续七年在十大剑士的排行榜上居首位，而且和第二名的实力有着天渊之别。我年轻的时候不知天高地厚，一心想要打倒他，但是从来没能实现。事实上，在我的记忆里，也从来没有人击败过银步雷。但是，后来他患了严重的眼疾，失明后便从帝京消失了，十多年来都没有人知道他的下落。而我这十多年来一直精研剑术，本以为已经达到更高境界，可以和他一较高下了……”

他看了看姚德手上的吉他，又长长地叹了一口气。

“但是，却连一个他指点过的吉他小子也打不过。”

姚德目瞪口呆地听着这段匪夷所思的经过，仿佛看了一场荒谬的电影，不敢相信自己置身其中，更像是做了一场梦。

“不过，我今天放了你们，也不能再回帝京去了，你们虽然暂时没事，但是到达帝京之后，还是处处有危险。你们要多加小心，因为在那儿，有许多比我更狠、比我更强的对手。”他翩然站起身来，便往栏杆处走过去。“今天就此道别，日后有缘，再与你们相聚。”

他飘然走到栏杆旁，也不见他抬腿、跳跃，整个人轻飘飘的，仿佛随风而起，一下跃过栏杆，便在大海上消失了踪影。

此后几日，姚德便将雷玛教给他的武学毫无保留地分享给任杰夫等人，因为雷玛曾经答应过，让任杰夫等人也学会这一套精深的学问。姚德还设法将那片光盘中的信息全部印出，和同伴们研究琢磨。

任杰夫对这种武学并没有太大兴趣，只是可有可无地学上几招。但是原纪香却比姚德还要热衷，整天沉迷其中，还时时提出比姚德更精辟的创见。

而水克斯、丁于、海志耀等人也学得相当积极，才过了几天，大伙儿的身手都进步了不少。但是，因为没有“潘多拉核酸”的辅助，所以在实力上和真正的高手还是有极大差距的。

大海茫茫，这艘“西佛利安”号到了太平洋彼岸的美利坚，又绕了一大圈，终于在一个多月后来到了当世第一大名城“帝王之京”。

这时，距离半人马星巨舰出现，已经近三个月了。

姚德等人在大海上漂流了一个多月，总算再一次回到岸上。也因为在海上停留太久，习惯了轮船的摇荡，刚一踏上陆地，任杰夫、水克斯和原纪香反倒吐得七荤八素。

姚德好整以暇地站在海港热闹的人群之中，看着第一大城“帝王之京”的繁华景象。

在他很小的时候，他和妈妈曾经住在这个城市。但是他对这个城市的印象实在太模糊了，再加上小时候母亲一直对他述说的姚家丑恶故事，姚德对这座名城是没有什么好感的。

半人马星人的巨舰也在这儿出现了，一时之间，让姚德有了身处“天使之京”的错觉。但是细看之下，停留在“帝王之京”上空的巨舰，样式和“天使之京”那艘大为不同，也小了一些。

在之后的战争中，姚德得知，停在“帝王之京”上空的，是半人马星人的“龙猛”战舰。而在“天使之京”上空的，是“龙畏”巨舰。

这时，“帝王之京”的上空盘桓着不少古里古怪的飞行器，像蚊蚋一般。

“看！外星人的小蚊子飞机又出来乱飞了！”一个路人对同伴说道，随即匆忙地加入街道上的人潮。

“帝王之京”是全球商业、贸易的中心，所以路上的行人多是忙碌的上班族。

此刻的“帝王之京”街道上，比“天使之京”多了几分肃杀的气氛。姚德试图找出这种气氛从何而来，看了一会儿，才发现街上不时会有军人一小队一小队地走过。

这时，任杰夫几个人已经吐完了，虽然还有点晕眩，但已经能勉强适应陆地上的平稳了。

这个城市即将成为他们安身立命之处，几个人背着乐器、行李在城市的忙碌人群中一点儿也不起眼，毕竟这是一个汇集世界各色人种的超级大城市，形貌特异的人满眼都是。也正因为如此，姚德等人才会选择“帝王之京”作为藏身之处。

但是，这样的想法没走个几步便破灭了。因为，只走了不到三条街，姚德便发现，四周出现了许多身着黑色西服、戴着红外线墨镜的大汉。

这些大汉看来是有备而来，他们从四面八方悄然出现，很巧妙地将姚德等人包围在中间，以数量优势将他们控制起来。

看着黑衣大汉们逐渐靠拢，任杰夫低声问道：“怎么办？这么多人，要不要分开来逃？”

姚德环视四周，发现虽然有这么多黑衣大汉在街上集结，可是匆匆而过的行人却视若无睹，可见这种情形他们已经司空见惯了。如果这样的话，形势就对他们相当不利了。

这时远远的街道上出现了一辆闪着警示灯光的警用陆空两用车，姚德心下一喜，低声对同伴们说道：“这下有救了！”

等到警车更接近了一些，姚德突然上下不停跳着，大声叫道：“警官，这儿，警官，救命啊！”

一旁经过的几个路人诧异地望着他，而那部警车果然开过来了，在黑衣大汉们的后方停下来，车门打开，走下来几个警察。

可是，接下来的情景却让姚德等人的心沉到了谷底。

那几个警察下车之后，并没有直接走过来。黑衣人之中有两个人迎了过去，而那几个警察像是看见了熟悉的朋友似的，笑着和那两名黑衣人说起话来。

黑衣人之一指着姚德等人的方向，低声说了几句什么。那几名警察一边听，一边猛点头，过了没多久，便摸着鼻子走回警车上，扬长而去。

第06章
帝京十剑

也就是说，这些黑衣人的组织势力之大，连警方也已经和他们有了勾连。

警车开走后，为首的几名黑衣人更不犹豫，其中一人走过来便去拉原纪香的手。原纪香怒叱一声，正要大发脾气，那黑衣人手一挥，手上便多了一柄高爆手枪。

姚德一扬眉，还没来得及反应，便同时被几个黑衣人围住，而他们的手上也都拿着高爆武器。

如果是有“潘多拉核酸”体质的武士剑客，当然不会怕这些武器。但是姚德等人都是空有招式，却没有剑客武士们的特异能力，也就只好在高爆武器的威吓下束手就缚。

“别拉我。”任杰夫怒道，“我自己会走！”

姚德冷冷地环视四周，发现原纪香、水克斯、丁于、海志耀都已经被黑衣人擒住，黑衣人一声呼哨，簇拥着姚德等人便走。

突然，一个清朗的声音从不远处的街道传来。

“住手！你们在做什么？”

姚德等人闻言立刻回头，只见街道的另一头出现了一队穿着鲜黄制服的军人，正向他们这边走过来。为首的军官是个精瘦的中等个子，他目光炯炯地盯着姚德看了一会儿，又目光严厉地看着为首的黑衣人。

“这些人是做什么的？”

那个黑衣人不敢怠慢，连忙答道：“我们是帝京行政处的人，奉长官命令，来抓捕这些可疑分子。”他的声音有些不自然，“请问，长官是……”

那个精瘦的中年军官一声冷笑。

“帝京行政处？我看是黑帮的人吧？”他冷冷地说道，“我是军事委员会治安指挥官，莫里多上校。”

为首的黑衣人闻言吓了一跳。法兰西共和国名将莫里多的名头本就响亮，而且最近因为半人马星人的巨舰一事，他已经进驻“帝王之京”，掌管“帝王之京”的治安大权，黑衣人也听过此人正直难惹，连自己的老大都要忌惮他几分。

“莫……莫里多长官，我们是奉上级的命令办事的，要把这些可疑的犯罪分子带回去，请……请长官多多包涵。”

“奉上级命令?”莫里多森然道，“让我看看你的逮捕令。”

“逮……逮捕令?”为首的黑衣人有点结巴了，赔笑道，“长官，您知道我们……这个……是不来这一套的，我们抓人是不用逮捕令的……”

他还想再说些什么，却看见莫里多森冷的神情，吓得把还要说的话吞了回去。

“是是是……”他揩了揩额上的汗，勉强笑道，“我们知道了，是我们抓错人了，抓错人了，我们这就离开。”

他有点发抖地向四周的黑衣人一招手，抓住姚德等人的大汉们纷纷松手，不知所措地站着。

突然，莫里多怒斥一声：“还不走！”

那群黑衣人像惊弓之鸟一般，连忙你推我挤地离开街道，只留下姚德等人愣愣地站在街道上。

莫里多横了姚德等人一眼，看见姚德长发、左耳上戴着小小的银十字架耳环、背上还背着个吉他的落拓模样，不知道为什么，他的脸色一下变得温和起来，和方才面对黑衣人的冷峻完全不同。

而姚德看见这个中等个子的金发军人，虽然带着精猛的队伍，气势英伟逼人，却不知道为什么，心里油然升起亲切之感，仿佛见着了多年不见的父兄。

这便是姚德和莫里多的初次会面。日后，他们成了星战英雄传说中最著名的人物，他们之间的恩怨情仇，也成为之后几个世纪的人们最为津津乐道的历史。

莫里多又打量了姚德几眼，温和地问道：“你们是从什么地方来的?”

他的眼光十分锐利，从姚德等人的装束一眼便看出他们是外地人。

“‘天使之京’，长官。”

第06章
帝京十剑

“你们是什么人，做过什么事，这我不管，但是我相信我的直觉，如果黑帮的人要抓你们的话，你们应该不会是坏人。”莫里多说道，“但是，现在局势危急，这个城市也许就要毁灭了，只有加入军队，才能保住你们的所爱以及所有。”他看着姚德，又看了看任杰夫、原纪香等人。“我觉得，你们应该都是可造之才，你们愿意加入地球防卫联军的行列吗?”

姚德和任杰夫等人面面相觑，一时之间不知道该怎样回答。他们以前的生活，只有音乐和演出，对于从军一事不仅完全没有概念，连想都没有想过。

莫里多看着他们惊疑的神情，体谅地笑笑。

“我知道，这对你们是一个重大抉择，但是，我要告诉你们，世界局势会越来越差，我们的文明和社会距离崩垮的那一刻已经非常接近，到时候，世界上会出现许许多多难以想象的浩劫。”他颇有深意地说道，“你们要好自为之。如果想加入军队的话，告诉你们加入的部队，就说是莫里多上校要你们从军的，这样他们就知道要安排你们到什么样的部队了。”

任杰夫眉毛一扬，想说些什么，却又摇摇头。

莫里多也不再多说，一挥手，便和他带领的队伍扬长而去。而他那挺直矫健的身姿，直到整个队伍在人群中消失许久之后，仍然深刻地留在姚德等人的脑海之中。

“要当兵吗?”任杰夫喃喃地说道。

姚德看着他，又看看原纪香。

“时局真的这么差吗?”他仿佛被任杰夫传染了，也喃喃地说道。

六个人有些茫然地站在巨大城市的街道上，空中的半人马星人的巨舰占据了大片天空，地面上则是来来往往的冷漠人群。而这样的人群之中，还隐藏着未知的危机。

“天地这么大，”一向沉默的水克斯这时没来由地冒出了一句话，

“难道真的就没有我们的容身之处了吗?”

这样的疑问，是没有人可以回答的。姚德静静地拎起了背包，拍拍任杰夫的肩。

“我们走吧！路还是要走的，日子还是要过下去的。”

在“帝王之京”的城南，有一片颇为荒凉的废弃仓库区，有一个昔年和原纪香的父亲原刚交情颇深的人隐居在此。还没有离开“天使之京”的时候，原纪香便和这个叫黄童的人联络过，说好了要到他这儿待上一阵子，避避风头。

走进废弃仓库区，仿佛来到一个和外边的热闹街道截然不同的世界。从公元二十二世纪开始，人工智能仓储系统便取代了传统的仓库，所以，这样的地方已经近百年没有人使用了。姚德等人走过一幢幢废弃的仓库，发现地上到处长满了巨大的藤蔓，一片荒圮的景象。

黄童在这儿的重重藤蔓间建了一座金属小屋，原纪香循着他所说的方向，终于找到了那栋小屋。

“到了。”

她欣喜地推开小屋的门，发现小屋的外表看起来不大，里面却有一个相当空旷的空间。

原纪香笑着四下看看，但是，不一会儿，笑容突然凝结在脸上。

姚德好奇地从她身后望过去，想知道为什么她脸色一变。一看之下，他整个人也有点愣住了。

小屋里面没有太多摆设，空荡荡的，在屋子正中央有两张椅子，椅子上端坐着两个形貌有点奇怪的人。

左首那人留着及肩的散发，额前剪着平平的刘海。他的面目俊美，脸色却是青白的，像是生着重病。

另外那人形貌更是怪异，一头硬如钢丝的鬈发，肤色黝黑，身上却肌肉贲起，像是一座座小山。细看之下才发现，这个人居然是个女人，一个长相非常威猛的健壮女人！

原纪香警戒地看着两人，又四下打量了一圈，并没有发现黄童的踪迹，正打算离开，却听见那个健壮女人笑道：“既然是客人，为什么不稍作停留？”

姚德脸色凝重地看了看任杰夫，又望向原纪香，示意大家尽快离去。

但是，几个人刚一回头，便知道已经无法脱身了。

因为，这时他们的去路上已经出现了十几名身穿白色长袍的大汉，人人手上都拿着高爆枪械，已经对准了姚德等人，把他们包围了起来。

对于这样的场面，姚德已经极度厌烦了，他厌烦了一再的追杀、围捕，也不想再这样张皇地逃下去了。

“来吧！你们一起上吧！”

任杰夫愕然地看着他。

“姚德！”杰夫沉声道，“你又在发什么神经？”

姚德不去理他，也不试图冲出白衣大汉们的重围，反而越过原纪香，走到那两个人面前。

“我就是你们要抓的人，和我的朋友一点儿关系都没有。”他伸出双手，做出束手就缚的姿态。“如果要人偿命的话，就抓我吧！请你们不要为难我的朋友。”

健壮女人笑道：“如果要杀你们的话，早就全杀了，哪里还轮得到你来和我谈条件？”

“那你为什么还不动手？”

健壮女人摇摇头，仿佛姚德是个呆子。

“真要动手，也不需要我们动手。我们只是想来看看，是何方神圣，能够挡得住桑俊禾的招，还能够让他跌个狗吃屎！”顿了顿，她又娇声笑道，“哪里知道，不过是个弹吉他的毛头臭小子。快快快！”她动作夸张地指着姚德等人后方的白衣人，“赶紧把他们抓走。”

任杰夫回头一看，却发现白衣大汉们都站着不动，没有任何动作。

“你们是谁？黄童到哪里去了？”原纪香高声问道。

“黄童？”健壮女人笑道，她笑口常开，时时发出豪放的“呵呵”声。“那个糟老头子，胆敢收留你们的家伙，你说他会到哪里去？”

“那……你又是谁？”

“我？”健壮女人的笑容陡地消失，脸上露出残忍的神情。“来到帝京，却认不出‘帝京十剑’，你们果然该死！”

第07章
亲兄弟

[第07章]

亲兄弟

姚德听了健壮女人的话，脑中突然灵光一闪。

在太平洋上，那个黑衣剑士桑俊禾也曾经提到过“帝京十剑”，而且雷玛师父也是这十剑士之一。

“帝京……”他喃喃地说道，“……十剑?”

“没错，就是要死，也要让你们死得明白。”健壮女人傲然道，“天上人间，帝京十剑。我就是十剑中的‘天秤狼剑’吴玉鹰。”她指了指身边的苍白男子，“他是‘射手针剑’千秋文也。”

“如果你们是奉命来抓我们的话，”姚德问道，“直接抓走我们就行了，为什么还要这样绕一大圈?”

“因为我们听说你打败了桑俊禾，我们很想知道，到底是什么样身手的人，居然可以打败十剑中排行前三名的‘蝎神电剑’桑俊禾。”

“我没有打败他，只是运气好，碰巧闪过了他的两剑而已。”

“运气好?”吴玉鹰冷笑道，“我就不知道为什么我们不能像你那样运气好。”她转过身来，露出肌肉虬结的背部，在那儿有一记长长的伤疤。“当时，桑俊禾在出剑时就告诉我，说他要攻这个地方，也说了他要用哪一招，可我就是没能躲过去，而现在你跟我说运气好?”

“你不信就算了。”姚德没好气道，“事实本来就是这样。”

“不管怎么样，我们听说了你和桑俊禾的事之后，都非常好奇，所以想来和你玩个游戏。”

“什么游戏?”

“我，和他，”吴玉鹰指着千秋文也，“只要你陪我们过招，还能够把我们打败，我们就放你走。”

“放我走？还是放我们走?”姚德毫不放松地追问道。

“都一样。”吴玉鹰不耐烦地说道，“放你们走，这总行了吧?”

姚德凝神想了想，点点头。

现在的处境又回到了在太平洋上面对桑俊禾的情形。但是现在姚德已经知道自己学到了非凡的剑术，就算和“帝京十剑”这样的对手交战，也不见得毫无胜算。这总比空手面对身后那十来把高爆枪要好得多。

“我先来。”吴玉鹰动了动身上坚实的肌肉，油光的肌肉表面像是有生命般蠕动发亮。“承让了。”

她使用的武器是一柄镶着利齿的狼牙重剑，手上戴着皮套，以免尖刺伤着了自己。

狼牙重剑的分量极重，但是吴玉鹰却在手上舞弄得轻盈自在，可以看得出她的膂力惊人。她面对着姚德，脸上的嬉笑神情逐渐收敛起来，手上的狼牙重剑也越舞越急。

“哐”的一声重响，她刻意将重剑擦过地面，激起一阵火花，声势更是惊人。

姚德凝神看着她的脚步，一边在心中回想雷玛教过他的步法招式。

吴玉鹰脸上的表情突然扭曲，额上爆出青筋。然后，她像惊雷一般“喝喝”地大叫出声，闪电般将重剑向姚德的肩上劈下。

那一瞬间，神色漠然的千秋文也突然眼睛精光大盛，身上的衣服像是灌满风似的衣袂飘然。

因为他看见姚德的唇边突然漾出淡淡的微笑。

这样一记石破天惊的狠招从上而下，眼见就要将他劈成两半，他居然还笑得出来！

“旅、尢妄、颐、大过！”姚德脑海中一瞬间闪过这几个方位，脚步和身形微微一动。

吴玉鹰这石破天惊的一击便扑了个空，和先前桑俊禾的遭遇一样，也是一个收势不住，便重重跌在地上。

而且，她手上的重剑弹起，立刻削过她的脸庞，她大惊之下赶紧闪避，却还是在颊上划出了一道口子。

姚德有点无法置信地站在那儿，戒慎地看着健壮如牛的“天秤狼剑”。

吴玉鹰惊魂未定，脸上鲜血直流。她仔细回想了一下方才姚德的身法，仍然无法置信他能够闪过她这一剑。

“你……”她喘息着问道，“你那是什么妖法?”

一旁的“射手针剑”千秋文也身上的衣服仍然鼓荡不已，虽然如此，他也没有站起身来，只是闭眼凝神地坐着。

一时之间，姚德不知道如何是好，不知道吴玉鹰要再行比过，还是千秋文也要来和他比试。

过了一会儿，千秋文也身上的衣服飘动逐渐止息。他抬眼瞪着姚德，良久，才长长地叹了一口气。

“不行，我还是胜不过你。”

只是这样凝神细想了一会儿，他便已经知道无法破解姚德的步法，连比试都不需要。

“你到底是什么人?”千秋文也沉声问道，“你这种奇妙的步法，是什么人教给你的?”

显然，这两个“帝京十剑”只知道太平洋上那场比试的胜败，却不知道桑俊禾已经猜到了姚德的功夫是雷玛教的。

姚德静静地看着吴玉鹰。

“你们还要再比吗?”

高大健壮的“天秤狼剑”有点艰难地爬起身来，摇摇头。

“不用了，再比也是一样的结果。”她冷冷地说道，却转头对白衣大汉们说出令人难以置信的话，“把这几个人带回总部去!”

这句话一说出来，姚德和任杰夫等人立刻抗议。

“等等!”姚德急道，“你不是说，只要我能打败你们，就会放我们走吗?”

吴玉鹰呵呵大笑，那笑声入耳，像夜枭一样难听。

“我骗你的。”她看着姚德，那种愚弄的神情又出现在眉宇之间。“骗骗你不行吗? 我又不是像桑俊禾那样的笨蛋，难道还真的能为了你们这些家伙和上头过不去吗? 把他们押回去!”最后一句话，她又是向白衣大汉们说的。

姚德和任杰夫等人又惊又怒，大骂不已，但是在十来柄高爆枪指着自己的情况下，也只好就范。

吴玉鹰嘿嘿冷笑着，便和千秋文也走出小屋，头也不回地离开。

白衣男子们将姚德等人用生物态手铐铐住，又套上遮眼的罩子。至此，姚德已经完全无法抵抗，只好任人宰割了。

在黑暗中，几个人被分别带往牢房安置。姚德分配到的是一间不算小的金属囚室，室内摆设一应俱全，却不见其他人，也不知道任杰夫他们被关在什么地方。

在金属囚室中，每隔几个小时便从墙壁上伸出生化营养补助针，连食物都没有供给。

姚德枯坐在囚室中，完全不知道外面的世界在发生什么事，连时间过了多久，是白天还是黑夜也搞不清楚。这样的状态持续了一阵子之后，他便开始用脉搏的跳动次数来计算时间。

虽然处在这样绝对隔离的环境中，姚德还是想到了这个处境中的许多疑点。

第07章

亲兄弟

把自己抓来的，到底是什么样的组织或单位？原先他以为，除了黑帮之外，应该不会有其他人会做出这样的事，但如果是落入黑帮之手的话，一枪将他击毙岂不是干干净净？又为什么要这么费劲把他禁锢起来？

但是，除了黑帮之外，他又想不出自己还得罪过什么组织。

还有，桑俊禾、“天秤狼剑”“射手针剑”又是什么组织的人？为什么这些人要花这么多精力来对付他这样的无名小卒？难道真的只要为了要和他较量，为了要打败雷玛师父的武学？

想到武学，姚德忽然有点想念自己心爱的吉他，自从被关押到这儿之后，他身上所有的物品便已经全部被没收，也不知道放在什么地方。唯一值得庆幸的是，任青河送他的小十字架耳环仍安然地挂在他的耳垂上。

偶尔闷得发慌的时候，姚德也会发狂地捶着墙壁大叫大嚷，却始终没有人理他。

这样的日子过了好些天，姚德连计算脉搏都已经失去兴趣的时候，金属墙壁上终于出现了一道小门。

“姚德，从小门出来，到司法厅接受审判！”

姚德看着那扇小小的门，阴暗深邃，也不知道它会通到什么地方。

但是，如果一个人在一个密闭空间里被孤独地关上这么久，那么，就算外面是粪坑，也会愿意钻出去。

于是，姚德毫不迟疑，弯腰便钻进那个小门。

走出小门，他发现自己置身于一个布满如蜂巢般小门的巨大空间之中。铁灰色的色调，阴暗的光线，而他的身边这时静静地滑过来两名机械人法警。

机械人法警一板一眼地对他宣读“基本人权法令”。

“……以联邦政府的荣誉为誓，你将拥有沉默的自由。但是，你所说的一切，将会进入机械法警的记忆系统，或将在审判上成为证据……”

姚德有点不可置信地望着那两名略有锈斑的机械法警。不是因为它们宣读的“基本人权法令”有什么匪夷所思之处，而是此刻自己居然已经成了罪犯，并且还要接受司法审判！

自己得罪的，不是“天使之京”的黑帮吗？为什么会变成了一场司法审判？

明明是“格杀勿论”的狙杀令，为什么自己又会来到司法厅？

抱着满肚子的疑问，姚德来到了法庭。

在法庭上，机械法官开始审判程序。念到任杰夫、原纪香等人名字的时候，同伴们的身影也出现在法庭的虚拟投映仪上。

姚德知道，这是二十三世纪为了法庭上的绝对安全而安排的科技手段，犯人经由虚拟仪器在某一个地点接受审判，但是所在地点不对外宣布。如此一来，不但可以有效维持法庭秩序，还可以避免劫狱、绑架等情况的发生。

但是……隐隐的，姚德却觉得有什么地方不太对。

姚德在脑海中迅速思考着。他在任杰夫等人出现的时候，向他们招招手，却没有得到回应。看来，他们的投映幕上只能看见法官，却看不见姚德。

不对！这样完全不对！

姚德突然发现了整件事不对劲之处。

按照二十三世纪的司法惯例，只有犯人才需要用虚拟仪在法庭上答辩。所以，此刻任杰夫、原纪香、水克斯、丁于等人的确就在虚拟仪前，并且也将形象投射在法庭上。

但是，此刻姚德所在之处，却是货真价实的法庭！

一念及此，他不禁睁大眼睛。

也就是说，在这场司法审判上，姚德并没有被列为罪犯，而是其他身份！

果然，机械法官开始宣读陈词，证明了姚德的猜测并没有错！

第07章
亲兄弟

“……以联邦法庭的荣誉为誓，本席传重度罪犯任杰夫、原纪香……检察官陈词……传证人姚德。”

这句话一出，任杰夫等人纷纷惊讶地大叫出声，在虚拟仪上，清楚地看到他们左顾右盼、惊慌不已的神情。

姚德的脑海中像是有烈性炸药爆开似的，“轰”的一声，脑子里一片空白。

姚德还能听见急性子的海志耀在大叫着“姚德呢？姚德真的是证人吗”的惶急声音。

“秩序！秩序！”在纷乱中，机械法官“咚咚咚”地敲着议事槌，大声叫道。

姚德这时像是着了火一般，疯狂地大叫道：“不是我，我不是证人！我是和他们一起的，把我抓起来！”

只可惜，任杰夫等人听不见他说的话，只看见他们神色越来越惊疑，原纪香甚至开始破口大骂起来。

姚德看着伙伴们的神情，恨不得自己能够飞到他们身边，向他们解释这莫名其妙的冤枉。但是这一切只是徒劳，只见海志耀已经气得满脸通红，而水克斯和丁于却不知所措。

“不是我！不是我！”姚德仍然像癫狂一般，打算冲到机械法官的面前，但是一旁的机械法警动作极快，将他紧紧抱住。姚德怎么也无法前进，于是他抓起眼前的椅子，“呼”的一声便往法官的方向砸过去。

就在椅子砸中法官席的时候，整个法庭响起警报声，场面更混乱了。

姚德正在拼命挣扎时，只觉得腰际像是被针扎一般陡地一痛，突然感到天旋地转起来，视线变得模糊不已。

因为就在这一瞬间，机械法警已经往他身上注入一剂沉睡剂，让他在三十秒内失去意识。

但是，在陷入无意识之前，他仍然固执地挣扎着低声叫道：“我是……我是犯人，我不……不是证人……”

姚德在三十秒内陷入昏迷，并且被两名机械法警送出法庭。因为他已经失去了意识，所以他没有听见虚拟仪中任杰夫大声说出来的几句话。

“我相信姚德！”任杰夫大声说道，“你们为什么要怀疑最好的朋友呢？我们认识了这么久，难道你们还不知道他是什么样的人吗？”

然后，暗灰色的法庭便像是关掉的荧光幕似的，“啪”的一下陷入黑暗。

黑暗甜美的睡梦中，仿佛有轻柔的女声正在低吟浅唱。

沉静……

姚德闭着眼睛，仿佛回到了童年时光，自己正舒服地窝在妈妈怀里，听妈妈唱一首很好听的歌。

但是，在那轻柔的歌声中，却出现了好几个人的脸庞……

任杰夫。

水克斯。

任青河。

还有……

突然，像是从远方凝聚而来了什么力量，姚德开始放声大叫。

“不是我！我和他们是一起的！”

而后，他猛然睁开眼睛，从昏迷中醒来。

“不是我！”

静静的空间中，有清雅的花香。

姚德愣愣地从昏迷中醒来。因为方才被施打的沉睡剂是最先进的科技成果，醒过来之后完全没有不适之感，只像是做了一场虚幻的梦。

他有点失神地环视四周，发现自己居然置身在一个小小的温室之中。

温室里种着各式翠绿的植物，空气挺暖，在不远处还有一个小小的喷泉。

在满眼的植物中间，有一个忙碌的背影，正在那儿忙着栽种什么。

第07章
亲兄弟

姚德低低地“嗯哼”一声轻咳，表示自己已经醒了过来。

果然，那个忙碌的背影停了停，便转过身来。

那是一个脸色慈祥的中年人，身上的工作服沾了不少泥土。看见姚德已经醒了过来，他微微一笑，揩了揩额上的汗珠，缓步走过来。

“这里……是什么地方?”

“这里是我的秘密花园，也是我平时思考的地方。”

中年人走到姚德面前，坐了下来。

姚德仔细看了看他的容貌，有种莫名的熟悉感觉。

中年人随手拨弄旁边的一盆植物，神情温和。

“植物是人类最好的朋友。”他平静地说道，“它们吸取养分，努力进行光合作用，制造氧气，却永远没有怨言，只是无条件地把自己给予出去。”

“我……我的朋友们呢?”姚德茫然地问道，“为什么我不是在法庭上?”

中年人没有回答他的问题，只是径自拨弄另一株植物。

“但是，植物其实也很无奈，因为它们只能被动地扎根在同一个地方，接受阳光，接受水，不能拒绝。”他悠然地说道，“不过，人不也是这样? 有很多时候，人也非常无奈，有很多事情你不希望它发生，也不愿意去做它，但是为了活下去，为了生存，你就得随波逐流。”

姚德细细地听着他的话，觉得似乎有点道理，但是此情此景听见这样的说法，又觉得有点不太对劲。

“我现在在哪里?”他疑惑地问道，“你又是什么人?”

中年人的眼神突然变得锐利起来，如果方才他是个与世无争的花农，此刻便是个掌理四方的豪客。

“你问我是什么人?”他平静地说道，“我是帝京姚家的大当家，我叫姚猛，也有人叫我‘天王老子’，但是你……”他的眼神更加森冷，“你和别人不同，如果你愿意的话，你可以叫我一声‘大哥’。”

大哥!

“帝王之京”最有势力的姚家之主，“天王老子”姚猛。

这个看似温和的种花人，居然就是势力遍及当世，掌握数百万人生死的姚氏大当家！

姚德虽然在年幼时便已经离开姚家，不曾和这个神秘的家族有过什么接触，却也在大洋彼岸听过这个姚家坐第一把交椅之人的威名。

“我不叫你大哥。”姚德勉强地说道，“我母亲告诉我，从我去到‘天使之京’开始，便已经和姚家没有任何关系。”

姚猛看着他，冷冷地笑笑。

“和姚家没有任何关系？就冲着你在‘天使之京’犯下的事，如果你不是姓姚的话，你就是有十条命，坟上的青草也早已长得比膝盖高了。”

“我不怕死，也不稀罕！”姚德昂然说道，“更何况，姚家害死了我的父亲，虽然我们父子都姓姚，却和姚家有着莫大的冤仇！”

“冤仇？”姚猛冷笑道，“你这个白痴小子懂得什么冤仇？你对于这个‘冤仇’又知道多少？”

“我只知道，我的母亲临终前告诉我，要我一生一世都不要再和姚家扯上任何关系。因为，我父亲就是被这个禽兽家族的大当家害死的！”

姚猛摇摇头，神情中带着鄙夷，又带着同情。

“原来你妈是这样告诉你的。这也难怪，那个女人一生脑子都不清楚，难怪她会告诉你这样的狗屁故事。”

姚德怒道：“请你说话小心点儿，我的母亲是世上最伟大的女人，不要以为你的权势有多大，如果你再侮辱我母亲的话，我就是拼了这条命，也要让你付出代价！”

姚猛对于他这番无礼的话不以为忤，只是干巴巴地拍了拍手掌。

“好威风，好胆识，已经有好多年没人敢像你这样对我说话了，很好，很好。”他点点头道，“我和你一样，也很尊敬你的母亲，只不过不管我多么尊敬她，她还是个头脑不清楚的人！”

姚德“呼”地一下站起身来，表情非常愤怒。

第07章 亲兄弟

“你听着！我说过……”

“我知道，你说过，你会为了你的母亲拼命，对不对?”姚猛盯着他的眼睛，冷然说道，“那你告诉我，她有没有告诉过你，你的父亲是什么人，叫什么名字？你的父亲是怎么被大当家害死的？还有，她有没有告诉过你，要你有朝一日要回姚家报仇呢?”

姚德愕然，想了良久，才发现这些问题都没有答案。因为，这些事情，他的母亲的确都没有告诉过他。

“你知不知道为什么？想不想知道为什么?”

对这样的问题，一时之间，姚德也不知道该如何回答。

“听着，姚德，我跟你一样，对我们这种狗屁的兄弟情一点儿兴趣也没有。”姚猛不带感情地说道，“现在我把你从‘天龙堂’这档子事里救出来，也不是因为我对你有什么手足之情，只不过是因为，我老爸临死之前，我答应过他，一定要保住你的小命，如此而已！”

“你的爸爸？大当家？他害死了我的爸爸，我和他仇深似海，我为什么要他救我一命?”

“为什么他要救你的命？问得好！”姚猛大笑道，“因为，你和你那死去的老妈一样，都是白痴！听见没有？都！是！白痴！”

姚德再也忍耐不住，一声怒吼便冲向姚猛。

姚猛却仿佛一点儿也不放在心上，只是随手一挡，便将姚德打倒在地。

原来，这个姚家的大当家手上也有极硬的真功夫。曾经将几个名剑士打败的姚德，一方面急怒攻心，一方面也在技巧上不及姚猛，所以一下子便跌倒在地。

姚德只能倒在地上，对着姚猛怒目而视。

“我真不知道，救你这样的笨蛋到底有什么意义。”姚猛不住地摇头，大声叹道，“你到现在还搞不清楚吗？你那个想象中的老爸，根本没有这个人，只是你妈想象出来的。你真正的老爸，和我的老爸是同一个人，也就是前任的姚家大当家！”

“你放屁！”

“是不是放屁，你自己最清楚。你看看我们的脸，要不是同一个老爸，我们会长成这么相似的模样吗？”他不耐烦地说道，“我是什么身份的人？要不是跟你这兔崽子不幸流着同样的血液，我干吗要来和你攀关系？难道我是贪图你那把破吉他吗？”

姚德虽然狂怒，却也不是个完全鲁莽的人。他听了姚猛的话之后，整个人陡地愣住，思前想后，越来越觉姚猛所说的话未必没有道理。

只是，为什么会这样？为什么母亲要告诉自己，父亲是被姚家的前任大当家所杀？

姚猛看着他的神情变化，知道他已经可以接受自己的说法，于是态度也和缓了下来。

姚猛把椅子拉到姚德身前，指指椅子。

“如果你可以冷静点，乖乖地和我说话，你就坐下。”姚猛说道，“如果你要再疯下去，我也无所谓。反正老爸已经死了，我也已经救过你了，你硬要找死的话，我也没有办法。”

姚德有点迟疑地站起来，发了一会儿呆，终于在椅子上坐了下来。

“其实，上一代的事，已经是很久以前的陈年旧事了，不管谁对谁错，也不再有任何意义。”姚猛平静地说道，“当年，老爸的确用了不光明正大的手段抢了你的老妈，杀了她的爱人，而且还生下了你。但是，相信我，直到老爸晚年，他对这件事一直很后悔。而你老妈带着你逃到‘天使之京’，老爸也一直都知道，只是没有去找你们回来。”

“为什么没去找我们回来？”姚德问道，“不是说他很后悔吗？”

“兄弟。”姚猛缓缓说道，声音却透现出深沉的悲哀。“我不是告诉过你吗？人活在这个世上，有时候是很像这些植物的，有时候你并没有选择的权利，即使是像我、像老爸这样的人，还是有很多事情，不是想做就可以做的。”

“所以，做错的事，”姚德低声道，“就可以因为这样的理由，不去反思，不去补过?”

“我现在不是在做了吗?”姚猛说道，“老爸过世之前，拉着我的手，要我发誓，答应会好好地照顾你，要是你有什么危险的话，一定要尽全力保全你。”

“真是设想周到。”

“而我，就是在履行我答应过老爸的承诺。你捅出了娄子，我把你救出来，就是这么简单。”说到这儿，姚猛的脸上又现出了怒气。“可是，居然有你这样的白痴，你为什么要在法庭上惹出那么大的事来? 为什么不好好听我的安排，等到宣判完，不就没事了?”

“什么叫没事了?”姚德也大声道，“我的朋友都在那儿，他们为了我的事，放弃了自己的生活，有的还失去了自己的亲人，而现在我变成了证人，他们却在那儿受审，他们会怎么想?”

“你管他们怎么想?”姚猛不耐烦地说道，“只要你没事就行了，管那些低三下四的人做什么?”

“他们不是低三下四的人!”姚德怒道，“他们是我最好的朋友!”

姚猛冷笑起来。

“朋友?”他揪起姚德的衣领，大声吼道，“我告诉你，你好像还不知道，你捅下的是什么样的娄子，现在就让我来告诉你!”

“你很行，是吗? 你和你那些朋友，没事就去抄‘天龙堂’，很棒，是吗?”

虽然被姚猛揪住了衣领，姚德仍然毫不畏惧，同样大声说道:“我们不是闲着没事才去炸‘天龙堂’的，‘天龙堂’害死了我最心爱的女孩，为了讨回公道，我们才去攻打‘天龙堂’的!”

“很好，很好。”姚猛大怒之下，反而怒笑出声来，问道，“你们可知道，‘天龙堂’里，当时存有多少吨‘量子核融燃料’? 你们可知道，一吨‘量子核融燃料’，可以买下多少座城镇?”

“那是违禁燃料！是非法的东西！”

“什么是合法，什么是非法?”姚猛大声说道，“只要是对我有利的东西，就是合法，法律算什么，你知道在帝京里，有多少法律是我说了算吗?”

“不知道！”

“我费尽心力，才搜集到这么多‘量子核融燃料’，而你们这帮混蛋，却一把火把它们烧掉了！即使我有心要救你，不来动你，你知道还有多少人咬牙切齿想要你的命吗?”

“这些黑帮分子本来就没有人性，为什么要怕他们? 难道这世上没有法律了吗?”

姚猛瞪着他，脸上现出了无奈同情的神情。

“你不是白痴，真的，你并不是白痴。”他冷冷地说道，“你只不过是个没断奶的天真小娃娃。”

姚德“哼”了一声，没有回应他的话。

“你真的以为，那些‘量子核融燃料’是黑帮要的东西吗? 错！”姚猛摇头道，“真正的幕后大老板，是市政局的总局长，掌管我们这个帝京的大头头。你所相信的法律、正义，都归他管，呵呵呵呵……”他的笑声中有些悲凉，“而真正要你死的，也是他。”

姚德目瞪口呆地看着姚猛，心中却隐隐约约觉得，这个以前未见过面的“兄长”所言非虚，真正幕后的黑手，也许真的就是政府当局！

如果真是这样的话，这个世界上已经不再有正义和公理了。

姚猛观察着姚德阴晴不定的神情，知道他已经听进了自己的话。他放开揪住姚德的手，轻轻地拍拍他的肩头。

“虽然要把你救下来很艰难，我还是把整件事揽了下来。因为人人都知道，我姚猛是个一言九鼎的人，连答应手下的事都一定要做好，更何况是答应老爸的事。”

第07章 亲兄弟

“就这样？”姚德愣愣地问道，“就只救我一个人？”

“不只是这样，要你没事，就得把所有事情都推到那些人身上，如果要你活着，他们就必须死。但是，如果你死了的话，他们也一定会死。总之，他们是没有机会活命了，因为政府会判他们一个‘大量杀人罪’。如果他们真的如你所说，是你真正的朋友的话，就应该牺牲他们的性命，换回你这条小命。换个角度说，如果他们不肯牺牲自己换你的命的话，那么他们也不是什么讲义气的朋友，这样的话，就更不用理他们了。总而言之，他们一定要死，但是你可以很幸运地活下去。”姚猛诚挚地握着姚德的手，“过去的事，我们就不要再计较了，你的老妈，我们的老爸的事，都已经成为过去了，只要你肯过来帮我，我们就把以往那些不愉快的事一笔勾销。你觉得怎么样？”

在姚猛的想法中，这样的安排当然是天衣无缝的，以他的理解，姚德没有任何理由不接受他的安排。

然而，姚德却毫不犹豫地拒绝了这样的安排。

“这世界上的人，有很多种活法，有的人活得快乐，有的人活得卑微。”他昂然说道，“而我就是那种一定要活得抬得起头、挺得起胸的人，如果今天，我让我的朋友们为了我牺牲，我要做的第一件事情，就是结束自己的生命。”

姚猛凝神看着他，从这个年轻人的眼中，看见了坚定的神采，以及在目光中燃烧的火焰。

“你是个白痴，真的，你真的是个白痴。”姚猛由衷地说道，“我绝不会像你这样。人活在世上，的确有很多种方式，但是，没有什么比活下去更重要。”

“所以，我们只是在血缘上是兄弟，但实际上，我们还是根本没有交集的两个陌生人。”

“说得好！”姚猛鼓掌道，“反正，就是这样，我答应过老爸要‘尽力’保住你的小命，而我真的已经尽力了，是你不爱惜自己的生命，我也没有办法。”

说完这些话，姚猛向四周微微颔首。

“刷”的一声，温室四周的玻璃窗陡地降下，露出温室外劲风扑面的空旷空间。

原来，此刻他们身处一栋高楼的楼顶，天台上布满了神色肃然的人。

为首一人是个形貌威猛的大汉，衣服上绣了一头威猛的巨狮。姚德向四下看了看，发现前几天交过手的“天秤狼剑”“射手针剑”也在行列之中。

那个威猛大汉对姚猛点点头，朗声说道：“姚兄，你的这位兄弟我们就带走了。”

姚猛摆摆手，一脸的意兴阑珊。

“从今以后，我和这人没有任何关系，他的一切，也不要再向我提起。”

[第08章]
行　刑

姚德微微一笑，便在众人的簇拥下，登上高空飞行艇，飞往“帝王之京”的市立监狱。

而在监狱之中，姚德一走进囚室，便看见了任杰夫和水克斯等人。

任杰夫乍见姚德，神情仍然是淡淡的。仿佛不曾发生过法庭上那混乱的一幕，也像是姚德根本没有离开过他们，只是出去散了一会儿步。

然而，他的双手却在微微发抖，走过来握住姚德的手，想说些什么，却又忍住。

而海志耀走到姚德的面前，不发一言，瞪了他几眼之后，突然扬起手来，“啪啪啪啪”打了自己好几记耳光。

姚德连忙伸手阻挡，海志耀却一个箭步倒退回去，手上仍然不停，又打了自己好几巴掌，脸颊立刻红肿起来。

“姚德，”海志耀高声叫道，“我只是要告诉你，我不是东西，我怀疑过你，做兄弟的，现在只能这样来给你一个交代！”

水克斯和丁于一脸笑容地走过来，紧紧握住姚德的手，几个好友经过一番折腾，又聚在了一起。虽然所在之处是失去自由的牢房，但是挚友重逢的喜悦，却仍令他们雀跃不已。

原纪香坐在囚室一角。乍见姚德走进来，她惊愕不已，继而想起自己曾经误会姚德并对他破口大骂，她不禁难为情起来，一张俏脸涨得通红。

任杰夫推了推姚德，示意他过去和原纪香说说话。

姚德爽朗地笑笑，对原纪香当时的误会根本不以为意。他缓步走过去，也不说话，微笑地盯着原纪香。

原纪香心下想要说句道歉的话，但是平常对姚德喝骂惯了，一时之间，那句“对不起”竟怎么也说不出来。

她瞪了姚德一眼，忍不住问道：“干什么？”

姚德“扑哧”一声，笑了出来。

“不干什么，只是看看你有没有什么话要对我说。”

“我没有话对你说。”

“你没有话说，我却有话要说。”姚德收起笑容，正色道，“我姚德这一生没做过什么正经事，却要在这儿对你们说，你们，是我一生最好的兄弟！而你，小香，”他凝神看着原纪香，“是我最好的朋友！”

原纪香怔怔地看着他，突然掉下了眼泪，脸上却洋溢着笑容。

“而你，你永远是我身边最麻烦的大蠢蛋！”

任杰夫大笑起来。

“最麻烦的白痴大蠢蛋！”

几个人在囚室中开怀大笑，那笑声仿佛可以穿破重重金属高墙，飘入高耸的云霄。

欢乐的气氛只是昙花一现，紧接而来的，却是最残酷的现实。

几日之后，姚德等人又经由虚拟仪器上了一次机械法庭，这一次，机械法官只用了很短的时间，便定出了他们的罪名。

“奉联邦政府之命，重犯姚德、任杰夫、原纪香、水克斯、丁于、海志耀，因为一已私怨，强行闯入合法注册组织‘天龙堂’内，杀害无辜职员多名，并毁坏公共设施，此类暴行令人发指。被告六人犯案后不知悔改，集体畏罪潜逃，经本城警方努力追捕，终于在本城废弃仓库区被

捕，经本庭查明，一切罪行属实，本案被告六人罪行重大，且伤害多条人命，判处死刑，判决五日后执行。”

几个人在法庭上被机械法官判处死刑后，姚德和任杰夫反而觉得心情无比轻松。因为在囚室里，姚德已经将这件事的原委说给同伴们知道，而他们的下场，早在“天龙堂”焚毁的那一刻便早已决定。

只是，在死刑执行前，姚德偶尔会想起囚室外的广阔世界。自从他们在废弃仓库区被捕之后，便再也没有见过外面的天空。

不知道外边的天空现在是什么样。半人马星人的巨舰，不知道是不是已经离开了城市的上空。

想不到，在港口下船，竟然就是他们最后一次享受凉爽的海风。

而远在大海另一端的“浪荡废墟”，此刻不知道已经变成了什么模样？

就在这样的心情下，行刑日终于到来了。

公元二十三世纪的行刑方式，是注射神经毒。经过精心调配的毒药会在十分之一秒内让人类体内神经全部瘫痪，也就是说，被执行死刑的人并不会感到任何痛苦，便会在十分之一秒内结束生命。

姚德、任杰夫、原纪香等人在行刑当日的凌晨便被机械狱警叫醒，吃过早餐之后，被押解到行刑室。

姚德看看同伴们有点苍白的脸，再看看四周灰扑扑的金属墙壁，心中突然觉得有点不舍起来。

难道，自己的生命真的就要在这样一个陌生的城市走到终点？

静静地，六个人身后的金属墙壁缓缓打开，露出亮闪闪的针头。

针筒中装满了淡绿色的液体，那就是执行死刑所用的神经毒液。

等到墙壁后的针筒全部定好位置，机械狱警便以毫无感情的声音开始倒数计时。

“死刑执行，倒数计时开始……”

姚德不自觉地闭上眼睛，又睁开，却看见身旁的任杰夫正静静地看着他。

“喂！”姚德轻松地说道，额上却流下一滴冷汗。“我突然想起来，你还没有告诉我青河的秘密哪！现在说还来不来得及？”

任杰夫横了他一眼，说道：“白痴！”

姚德自我解嘲地笑笑。

“不告诉我也没事，反正我们就快见到青河了，到时候我再去问她。”

倒数计时已经进入最后四十秒。

姚德等人已经准备好了，准备在四十秒后离开这个纷扰而荒谬的人间。

十、九、八、七……

突然，姚德又想起了什么事想问任杰夫，但在这一刹那，他只觉得恐惧像是令人窒息的黑毯一样袭来……

“等……等等……”他想要高声呼唤出来，喉咙却出乎意料地干涩如砂。

五、四、三……

就要结束了。

二、一……

可是，机械法警的倒数却在这个最后的“一”停止了。

就在这一刹那，阴暗的行刑室里突然大放光明，而且墙上的警报灯亮了起来，高声响着刺耳的警报声。

姚德等人又惊又好奇，不知道究竟发生了什么事。

突然，行刑室的大门“嘭”的一声突然打开，从门外“克克克克”地走进来一队全副武装的士兵。

为首的那名士官看着姚德等人，发现针头还没有注射，不禁松了一口气。

他示意其他士兵开始拆卸行刑室的装备，并且将姚德等人松绑。

第08章
行　刑

那个士官仿佛知道姚德等人要问什么问题，他拿出一张紧急手令，开始朗声说话。

“奉地球防卫联军克鲁主席令，半人马星座外星战舰正式对地球展开攻击，地球各国已经全面进入战争状态，星战迫在眉睫，是以所有司法判决全部赦免，全球人民要同心协力，对抗外星军团入侵！”

听到士官这样宣布，姚德等人惊疑不定，这才明白自己在千钧一发之际能留下性命的真正原因。

星战爆发了！

这场人类历史上前所未有的星战爆发了！

正当众人的脑海中不停翻搅着这些念头时，那名士官突然一声大喝。

“地球防卫联军长官宣布，地球全面进入备战状态，所有人员投入战事，不得有误！”他对姚德等人大声叫道，“你们也要加入部队！全部跟我来！”

姚德等人已经在囚室里不见天日好长时间了，本以为这辈子再也看不到太阳了，没想到竟然还能再次见到外面世界的阳光！

行刑室通往外面的通道是一条阴暗的狭长隧道。姚德、任杰夫、原纪香等人随着队伍大步奔跑，连彼此的面目都看不清楚。

甬道的另一端已经有光明出现，在那儿，便是有着花香、鸟语、阳光、欢笑的外面的世界。

然而，此刻那儿却有着未知的惨烈战事，正等待着地球上所有的人！

公元二二二二年，星战全面爆发！

关于公元二十三世纪，半人马星人引发星战的真正原因，由于后来战火波及太广，地球文明全面毁灭，已经成为一个永远解不开的谜。

但是，后世史家却一致认定，导致这场战事在地球正式拉开序幕的历史罪人，非当年的亚洲军事狂人波修将军莫属！

在半人马星战舰兵临地球的初期，地球防卫联军采取的是坚壁清野的策略，并没有立刻做出军事响应，除了全力储备星战实力之外，也试图借由星际交流公约的约束力来牵制半人马星人的入侵。

地球防卫联军主席克鲁将军采取了这样的战略，只在缓冲期内组建星战军团，不和半人马星人发生冲突，以求在缓冲期过后，有权对前来的半人马星人采取任何必要的军事行动。而各大星系到时也会支持协助，阻挡任何对地球不利的战事或行动。

而军事狂人波修根本不认同这样的保守战略，在他夺取军事委员会主席宝座的行动失败后，便愤而回到自己的根据地。波修将军仍然不死心，暗地里继续努力争取各国将领的支持，打算再一次谋求夺权。但是，此时克鲁将军的战略已经得到地球各军区将领的普遍支持，连原先支持波修将军的一些亚洲将领也加入了克鲁将军的阵营。

狂人波修在恼羞成怒、一筹莫展的处境下，却突然接到了一个神秘的讯息。

而后，波修将军便在自己的军区内召开会议，宣布了一个遗臭万年、遭后世子孙唾弃的决定。

在会议中，波修将军宣布自己“因为地球的处境日益危殆，不得不‘忍痛’邀请外援前来维持地球的秩序”。

而这个“外援”，竟然便是跨越数千光年、兵临地球的半人马星人！

自此，各大星际文明纷纷宣布，将对半人马星人与地球军团的任何行动采取中立态度，不介入任何调停，也不介入任何军事支持。因为波修以地球人的身份邀请半人马星人进入地球“维持秩序”，无论发生任何事件，星际公约都会将其认定为地球的内部事务，其他星系力量都不会干预。

也就是说，这一场战事，将会被视为地球的内战，而战争的后果，当然就由地球人独力承担！

各大星系的立场一旦确定，半人马星人的战舰立刻采取行动。原先位于大气层边缘和月球附近的四艘“龙神”巨舰进入了地球大气层，而原先

第08章 行刑

位于“天使之京”“帝王之京”以及新咸阳城的巨舰也同时采取行动。

第一把战火，便在日本东京上空点燃。半人马星巨舰从月球附近飞抵东京上空，从巨舰中飞出数以千计的小型轰炸艇，在东京市区展开地毯式的密集轰炸。

隶属东京军区的日本自卫空军军团立刻展开反击。公元二十三世纪的地球飞行艇实力并不比半人马星人的轰炸艇差，两军一经交锋，便正式展开了这场前所未有的星战！

而位于地球其他地点的另外六艘半人马星战舰也同时发动各式攻击，在世界各地和地球的军队展开第一回合的战事。

于是，自从二十世纪中期的第二次世界大战之后，承平超过百年的地球本土再次发动了全面性的战争，而这次战争的敌人，却是来自外星球的侵略者！

因为战事的爆发，地球的权力结构产生了天翻地覆的变化。因为半人马星人的科技实力绝非地球人以往任何敌人可比，所以，地球上的各国政府在短期内全面军事化，所有地球人不分老少，一律投入战事，政治、经济、科技、军事格局都发生了巨大变化。

这场全球性的焦土之战，也令地球上千千万万人的命运因此改变。

来自“天使之京”的前摇滚乐手姚德，此刻便面临着生命中最大的一场变故。

就在不久之前，姚德还是一个因为触怒了黑帮而被判处死刑的死刑犯。现在，他却因为星战的爆发，在行刑前的最后一刻捡回性命，并且在不久之后正式编入“帝王之京”的地面特战部队。

短短几个月时间，姚德从一个小有名气的乐手，变成黑帮矢志追杀的活动标靶；在太平洋上逃亡一阵之后，又成了被判死刑的阶下囚；后来又在行刑前一刻遇上星战爆发；现在，他在北非的沙漠烈日下接受特战训练。

几个月之间，他横跨了大半个地球，从生到死，从绚烂到艰苦，简直是经历了一场最荒谬的梦境。

此刻，他却再一次面临生命中最奇特却也是最危险的一场历险。

因为，在他的面前，这时正慢慢站起的，是一个全身盔甲闪亮、形貌如鬼魅夜叉、身材高达六米以上的可怕怪物！

半人马星的战斗巨人！

姚德目瞪口呆地看着那个巨人缓缓地站起来。他嘴边流着宝贵的清水，浑然忘记了刚才还深入骨髓的干渴之感，连吞咽的动作也忘得一干二净。

这是他加入特战部队后，第一次遭遇半人马星人。因为战斗经验不足，他并没有被编入正式的作战部队，先被派遣到蒙古戈壁的沙漠里，接受为期数月的新兵训练。在艰苦的训练生活中，他时时仰望天空，不知道自己的好朋友们现在都在什么地方。

从“帝王之京”的行刑室中死里逃生后，“彩虹毒药”的伙伴们全部在军事政府的安排下加入了各个部队。因为这场星战爆发得太快，超过了所有人的预期，所以在短期内，地球上所有青壮年都必须投入这场战事。

在战乱的世代中，人的缘分就像浮萍，下一次见面都遥遥无期。更有可能，哪一天，一个活蹦乱跳的生命就此了结，而且渐渐地，再也没有人忆起世上曾经存在过这个人。

在新兵训练艰苦的日子中，姚德常常在休息的时候望着天空，想着这些事情。

不幸的是，今天的哲理天空之下，出现的居然是这样一个可怕的敌人！

星战开始后，地球防卫联军在世界各地遭遇到半人马星人的攻击，姚德在训练时已经听说过半人马星人的攻击方式。

半人马星座军团的攻击方式和地球大不相同，攻击的武器也很不一样。地球防卫联军的武器维持了几个世纪以来的特征，材质多是金属或者高合成材料。但是半人马星军团的武器却大多是生化模式的形态，在短兵交接时，他们的战力和地球人大致相同，但有一种战法在对阵上占极大优势。

半人马星军团的武器之中，有一种体型要比常人大上数倍、甚至数十倍的巨型生化兽，这种生化兽在两军缠斗不已时最能一决胜负。因为，一只巨型生化兽就足以扰乱地球部队的阵营，在战场上的功用和坦克车差不多。

而现在，姚德遇上的，便是这类人形生化兽！

那只人形生化兽双眼冒着奇异的光芒，从空中略一环视四周，那精光四射的眼睛便向姚德的方向转过来，很明显立刻看见了他！

姚德的背脊一阵冰凉，他想要逃，却不知道逃到哪里去。他因为贪图独处的孤寂，刻意找了这个离部队挺远的地方休息，最近的同伴也在呼救叫声的范围之外。而他身上的烟幕信号弹更是没有什么用处，因为等到队友见到讯号赶过来时，也许自己已经被生化兽撕成几块了。

不过，即使不用信号弹，大概他也难逃被撕成几块的命运了。因为，那个生化兽已经带着邪恶的神情向他接近，它的步伐极大，动作也相当敏捷，像姚德这样身量的小个子，是绝对跑不过它的。

这时，那个生化兽的身后出现了一个小小的影子。看见这个影子出现，姚德忍不住欣喜地笑起来。也许今天他能够全身而退，不用被撕成几块了。

从那个生化兽身后出现的，是一架地球防卫联军的空优飞行艇。此刻无声地飞过来的那架飞行艇是鲜红色的，像一团火焰一般在蓝天下悄悄接近……

这种空优飞行艇有着和人形生化兽类似的性能，能够在飞行器和人形两种形态之间转换。这种转换式的飞行器的灵感来源于二十世纪古日本的漫画作品，在星战中对战半人马星军团时，特别能发挥战斗力。

只见那具红色飞行艇已经在空中逐渐转变成一个人形机械战士。

红色的巨大机械人手上持着一具量子巨枪，此刻正从半人马星生化兽的后方慢慢接近……

“噗”的一声，量子巨枪发出强烈的蓝光，射中生化兽的头部。只听得那个生化兽一声悲鸣，大半个头部便陡地全部消失，被量子光束炸个粉碎。

然后，它重重地倒下，激起一大片沙尘。

那个红色机械人又开始转换形态。它将头部和胸部进行扭转，缓缓降到地上，然后打开一个小小的活门，再打开一个巨大的玻璃罩，从那儿缓缓伸出一只手来，然后有一个高挑的身形从驾驶舱里爬了出来。

那个驾驶员将飞行头盔取下，露出了一头蓬松的秀发。这个驾驶员，方才救了姚德一命。

当看清楚驾驶员的面貌时，姚德不禁大叫起来。

“小香！”他欢声叫道，然后迎向那部飞行艇。“原小香！”

那个驾驶员果然就是“浪荡酒吧”的老板娘原纪香。以前在酒吧里的时候，她最喜欢叉着手大骂姚德，有时候骂到让人觉得，是不是非得姚德从人间蒸发了，她才会心满意足。

此刻，除了刚刚被救了一命的庆幸，旧友重逢的兴奋之情也让姚德笑得非常开心。

原纪香看见姚德又叫又跳地跑过来，虽然心中也是无比欢喜，脸上却只是淡淡一笑。

“嗨！麻烦鬼。”

两个人久别重逢，自然有很多话要说。姚德和原纪香找了个小沙丘坐下，各自简单说明了别后的经历，才大概了解了对方经历过什么事。

原来，原纪香因为出色的智能、体能测试成绩被编入了飞行部队。而她惊讶地发现，任杰夫也和她同属一个部队。

听见任杰夫的名字，姚德忍不住“啊”的一声叫出来。

第08章

行　刑

姚德和任杰夫的交情是最深的，分开之后对他也最为惦记。而姚德知道原纪香对任杰夫有着相当深的感情，任杰夫却始终和原纪香保持着淡淡的朋友交情。

想到此处，姚德忍不住细细地打量原纪香。

她是一个出挑的美人，而且英姿飒爽，是非常能吸引异性的。而这些年来，因为抱着对任杰夫的一丝期待，她从来不曾接受其他任何男子的追求。姚德静静地凝视着她姣好的容颜，不由得轻轻地叹了一口气。

这口气叹得虽然轻，原纪香却还是听到了，她的眼神中带着了解，却也有几分自嘲的意味。

“他……还是一样?”姚德好奇地问道，“还是喜欢戴着面具?”

原纪香点点头。

“你们……”姚德有点好奇，却又不知道该怎么问。“还是一样，是好朋友?”

“杰夫那个人，你也是知道的。”原纪香淡淡地笑道，“除了做好朋友之外，还能怎么样?”

这个尴尬的话题没有持续太久，原纪香话锋一转，就开始说起星战的战况。

在星战刚开始的时候，地球军团和半人马星军团便在大西洋海面上有过一场规模极大的短兵相接，地球人将这场战事称为“第一战役”。

在“第一战役”中，虽然从未有过和半人马星人交战的经验，但地球防卫联军中有一位出色的军事天才——来自法兰西共和国的莫里多上校。他以短期内组建的星战舰队应战，并且别出心裁地将战场拉在海面上进行，半人马星军团因为不适应海面上的作战方式，在这一场战役中大败溃逃。

而莫里多上校也因为这场战役的战功晋升为少将，成为地球防卫联军中最著名的将领，得到军事委员会主席克鲁将军的重用。

不久之后，半人马星军团再次集结，但是这次采用的却是在世界各地的荒野、沙漠上游击作战的战法。这场正在进行的“第二战役”，地球防卫联军打得并不轻松，因为地球防卫联军的高层将领被“第一战役”的轻松获胜所惑，以为半人马星军团的战力不强，便将官阶仍低的莫里多少将撤换，改由高级将领兰比尔领军。

但是，半人马星军团的战力并不如预期中的不堪一击。相反，在游击战中，他们将地球的恶劣地形利用得淋漓尽致，使得地球防卫联军一再溃败。

说到此处，远方天边隐隐传来飞行艇的引擎声，原纪香侧耳聆听了一会儿，露出淡淡的笑容。

“他来了。”她仿佛事不关己地拿起飞行头盔，“我还有事，先走了，你们可以好好聊聊。”

几乎是原纪香前脚刚走，任杰夫的飞行艇便已经出现在眼前。

姚德站起身来，对着飞行艇用力地不停挥手。飞行艇在沙漠上缓缓降落，落地之后，驾驶舱门打开，走出来的果然就是任杰夫。

此刻姚德站在小沙丘上，任杰夫看见他的身影，也猛力挥手，一边叫一边跑了过来。

“姚德！”他高兴地远远叫道，“你个白痴！”

听见这个久未有人叫的称呼，姚德大笑起来，举步迎着任杰夫走过去。

“别来无恙！”

“近来可好！”

两个人在小沙丘脚下相遇，紧紧握着对方的手，久久说不出话来。

过了一会儿，姚德却没头没脑地说了句话。

“小香来过。”他说道，“她刚走。”

任杰夫摇头道：“我们不要谈她，好不好？”他的脸上仍然泛着艳色容光。隔了一阵子不见，姚德微妙地觉得他的长相更加女性化了，但是这种想法当然不能对他直说，因为这种苦头姚德是吃过的，绝不能对任杰夫提起有关他容貌的事情。

“我们谈些别的……”说到此处，任杰夫突然脸色一变，眼睛望向远方的一道沙尘。

那道沙尘的速度极快，仔细一看，隐隐可以看见其中有个活物正在奔跑。

而且，正是对着两个人的方向而来的。

“糟了！是半人马星的生物战斗兽！”任杰夫急道，“你不能待在这儿，你跟我的飞行艇走！”

那只半人马星巨型战斗兽来得很快。但是，任杰夫的飞行艇却在此时发出重重的悲鸣，所有仪表开始不正常地乱跳，像是癫狂了一般。

更糟糕的是，沙漠的地面仿佛吃不住整架飞行艇的重量，飞行艇开始缓缓倾倒，倾倒时机身还陷入了石缝之中。

“妈的！”任杰夫大叫道，死命拍打着驾驶仪。

姚德看任杰夫满脸大汗，打算将卡住的飞行艇从石缝中拉起，但是引擎的声音却越来越微弱，最后“嗤”的一声，仪表板上冒出青烟，就此动弹不得。

那个半人马星战斗兽是人兽合一的巨大兽类，身形比任杰夫的飞行艇小一些，下身是有着六只巨足的兽身，上身却是肌肉如恶瘤般发达的人身。此刻它手持一支乌光湛然的矛状武器，惊天动地地向姚德和任杰夫乘坐的飞行艇冲过来。

姚德目瞪口呆地望着它猛烈冲撞过来的身影，知道如果被那支巨矛刺中，整架飞行艇就要粉身碎骨。

在这样的危急状况下，飞行艇仍然固执地卡在石缝之中，一动也不动。

那个战斗兽越来越近，危险迫在眉睫。任杰夫愣愣地看着眼前冒烟的仪表板，而姚德却张大着嘴，无助地看着战斗兽惊天动地的身影。

没救了……难道自己就要丧生在这个外星怪物的手上？

巨兽在地面上奔跑传来的振动感，让姚德觉得自己仿佛看得到半人马星战斗兽狞笑的神情，手已将长矛高高举起……

姚德不由得闭上了眼睛。

突然，一道黑影从旁边一闪而过。一架已经化为人形的红色飞行艇从不知道什么地方，如鬼魅一般出现，往任杰夫和姚德所在的飞行艇机身上一护，硬生生地接下了战斗兽用尽全力的一记猛刺！

这一记猛刺的力量极强，一下便穿透了红色飞行艇的人形机身，并且发出灼亮的火花。

就是这样一个剧烈震动，将任杰夫的飞行艇艇身震松了，一下从石缝中脱身出来。而且仪表板像是复活了一样，开始发出亮光，所有仪器重新开始运作。

姚德急忙往外看那架红色飞行艇的情况，发现它在战斗兽的猛攻之下损坏非常严重，驾驶舱上还破了一个大洞。

从大洞之中，姚德仔细辨认，发现红色飞行艇的驾驶员果然是原纪香！

此时原纪香满脸血污，紧闭双眼，一动也不动。

而那个战斗兽依然大声咆哮，一记又一记地猛烈刺着她的飞行艇。

“杰夫！快过去！”姚德大叫道，“是小香！”

在这么紧急混乱的情况下，任杰夫的表情依然很沉静，他熟练地操作飞行艇，让它缓缓起飞。

“砰”的一声巨响，原纪香的飞行艇终于承受不住战斗兽的攻击，重重地跌倒在地。

这时候，任杰夫的飞行艇已经升空，他在空中一个转身，便向那个疯狂攻击的战斗兽发射了两枚量子导弹。

两枚导弹一发命中胸口，一发命中头顶，准确地击入半人马星战斗兽的身体。

“嘭”的一声，战斗兽的头、胸同时炸开一个大洞，泛出强烈的蓝光。战斗兽哼也不哼，倒地不动了。

[第09章]
情深难报

任杰夫将飞行艇稳稳停好，姚德迫不及待地打开驾驶舱门，跌跌撞撞地冲向原纪香的机舱。

机舱中弥漫着烧焦的味道，姚德惶急地打算把原纪香抱出来，还没碰到她的身体，整个人就呆住了。

在方才的撞击中，一根金属杆脱离了原先的位置，刚巧直直地插入原纪香的腹部，将她活生生地钉在了机舱中！

姚德一看之下，不忍心地把头别过一边，一下子热泪盈眶。

这时，原纪香缓缓睁开眼睛，对他虚弱地笑笑。

“姚……”她气息微弱地问道，“他……他呢？”

“他在，他在那儿把飞行艇降落……”姚德强忍着眼泪说道，“……你……你不会有事的。”他扭头向着远处的任杰夫大喊道，“杰夫！快过来，快来啊！”

原纪香的脸上露出温柔的神情。

“他……还是不来的，是不是？不要催他，让他自己好好地过，因……因为，他自己也是很苦的……”

“不是的，他还在停飞行艇，他一会儿就来。”姚德着急地大叫道，“你等等，我去叫他过来！”

“不……用了……”原纪香的声音更微弱了，却越来越温柔。“只要我知道……我自己的心就好了，他……他知道自己的，他知道的……”

然后，她静静地把头一歪，停止了呼吸。

姚德又惊又悲，转头一看，只见不远处的飞行艇旁，任杰夫已经走下了机舱，却仍然静静地站在那儿。

“你过来呀！”姚德大叫道，“她死了，你知不知道？她为了救我们死了！你知不知道啊！”

任杰夫迟疑了一下，才慢慢走过来。

姚德再也按捺不住，一下跳下机舱，向任杰夫的方向猛冲过去。

一跑到任杰夫面前，姚德一扬手臂，便结结实实在任杰夫的脸上揍了一拳。

这一拳出力极大，但是任杰夫丝毫没有闪避，任由姚德击中自己的脸，然后重重地跌倒在地。

“你到底有什么毛病？”姚德怒吼道，“她的心意，你还不知道吗？现在人家为救你送了命，你连看她最后一眼也做不到吗？”

任杰夫轻轻地抚着红肿的脸，却不答话。

“像你这种铁石心肠的人，根本就不懂得爱，小香爱上你这种人，真是倒了八辈子霉！”姚德从身上掏出信号曳光弹，指着任杰夫。“现在我要去找人安置她的遗体，你来是不来？”

任杰夫还是不理他，自顾自地低头不语。

“混蛋！”

姚德怒目瞪了他一眼，也就不再说话，迈开大步，向荒原的另一端飞奔而去。

不一会儿，天际冲出一道带着紫烟的曳光痕迹，那道紫烟冲得老高，是特战队求援的讯号。

任杰夫又在地上呆坐了一会儿，这才慢慢踱到原纪香的机舱旁边。

年轻英气的女子安详地闭着眼睛，却再也不会醒过来了。

第09章 情深难报

任杰夫轻轻地擦拭原纪香脸上的血污，这时，她的眼角悄悄地泌出一滴清泪。

而几乎与此同时，也有一滴泪水落在了她的脸上。任杰夫悲伤地看着她的容颜，掉下了眼泪。

“你的情，我这辈子是还不了的，希望你能够了解。”

泪水、血水混在原纪香的脸上，女孩没有生气的脸上却透现出温柔释然的神情。

“我了解。”她仿佛在无声说道，“真的，我了解。”

任杰夫揩了揩眼泪，转头望向远方，在那儿，特战队陆用车扬起的沙尘，已经隐隐可以看见。

在这场“第二战役”之中，因为兰比尔将军的冒进，使得地球防卫联军死伤惨重，让半人马星座军团大获全胜。经此一役，地球军团的星战级战舰泰半毁坏，元气大伤，不得不将主战场退回大气层之内。

虽然后来地球防卫联军军事委员会对于中途改变了莫里多少将的战略感到后悔，并再次将莫里多延揽回军事委员会，但是莫里多当初苦心建立的星际战斗舰队已经失去了初建时的超强战力。地球军团在大气层外战场大势已去。

荒原一役，折损了地球防卫联军的十数名飞行员，包括姚德最亲近的旧友原纪香。因为要执行战斗任务，所有飞行员被调往各大战区，所以姚德也没有再见到任杰夫。

只是，在午夜梦回之际，姚德想起当自己时打了任杰夫那一拳，也感到有点后悔。

因为，感情的事，本来就不是旁人可以了解的，也无可置喙。

姚德后来辗转听人说起，当救援队抵达的时候，任杰夫已经将原纪香的尸身抱了出来。他紧紧地抱着她，仿佛非常不舍她的离去。

这样的凡人情事，在星战时期的战乱之中，只像是巨大漩涡中的一片小小落叶，没有人会留意，也没有人会关心，一眨眼间，便已经消失在纷扰的人间。

随着时间的流逝，星战的范围越来越广，战事也越来越惨烈。

姚德在地面特战队中，随着部队南征北讨，身边的战友时时因为战死、调职不断变动。他的个性本就不容易短期间便和人打成一片，所以在军旅征战生涯中，也就很少再交到像任杰夫、海志耀他们那样亲如兄弟的朋友。在战功的累积中，姚德的职位也逐步升迁，现在已经是中尉了。

因为姚德的勇猛善战，在地面特战部队中，“姚德中尉”的名声逐渐响亮了起来。

然而，战功和职衔在姚德的心中完全没有意义，他生性本就恬淡疏懒，除了摇滚音乐，对人生也没有什么野心。但是，在这样的星战乱世之中，人们不再重视音乐。不过，姚德还是把吉他带在身边，在空闲的时候就弹上几曲，弹的时候也不见得有人欣赏，就是给自己解解闷。

这一日，特战队刚刚结束了在澳洲的一场小型遭遇战，将一支半人马星人的海战部队歼灭在海滩之上。夜里，姚德便和部队的伙伴们来到古城雪梨一家热闹的军人酒吧。

在酒吧里，酒香、人声、烟雾交织在一起的欢乐气氛，隐隐有当年“浪荡废墟”的感觉。姚德置身在来自世界各地的军人之中，遥望着那空荡荡的舞台，不禁感到有些迷蒙蒙的，一时之间，仿佛又回到了当年在“天使之京”的欢乐时光。

仿佛依稀可以看见“吉他手任杰夫”戴着面具，在灯光黯淡、觥筹交错的酒吧里，金色拨片划出一道道如闪电般的轨迹……

仿佛依稀也可以看见比男人还凶悍的原纪香，叉着腰在酒吧里怒骂闹事客人的模样……

还有，在战役中失去联系的丁于等人，也出现在这样的回忆场景之中……

当然，还有姚德无日以忘之的娇美容颜，轻柔的声音仿佛还回荡在耳边……

“……我有一个小秘密，只告诉我最亲密的人听哟……”任青河会这样温柔地咯咯笑着，“……为什么你不戴上耳环呢？如果你戴上的话，一定会非常好看哟……”

而姚德的左耳上，将一直戴着那个银十字架耳环。

突然，一道黑影悄没声息地排开人群，悄悄地挡在姚德的面前，将他的视野全部遮住。

毕竟是个久经战阵的人，虽然置身在这种令人放松的欢乐气氛里，这样的突发状况仍然不太寻常。姚德警觉地坐直身子，手已经按在随身的配枪上。

然后，他听见了一个颇为熟悉的爽朗笑声。

“干什么啊！有酒的地方，居然没有音乐，成什么体统？”

姚德睁大眼睛，欣喜地抬头，便看见了那个熟悉的面容，正咧着大嘴，开怀大笑着。

水克斯！

在当年的“彩虹毒药”乐团中，有着一手出神入化电子鼓绝技的鼓手水克斯！

“臭口水？”姚德惊喜地叫着水克斯当年的不雅绰号，“你怎么会在这儿的？”

在酒吧的喧闹中，两个久已不见的旧友紧紧地拥抱在一起，过了良久，才开始互相述说别后的经历。

原来，水克斯在星战爆发后便被调往海底作战部队。他自嘲道：“也许是这个令人产生联想的姓氏，才会被调往这个部队。”

几年来，水克斯的部队大多潜藏在深海之中，等闲难得上岸来度度假。聊及其他旧友，水克斯知道丁于在战役中失踪了，也知道任杰夫加入了空中飞行艇队，听说海志耀被编制在南极的部队，还听说了在地面特战队中“姚德中尉”是个响当当的名字。但是，原纪香的死讯，却是现在姚德告诉他了，他才知道这个不幸的消息。

谈话间，两个人时而开怀大笑，时而唏嘘不已。水克斯这次上岸是专门来度假的，还应了一个部下的邀请，来到部下位于澳洲的家中探访。

水克斯的这个部下，居然也是姚德认识的人。

“我是陆品湖，是您从前见过的人。”那个人笑着和姚德打招呼。

姚德有点惊讶地看着陆品湖，知道自己的确见过这个人。

当年，姚德和乐团的伙伴一起去炸毁“天龙堂”之后，从“天使之京”搭上一艘难民船到“帝王之京”去，在船上遭遇了前来追杀他们的帝京名剑士“蝎神电剑”桑俊禾。而这个陆品湖便是桑俊禾的同伴。

当时，他的下场颇为狼狈，是被桑俊禾吓得跳进大海中的。

“那时候，大家是各为其主，有得罪姚中尉的地方……”陆品湖恭敬地鞠躬行礼道，“请姚中尉多多包涵。”

姚德连忙说道：“没有的事，没有的事，那些事情我早忘记了。”

三个人哈哈大笑，还是因世事变迁而感慨不已。谈笑间，姚德注意到陆品湖小心翼翼地捧着一个手袋不放，便有些好奇。

“那是什么东西?”他笑着问道，“怎么看你当个宝贝似的，连放都舍不得放下来?”

陆品湖一怔，不好意思地笑笑，顺手把袋子打开。

“也没有什么啦！上次我在纽约城偶然见到这个……”他从袋子里拎出来一个穿着公主裙的小熊玩偶，“这是现在美利坚最流行的‘说话熊’，里面装了人工智能芯片，可以陪孩子解闷说话。我的女儿有先天疾病，不能够晒到阳光，所以朋友很少。”

“这种玩具，我也听说过，据说它还会依照主人的个性，自行学习对话模式，是吗?”

“姚中尉果然见多识广，就是这样的玩具，是准备送给我的小女儿的礼物。”陆品湖笑道，眼中闪着温柔的光芒。“战争嘛！我见到女儿的机会很少，上次见到她的时候，她还只能抱在怀里，现在都上幼儿园了……”

姚德理解地笑笑，轻轻拍了拍他的肩膀。在酒吧热闹的人潮中，他调皮地敲敲杯缘，对着人群举杯大声叫道：“敬伟大的爸爸！”他热切地大笑道，“爸爸万岁！女儿万岁！”

军士们哄然大笑，纷纷举杯一饮而尽。

陆品湖在这样的热烈气氛中，笑得几乎合不拢嘴，他也举起酒杯，正打算干杯时，酒吧里突然警报声大作。

“一级战备，一级战备！”广播声中，播报者的声音很是惶急。“敌人大量来袭，敌人大量来袭，各级士兵一律取消休假，立即回各单位报到……”

仿佛是要呼应这个讯息的真实感似的，只听见一声巨响，酒吧内的光线猛然一暗。

酒吧内的欢乐气氛像是断了气的死兽一般，立刻消失无踪，取而代之的，是闹哄哄的人声和纷乱沉重的脚步声。

姚德环视了一下四周，再回过头来要和水克斯说话时，却发现他已经挤进了人群中。

“水克斯！”

水克斯在人群中回过头来，大声回答：“姚德！你个臭小子！”他大声叫道，“下回再找你干杯！”

姚德还想和他说些什么，却发现他已经消失在人群之中。

姚德的部队就在酒吧附近，所以他并不急着在人潮中和众人你推我挤。他缩着身子靠墙站着，让急着离开的军士们先行过去，这样一来，却在手上碰着了一个毛茸茸的东西。

原来，在刚才的紧急讯息一来，陆品湖就在忙乱中忘了拿走玩具小熊。姚德想起他方才提及女儿时眼中闪着的水光，无奈地摇摇头，便把小熊抱在怀中，心想，等日后有机会，再把小熊送还给他。

姚德抱着小熊，置身在纷乱的人群中，误触了小熊的说话功能键，那只可爱的“说话熊”便开始在他怀中蠕动，娇嫩嫩的嗓音开始甜甜地说道：“爸爸和妈妈，还有我可爱的家……”

回到特战队本部的时候，姚德才知道，原来半人马星人又开始了另一波全面攻势，想来是要趁着“第二战役”后，地球防卫联军元气大伤之际乘胜追击。

但是，这一回他们应该讨不了好处。因为，在“帝王之京”坐镇的，正是半人马星人的最大克星：莫里多中将。

莫里多将军面对这一次的半人马星人大举来犯，采取的是“围魏救赵”的古老战法。

在半人马星人军团大举出动，攻击地球各大阵地时，莫里多将军却指挥所有的飞行艇集中火力，拼全力攻击位于世界各大城市上空的六艘巨舰，并且在短短一天之内，将“天使之京”上空的“龙畏”战舰击破了一个缺口。

这是星战史上第一次，地球防卫联军取得重创半人马星人巨舰的战果。就是从这一战果中，地球防卫联军终于发现了半人马星军团的一个极大弱点，对日后的战事产生了决定性的影响。

在这个星战时期著名的“第三战役”中，莫里多将军和情报机关综合多方面数据进行分析。他们联系了“龙畏”战舰受创时各地的半人马星军队战力的消长状况，发现了一个关键：在“龙畏”巨舰受伤的那个时刻，许多半人马星军团的巨兽和飞行器也同时失去战力，在作战过程中纷纷无缘无故地突然瘫痪死亡。

也就是说，半人马星军团的战力和六艘巨型战舰是息息相关的。因此，还可以进一步推断，这些巨舰的战力状态，很可能和位于小行星带的母舰“龙城”有着密不可分的关系！

日后星际文明专家的研究指出，半人马星系极度缺乏矿物和金属资源，所以，他们的星系科技是朝着“有机科技”的方向发展的。和地球人不同，半人马星人最擅长生物科技，以有机物的研究为主，就连翱翔星际的太空战舰，也是以有机生物的形式制造出来的。

什么是“有机科技”呢？简言之，就是地球上的“生物科技”。从入侵刚开始的敌情分析，地球上的科学家便发现，半人马星人的六艘巨舰与其说是宇宙飞船，倒不如说是六个巨大无比的生物，因为许多迹象显示，这六艘形貌丑恶的巨舰，居然是有机生物体！

而且，后来的星际文明研究发现，半人马星人之所以会去侵略地球，并不是一个偶然事件。从一些代远年湮的星际记载中，宇宙史学家发现了一些证据，证明半人马星座文明和地球文明有一些微妙的共通之处，这些共通之处还直指一位始终神秘无比的“时光英雄雷葛新”。

而在六千年前的史前神话传说中，还有过“疑似”半人马星人造访地球的证据。虽然这些证据没有很多细节，只知道当时的造访者有一个名号叫“南斗”。而对星象学略有研究的人都知道，在古代中国的星象中，“南斗群星”指的便是半人马星座！

地球防卫联军的这个重大发现，决定了这场星战的最终胜负。也因此，“第三战役”便成了两军最后一次大规模正面交锋。

虽然在这场战事中，半人马星军团暴露了他们的致命弱点，但是，因为他们在太空中占绝对优势，还是重创了地球防卫联军。所以，虽然地球防卫联军这一次由莫里多领军，并没有像“第二战役”那样大败亏输，但是也没有讨得好处。

基本上，“第三战役”是一场两败俱伤的战事。

在澳洲水域上空，姚德和三十名特战队的弟兄默然坐在机舱中，听着全球卫星联播报道各大军区的战况，大家的心情越来越沉重。

“我们会打输吗？”一个弟兄茫然地问道，“如果被半人马星人打败了，我们是不是要变成奴隶了？”

“别乱说！”一名校级军官瞪了他一眼，“我们有莫里多将军，怎么可能会输?”

姚德又想起了当年在“帝王之京”第一次看见莫里多的情景。虽然当时他们交谈不多，他那时也不知道对方是一个声名显赫的军官，但当时他就不由自主地对莫里多生起一股亲切的感觉。

而莫里多也对姚德十分看重，那时候还要姚德去从军，让他为政府尽一份力。

当时的姚德只觉得那样的想法实在荒谬，根本不觉得自己会成为一个军人，更遑论是一个出色的军人。而现在，不知不觉的，他已经在军中待了很长时间，“姚德中尉”也成了优秀军人的代名词。

这时已近黄昏，从海平面映照而出的夕阳光芒万丈，波涛中像是有成千上万的金蛇翻滚，非常耀眼。

姚德拿过身旁的军用行李包，想拿出电子军事记事簿记录一下今天的行程，刚探手进去，却碰到了一个毛茸茸的东西。

姚德愣了愣，随即想起那便是当日陆品湖遗忘在酒吧中的“说话熊”玩具，是他本来要送给小女儿的礼物。

突然，有个特战队员看着窗外，高声大叫起来：“看！那是什么?”

众人闻声立刻凑到窗旁往外望去，看见了极为惊心动魄的交战景况。

在海域中央，这时正高速冒起一道水花，从水花的间隙中，可以看出，那是一艘地球防卫联军的中型潜艇。

而在后方追击的，是几艘半人马星人的生物艇。这种生物艇的外形有点像地球上的魔鬼鱼，扁平的艇身在水面上不住地打旋，间或发出耀眼的黄色光芒，速度极快，追击着那艘落荒而逃的地球潜艇。

这时，远处的空中出现了前来支援的地球兵团空军。浅黄色的飞行艇灵活地在天空中飞舞，开始猛力攻击那些半人马星生物艇。

姚德和同伴们目瞪口呆地看着这一幕惨烈的交战场面。那些支援的飞行艇火力相当猛，刚一出现，半人马星生物艇便阵脚大乱，混乱地开始反击。两军互相攻击之下，那艘被追击的潜艇总算有了喘息的机会。

但是，那艘潜艇的速度一减慢下来，艇身上就开始冒出浓烟，再也支撑不住，缓缓地从水中歪歪扭扭地浮了上来。

一看见这样的情形，姚德的长官当机立断，向机上的驾驶员简短地询问情况，就决定直接飞过去，立刻救援潜艇。

这时，潜艇里的人员纷纷从舱口爬出来，呛咳不已。他们看见一架战斗运输艇正飞过来，便在潜艇身上雀跃不已，脱下衣服拼命挥动。

姚德走进驾驶舱，在那儿指挥驾驶员如何停靠，好方便从机上挂下运输带，将潜艇上的人员全部救起。可是，因为刚才半人马星生物艇的攻击很猛烈，潜艇上有许多人受了伤，不能够自行爬上来，潜艇上还能行动的人员数量不多。

姚德的长官考虑了一会儿，决定派机上的特战队员全部下去，把潜艇里的伤员救上来。

姚德紧张地看着潜艇上的人，却惊讶地发现水克斯和陆品湖也在人群之中。

自从那一夜在酒吧匆匆分别之后，姚德便再没有见过他们，而自己的背包中，还带着陆品湖要送给小女儿的礼物。

姚德凝神帮助驾驶员操控战斗运输艇。这是一个非常困难的工作，因为要把飞艇的晃动程度控制到最小的程度，一旦有小小的振动，很可能就会造成人员的伤亡。

这样一个精细的工作，不能有一点儿分神，姚德专心地看着仪表板，看着显示屏上的数据。然而，他忽然看见一旁的驾驶员像是发了疯似的张大嘴巴，双手抖得像秋风中的落叶。

“喂！”姚德低声怒道，“干什么？你在搞什么鬼？”

那个驾驶员嘴里发出“咯咯咯咯”的古怪声响，瞪大了眼睛，愣愣地看着正前方的屏幕。

姚德狐疑地瞪了他一眼，顺着他的目光看出去，这才知道为什么驾驶员会吓成这个样子。

原来，在潜艇的后方，这时缓缓地出现了一个似人似鱼的巨大物体。这个物体的外表是深绿色的，身上长满了海草，但是眼睛却神光湛然，流露出无比怨毒邪恶的光芒。

这时候，潜艇上的人也有人注意到了这个可怕的巨大人鱼状物体。

姚德在惊惶之余，转头去看人员负载机舱，却见机舱中已经空无一人。

也就是说，所有特战队员都已经下去了，现在所有人都在潜艇的艇面上！

接下来会发生什么样的可怕事情，姚德连想都不敢想。

那个人鱼状的巨大物体显然便是半人马星的另一种海兽形巨大生物武器，身长几乎和庞大的潜艇一样。此刻它的眼睛部位依然神光湛然，但是颜色却开始发生变化。

一看见这样的变化，姚德便知道事情要糟。

“快逃啊。”他嚷道，虽然明知道无论怎么叫、怎么示警都已经来不及了，但他的嘴里仍然不由自主地叫了出来：“快逃啊！”

潜艇上有几个反应快的人，一个纵身便跳下海去。但是，无论跳水的速度有多快，还是快不过巨型人鱼生物兽眼睛发出的光芒。

只听见“嗤”的一声，人鱼兽眼睛里的光芒集结成束，准确地击在潜艇的艇身上。

刚击中的那个瞬间，一切完好如常，仿佛没有任何事情发生，仿佛那道奇特的光芒只是一道全无伤害的探照灯光。

但是，那只是错觉。来自半人马星的人鱼生物兽的死光是这场星战中最可怕的武器，只见整艘潜艇像是发起的面团一样逐渐变大，同时颜色转淡。

“轰隆”一声巨响，炸开了漫天的水花。在耀眼的光芒下，偌大的巨型潜艇和艇上的数百名战士，就在瞬间被生物兽的死光武器炸成尘灰。

第09章

情深难报

这一幕映入姚德的眼帘，只看得他目眦尽裂，却完全没有办法阻止这场惨剧的发生。

那个驾驶员仍然直愣愣地看着前方，像中了邪一般，完全没法做出战斗反应。

而那个人鱼生物兽炸毁潜艇之后，明亮邪恶的眼睛缓缓转动，定定地和姚德打了个照面！

就在这一瞬间，姚德头发都要立起来了。糟糕！

如果它能够在一瞬间毁掉那么大的潜艇，那么姚德所在的这艘战斗运输艇外壳会不会比潜艇还要强韧坚固?

当然不会！

“快逃……”姚德低声说道，推了推那个驾驶员，随后提高了声音。“妈的！快逃啊！”

这时候，驾驶员才如梦初醒，像是杀猪般高声惨叫起来。他一边惨叫，一边手足无措地乱抓乱踢。

可是，就是因为这样的无意识动作，阴差阳错地救了两个人的性命。

驾驶员的手乱碰到了烟雾弹的掣钮。一蓬淡黄色的浓雾从机首喷出，便没头没脑地往那头巨型人鱼生物兽的脸上罩过去，将那灼亮的死光光芒盖住了。

“嗤”的一声，人鱼生物兽仍然毫不犹豫地发射出死光，却失了准头，死光光线透过淡黄色的浓雾，只差一点点就要击中姚德的飞艇。

就趁着这一个耽搁，姚德眼明手快地把那个失神的驾驶员推开，握住驾驶杆，整架飞艇便像发狂一般死命爬行升空，加速逃离。

不知道为什么，姚德没有办法让战斗运输艇爬升到更高的高度，只能在数十米处贴着海面飞行。而那只半人马星人鱼生物兽当然不会放过他们，它一个利落的入水，便飞速朝姚德的战斗运输艇的方向追了过来。

人鱼生物兽果真是一种战力极高的武器，它在水中的速度不输空中的飞行艇。姚德拼命提升速度，却怎样也摆脱不了它。每次在几乎追到战斗运输艇的时候，它便潜入海底，借着浮力像鲸豚一样灵巧地跃出水面。有几次，战斗运输艇几乎被它撞下海。

姚德眼前突然出现一道峥嵘的礁石，原来不知不觉间，战斗运输艇已经被人鱼生物兽追到了一个小岛上。这个变故来得突然，等到姚德发现，要扭转机头时，已经来不及了。

在撞上小岛的一瞬间，姚德清楚地看见了礁石上的杂草和苔藓。

就在此时，不知道为什么，人鱼生物兽也陡地跃出水面，它也没有注意到这一道高耸的礁石。而因为姚德的战斗运输艇已经减慢了速度，人鱼生物兽后发先至，反而在姚德之前重重撞上了礁石。

而后，姚德的战斗运输艇才撞上了巨大的人鱼生物兽。这一下反而因祸得福，因为人鱼生物兽的外皮并不像礁石那么坚硬，而是像有机组织一样柔软，撞上之后，并没有让姚德的飞艇四分五裂。

这两道撞击力实在太强，那道礁石看似峥嵘，却并不十分坚硬，人鱼生物兽和飞艇一前一后撞上它之后，便整个崩垮下来。

这样一来，撞击力虽然阴错阳差地减轻了不少，但是对人的肉身来说仍是极度剧烈的冲击力量。在这样的力量撞击下，姚德只觉得像是一道乌黑高大的墙从眼前压下，紧接着，整个人便失去了知觉。

海风，轻轻地吹拂在沙滩上。

月色，静静地洒在星空下的夜风里。

不知道昏迷了多久，姚德才在一阵剧痛之中醒了过来。

刚醒过来的时候，姚德头脑昏沉，一时之间不知道自己在什么地方。他意识模糊地觉得，自己正身处在“浪荡废墟”的后台，午后的阳光只有一丝丝透进杂乱的室内，昨晚的宿醉让自己头痛欲裂……

“喂……”刚醒来的时候，他不由自主地叫着任杰夫的名字。“……喂，杰夫，我们是不是该练歌了啊……”

远方传来轻轻的潮水声，风中有海水咸咸的味道。

第09章 情深难报

姚德有点昏沉地举目四望，但是视线却无法聚焦，这样的动作之下，身上那阵剧痛又清晰地传来。

这样的剧痛却有助于他的清醒，他像是被一盆冷水浇醒了一般，陡然想起失去知觉前发生的事情。

巨大丑恶的半人马星人鱼生物兽。

化为尘灰的潜艇。

烟雾弹的烟尘中，那一道如鬼魅般冒出的死光。

视野中陡然出现的巨大礁石。

还有……

还有什么?

“啊!”

他陡地一凛，在夜色下再次极目四望，总算看清楚了自己的处境。

此刻，战斗运输艇的驾驶舱门已经完全掀开。也不知道是什么样的幸运，在这样的巨大撞击中，自己居然没有被削掉脑袋。

但是，那个驾驶员就没有这样的好运气了。也许是在受撞击的时候，不知道什么东西击中了他，虽然他仍然睁着眼睛，仍然挂坐在椅子上，脸却朝着身体后方，整个脖子像是扭曲的劣质橡皮一般，整整转了一大圈。

姚德心下有些难过，走了过去，将驾驶员圆睁的眼皮抚下，一边动了动四肢。这样一动，身上的剧痛又传来，他忍不住哼了一声。

这一声呻吟却引得外面有了一些动静。因为有着军人的警觉，姚德立刻像猎犬一般竖起了耳朵，站立不动，仔细聆听驾驶舱外的动静。

没有声音。

除了方才那窸窸窣窣的声音之外，现在只有海水的拍岸冲刷声。在夜色中，周围显得更加寂静了。

[第10章]
公主之吻

姚德这样保持警戒了一会儿，身上的剧痛又逐渐清晰起来。他轻轻地以指腹探探自己的胸口、腹部，发现没有什么明显的伤口，却在胸口下方摸到几个非常疼痛的点。

摸到这几个痛点之后，他的心情反而轻松了许多。这显然是肋骨骨折引起的疼痛，而这样的伤势对姚德来说并不算严重。因为，在他小时候的街头岁月里，便有几次被人打折了肋骨，后来他就对这样的伤势相当有经验，也知道怎样调养。

他小心翼翼地避免会震动到肋骨的动作，慢慢地爬出驾驶舱。

一出驾驶舱，他就被一张巨大的、丑陋的脸吓住了!

姚德在突如其来的惊吓中，不自觉地深吸一口长气，吸气的动作牵动了肋骨，又疼痛了起来。

那张巨大丑陋的脸却没有任何表情的变化。姚德惊魂甫定之下，又细看了一下，才发现，那是人鱼生物兽的脸。

此刻，人鱼巨兽像一条巨大无比的死鱼一般，双臂扭曲，直挺挺地横在地上。它的长度足足有战斗运输艇的两倍，而阴错阳差的，战斗运输艇尖锐的机首直直地插入它的胸口和脖子间的部位，斜斜地将它钉死在了地上。

第10章 公主之吻

姚德艰难地从驾驶舱爬下，足尖落在它的下巴部位。接触的那一瞬间，他发现人鱼生物兽的外皮相当柔软，却没有生物外皮的质感，像是光滑的塑料。

俯看下去，人鱼生物兽那一对会发出死光的大眼睛此刻已经黯然无光，看来已经失去了置人于死地的能力。这样看起来不仅不可怕，还有点滑稽之感。

但是，姚德又想起它在弹指间炸毁一艘中型潜艇的可怕景象，仍然忍不住打了个寒战。

人鱼生物兽的脸，因为撞击已经变得面目全非。更奇怪的是，它的脑门上有一个很大的洞，里面黑漆漆的，洞内显然极深。

这样一个大洞，到底是什么东西形成的?

难道是有其他武器攻击它，才打了这么大的一个洞?

姚德从人鱼生物兽的“脸”上爬下去并不容易。它的下巴离地大约有六七米的高度，好在撞击时它的脸上弄出了不少伤口，爬下时能有着力之处，这才让姚德毫发无伤地爬了下来。

一着地，姚德便看见了一个非常奇怪的东西。

那是一个像是水生动物的蛋鞘一样的物体，个头却要大上许多，而且表面是透明的。

姚德好奇地走过去，就着月光向鞘形物看进去，却看不出什么端倪。

突然，他灵机一动，回头看着那只“死亡”的人鱼生物兽，估算了一下它额上的洞口大小。

然后，他好奇地俯下身来，看看鞘形物旁的沙滩，果然发现，有一道长长的沙痕，从人鱼生物兽的额前一直延伸到鞘形物的旁边。

也就是说，这个鞘形物很有可能是从人鱼生物兽额上的大洞里“迸”出来的。

根据军方的科学家研究后指出，半人马星的战斗生物兽虽然都有着生物形态，但是它们却更像是工具，而不是真正的生物体。

如果这样的说法没错，从人鱼生物兽里迸出来的鞘状物，里面难道会是……

难道里面就是半人马星人?

在这场星战之中，有着许多耐人寻味的不解之谜，其中之一便是：从来没有人见过半人马星人。

这样的说法，姚德第一次听说时也觉得匪夷所思。因为，在交战的过程中，除了生死相决之外，免不了会有一些俘虏。从那六艘巨舰出现在地球上空开始，这场星战就是一场前所未见的战争，因为，半人马星人从来不曾向地球宣战，面对地球的各种联络、沟通，他们也从来不曾理会。

然而，就算是这样，难道在星战的过程中从来没有过俘虏吗?

当时回答姚德问题的长官也是一脸难以置信的神情，但是，的确从来没有过半人马星人被俘虏的记录。

因为，他们的战斗生物兽一旦战败，不知道为什么，总会在极短时间内化为烟尘，荡然无存。所以，地球的军方机构从来没能来得及对这种外星人进行任何研究。

现在，出现在姚德眼前的，却很可能是一个半人马星人。

从来没有地球人见过的半人马星人。

姚德很好奇地望着那个鞘形物，伸手碰了碰它，发现它的质地像硬橡胶一样，并不像外表看着那样脆弱。

要不要用器械把它割开?

一时之间，姚德有了这样的念头，但是继而一想，又觉得危险性太大。

谁知道半人马星座的“人”会是什么样子呢?如果他们是那种见风即长的怪物，或者是像地球上的猛兽那样长着锐利的牙齿，吃人肉作大餐，岂不是自找苦吃?

第10章 公主之吻

那么，要把它烧掉吗？既然他们是那样可怕的敌人……

正当姚德在脑海中转着这样举棋难定的念头时，却听见身后又传来了窸窸窣窣的声音。

姚德有点不安地缓缓转头，却看见那头巨型人鱼生物兽的身上发生了令人匪夷所思的大变化！

因为，那具庞大的身躯此刻像是化为水、化为尘沙一般，从上边不住地倾泻下许多似液体又似细砂的东西。

那些水状砂状的东西奔流迅速，这时候，整个巨兽的身体已经化了大半，再也撑不住战斗运输艇的重量。战斗运输艇在半空中翻转了一下，便重重地跌在地上，激起一地尘沙。

很快，那个人鱼生物兽便全部分解完了。而那些似水似砂的东西遇土即化，没过多久也已经看不到痕迹了，只有摔毁的战斗运输艇横陈在月光下。

姚德惊诧地看着这一幕诡异的景象，突然想起了什么重要的事情，连忙回过头去看。

只见透明的鞘形物仍然好端端的，并没有像生物兽那样化为乌有。

下半夜里，姚德回到战斗运输艇上，翻出一些食物、饮用水，还找到了几样物品，便在月光下搭了个床，望着大海，也望着那个鞘状物发呆。因为这样的一天实在太过惊心动魄，他的精神和体力都已经消耗到了极点，不一会儿，就沉沉地睡着了。

这一觉严格来说睡得并不好，姚德做了许多迷离奇怪的梦。他一会儿梦见天空中有一只巨大的半人马星生物兽迎面而来，一会儿梦见剧烈爆炸的火光，时时将自己吓得冷汗直流。

等到他终于醒过来的时候，太阳已经升得老高了。

说来也奇怪，他一醒过来，脑海中想到的第一件事，便是那个透明的鞘状物。

但是他定睛一看，却不禁吓了一大跳。

此刻，那个鞘状物像是长满了蚂蚁似的，上面爬满了许多蠕动的小东西。姚德赶紧连滚带爬地跑过去，细看之下，才发现那些蠕动的小东西是沙滩上的小螃蟹。

不知为什么，在阳光的暴晒下，鞘状物像是有点腐烂了一般，散发出有点像烧烤海产的香味。也许就是因为这样的香味，才引来了这么多螃蟹。

姚德胡乱地将那些螃蟹赶走。做完这件事之后，他在鞘状物旁边坐着，发起呆来。

该怎么样处理它呢?

如果不想冒险让任何可能危害自己生命的东西出来的话，最好的办法当然就是把它烧掉。

但是，不知道为什么，姚德心中隐隐觉得这样的做法不是很好，至于为什么不好，他却完全说不出理由来。

他慢慢地踱步，踱回到战斗运输艇里，又翻出来几件生活必需品。他还到驾驶舱里试了试联络器，但是全部仪器都已经损坏了，找不出一样可以和外界联络的东西。

他从机舱中带出来一些高燃油，也带了点火器，头脑里还是在考虑着也许要把这个可能有着半人马星人藏在其中的鞘形物烧掉。

但是，临走的时候，他又忍不住带了一把高速切割刀。

姚德呆呆地端坐在透明的鞘状物前发愣，阳光直射在它上面，那种烧烤东西的气味更加浓郁了。但是，虽然有这么强的阳光，他仍然看不清里面有什么东西。

不知道又这样坐了多久，最后，他终于下定决心，拿起高燃油，在鞘状物表面上泼了一些。

“咔”的一声，他把点火器点着了。

第10章 公主之吻

只要一点火，这个东西就会烧没了，从此也不会威胁到他的生命与安全。

灼亮的火光逐渐接近，姚德的额上流满了汗。

但是，就在最后一刻，他却大声叫出来，一下把那支点火器丢开老远，然后拿起高速切割刀，毫不迟疑地便往鞘形物上割去。

高速切割刀是军方配备的很有用的工具，连钢铁制品都可以轻易切割。

姚德拿着高速切割刀，因为怕会伤害到里面的“人”，便从四周开始切割。

这种切割刀果然锋利无比，那个鞘形物的外皮看似坚韧，却应声而开。而且姚德只割了一道小口子，那外皮便像是有连锁反应一般，自动裂开了平滑的切口，发出柔和的“沙沙”声。

不到五分钟，整个鞘状物便全部裂开。裂开的方式也相当奇怪，整个外皮仍然连在一起，在地面上摊开，像是一朵奇大无比的透明花。

而在这朵透明花的正中央，蜷卧着一个皮肤白皙、长着一头蓝色长发的“人”！

姚德小心翼翼地走过去，把那个人的长发拨开，意外发现那居然是一个双眼紧闭的年轻女孩！

半人马星人的真面目，居然是和地球人看起来没有什么两样的女孩！

姚德探了探她的鼻息，发现她的气息很微弱，几乎没有呼吸了。

而且，那个“女孩”的眼睛也一直没有睁开，像是随时都可能失去生命的样子！

姚德犹豫了一下，再次回到战斗运输艇内，从医护箱内取出急救虚拟仪。他轻轻地把女孩放平，让她平躺在地上，然后将急救仪放在她的胸口。

二十三世纪的医疗科技得益于“潘多拉核酸”科技，比起一两个世纪前跃进了不知道多少倍。只听那个急救虚拟仪发出低低的柔和的声响，并且在它的上空投射出光影。

“该患者信息不存在，基因模式和人类不尽相同，请输入更详细信息。”

姚德想了一下，选择了其中一项“以最接近模式医疗”的功能。

急救虚拟仪又运作了一会儿，便缤纷地在女孩上空投映出她的身体状况。

姚德方才的推测没有错，女孩的身体状况已经非常虚弱，如果不立即进行救治，的确随时可能送命。

“请将病人身上的不相关物品全部取走。”急救虚拟仪又说道。

姚德走过去，照着急救虚拟仪投映出的部位将女孩的一些随身物品取走。他看了一下这些物品，眼睛不禁睁得老大。

这些随身的物品有许多他并不认识，却可以看得出，有几件应该是很可怕的生物武器。有一样武器居然是一条像生化蛇一样的长鞭，没有去动它，它也像真蛇一样蠕蠕而动。

军方使用的急救虚拟仪的医疗能力果然不同凡响，女孩的身体虽然虚弱，却在不久之后，便恢复了大半的身体机能。

“最后一项处理后，病人即可清醒。”急救虚拟仪说道，“因为状况特殊，病人或许有未知的威胁，请选择，A让病人清醒，B保持休眠状态。”

姚德支着下巴，一时之间不知道该如何做决定。

女孩看似很接近人类，但毕竟是完全不同的族类，而且从她随身携带的物品来看，姚德的确很庆幸，救她的时候她是处于昏迷状态的。因为，如果在她清醒的时候，身边有这些武器，难保不会将这些武器招呼在第一眼见到的地球人身上。

那时候，姚德很可能是第一个见到半人马星人的人，却会马上成为一个不折不扣的死人。

急救虚拟仪列出的选项在姚德面前闪烁个不停，他还是不知道该怎样做决定。

过了良久，急救虚拟仪突然改变了画面。

“病人昏迷时间已经结束，病人将在一分钟内自然醒来，请给予应有的照顾。”

说完之后，急救虚拟仪便停止工作，投映而出的画面也逐渐消失。

这时，姚德开始有点警惕起来，并且将那些武器埋进了土里。如此一来，即使女孩要做出什么对他不利的事，也不会有太可怕的武器可供使用。

果然，一分钟之后，女孩的呼吸声转为有力，缓缓睁开眼睛，就看见姚德站在她的眼前。

迷蒙的眼神逐渐清醒，突然，女孩眉目间的神情转为凶狠，她一反手，打算从怀中掏出什么。

看到这样的情景，姚德心里暗叫了声“好险”，果然方才的做法是对的。如果女孩醒过来时，身上还有那些小型生物武器的话，姚德现在可能已经送掉了小命。

那个女孩掏了个空，脸上神情更是愤怒。她仿佛想要站起身来，却因为重伤后仍极度虚弱，一时间站不起来，重重地又坐倒在地，只能狠狠地瞪着姚德，嘴里却一句话也不说。

姚德叹了一口气，脸上尽量露出友善的笑容，慢慢说道：“我，姚德，我不是坏人。”

那个女孩仍然不搭腔，只是满怀敌意地瞪着他，如果姚德再向她接近一步，她可能便会大声怒叫。

这样的对峙持续了一会儿，太阳此时已经越过树顶，向西方移去。原来，转眼间已经过了中午。

在宁静的沙滩、轻柔的海风之中，难堪的沉默又持续了一会儿，突然，一个古怪的声音响起。

“咕……”

姚德乍听之下有点发愣，转念一想，才明白这是什么声音。

研究外星文明的学者们大概几个世纪也不会想到，跨越几千光年来到地球的另一个星球的人，居然也会发出这样的声音。

想来，半人马星座的女孩是肚子饿了，所以会发出这样的“咕咕”的声音。

姚德轻轻地微笑，小心翼翼地从一旁的食物袋中找出来一个夹肉面包，一罐柳橙果汁，放在手上，对着女孩做出吃喝的动作。

女孩仍然面无表情地瞪着他，不发一言。

姚德又将那两包食物放在手上晃了晃，便轻轻地丢在女孩的前面。

女孩看了这两包食物一眼，吞了吞口水，却没有动手去拿。

姚德想起刚进部队的时候，也有弟兄因为吃饭时有人在面前看着，一个不高兴就因为这样的小事大打出手。

看来，虽然是几千光年外的人，个性却和地球人没有什么大差别。于是，姚德举起双手笑了笑，便转过头去。

女孩迟疑地看了看他，又看了看夹肉面包，终于将包装纸撕开，开始吃了起来。

姚德用眼角的余光看她，发现女孩的吃相颇为斯文，心中不禁出现了很奇怪的感觉。

一般来说，地球人从未见过真正的半人马星人，也将他们视为可怕的异种外星人。但是，此刻姚德见了这个女孩，却觉得天下事最奇怪者，莫过于此。

因为，如果外星女孩是一个张牙舞爪，甚至生吞活人的可怕怪物，姚德都不会觉得有多奇怪。但是，今天他看见她却是个和地球人差不多的族类，反而觉得很不寻常。

如果让这个外星女孩换上地球人的衣物，走在“天使之京”的街头，想来也绝不会有人可以分辨出她和寻常地球女孩有什么不同。

但是，她的确是一个来自数千光年外的外星人。

第10章 公主之吻

为什么会这样?

这里面到底有着什么样的玄机?

就在姚德思索的时候，女孩已经将食物吃完了。吃完东西后，她的脸上仍然没有什么表情，却柔和了许多。

姚德转过头，远远地和她说话。

“你，好。”虽然并没有期待可以和她沟通，姚德仍然一字一字地说道:“我，姚德。”

女孩侧着头看他。姚德这才注意到，虽然距离不是很近，但是在阳光的照耀下，仍然看得出她的眼睛是很美的深绿色。

深蓝色的头发，深绿色的眼睛，除了这两个特征之外，从女孩的外观上几乎看不出和普通地球人有什么区别。

出乎意料的是，沉默半晌之后，女孩居然开口说话了。

“我。”她的声音沙哑，却不是很难听得懂。“欧德卡铃。”

欧德卡铃?

这个声音的音节听起来有点奇怪，至少姚德从来没有听过这样腔调的语言。但是，最前面那个“我”字，却又是相当容易听得懂的地球语言。

“我说的话，你听得懂?”

欧德卡铃点点头。

“我听得懂。”她冷然地说道，“我们要拿走你们的地方，你们的话，我们当然听得懂!”

这大概是地球人第一次从半人马星人的口中，听到他们赤裸裸地承认自己的侵略意图。虽然这场星战已经打了这么久，半人马星人的意图早已经没有任何疑问，但是，第一次亲耳听见这样的说法，还是让姚德有非常奇怪的感觉。

“我说的话，你都听得懂?”姚德冷笑道，“那你懂不懂这句话——无论你们有多强，有多厉害，我们一定会撑到底，撑到最后一个人?”

“我听得懂，所以，我的族人来的时候，你就要死。”女孩点头说道，“但是，他们还没有来，你就不用死。”

在交战的两军之中，这样的情形本来就是很正常的事，但是，被对方如此直截了当地说出来，听起来还是相当不习惯。

姚德很肯定，女孩的遣词用字并没有什么问题，但就是听起来有什么地方不对劲。

“为什么我一定要死？”姚德有点不快地说道，“虽然我们是敌人，但是，你们一定要这样赶尽杀绝吗？”

“赶……尽杀绝？”欧德卡铃疑惑道，“那是什么意思？”

“就是不给人家留后路，要将对方杀光的意思。”

“打仗本来就是这样，有什么不对吗？”欧德卡铃摇摇头道，“就是因为你是我的敌人，所以才要打仗，打赢的话，不把你杀死，那打仗要做什么呢？”

“那像我这样……”姚德指着她手上空的食物包装袋，“我可以杀你，却没有杀你，还给你东西吃，又怎么说呢？如果我是和你一样的人，你不就没命了吗？”

“我也觉得很奇怪，因为如果你把我杀死，也许你就不用死了。为什么你要给我东西吃？”

“因为这就是人性，人的天性并不是好杀的。”

“人性？”欧德卡铃又听不懂了，“但是，你不要告诉我那是什么。因为我发现，只要是我听不懂的东西，就是会让人打不赢战争的东西，那种东西对我们没有用。”

“很好。”姚德没好气道，“反正我也不想告诉你。”

“所以，你不给我东西吃了，对不对？”欧德卡铃很认真地问道，“所以，我要在饿死前找到我的同胞，杀死你，我才能活下去，对不对？”

姚德皱眉道：“为什么你一定要说那些‘杀死你’的话呢？难道你没有听过什么叫‘和平共处’吗？”

“那你是说，你还是会分东西给我吃，而且你不杀死我？”

第10章 公主之吻

“当然。”

“这就是地球人做的事?”

“当然。”

欧德卡铃很认真地看着他，露出洁白的牙齿笑道:“所以我说的没有错，你们一定会输的，你们的地方一定会变成我们的。”

“随便你怎么说。”姚德没好气道，“但是，你要知道，我的战友找到我的机会比你们的人找到你的机会要大得多，所以，你最好对我客气点儿!”

“为什么要对你客气点儿?”欧德卡铃疑惑道，“不杀死我，是你自己要做的事，给我东西吃，也是你要做的事，为什么我要对你‘客气点儿’?”

说到这儿，姚德已经懒得再和她说下去了，于是他径自回到战斗运输艇内，把剩余的物资再找出来。

在阴暗且撞得稀烂的机舱中找东西并不是很容易的事，姚德找了一会儿，却看见欧德卡铃站在机舱口，脸上居然露出了笑容。

“我也来找东西，帮你和我自己找。”

姚德“哼”了一声，连回答都懒得回答。

欧德卡铃见他没有回答，便自己爬进驾驶舱。但是因为里面的空间并不好走，她一个不小心便跌了进去，并且撞进了姚德的怀里。

在她撞入姚德怀里的时候，两个人的嘴唇离得极近。姚德被这样的变故吓了一跳，以为她要来攻击自己了，想要动一下手臂，却发现自己已经整个人被压在下面。

欧德卡铃眯起了眼睛，因为突然从外面的明亮世界跌进这个阴暗的小空间，眼睛一时看不清楚。但是，在姚德看来，她的这个动作却非常迷人。

因为，以前青河的眼睛有些畏光，她在阳光下就会像小猫咪一样，把眼睛眯起来。

静静的机舱中，仿佛有几丝阳光从外面透进来，也仿佛在空气中有着烟尘。

这是姚德第一次从这么近的距离看着欧德卡铃。半人马星女孩的肌肤像水晶一般透明，她的脸颊上有薄薄的透明绒毛，从姚德的角度望过去，像是有着香味一般，迷人欲醉。

而刚才她所说的残酷言语，此刻却像危险的诱惑一般，不仅不让他觉得可怕，反而还有几分带着血色的美感。

姚德本就是个天不怕地不怕的人物。此刻他看见欧德卡铃正用纯净的目光看着他，也不知道是发了愣，还是有其他原因。

“嗯……”

姚德轻轻地哼了一声，脑海中突然开始混乱起来。

他将嘴唇凑过去，轻轻地吻着半人马星女孩红艳的香唇。

欧德卡铃的嘴唇有点冰凉，却又不像没有温度的那种冰凉，触在自己的唇上有种像是泉水般的芬芳。

姚德轻柔地吻着她的唇尖，又轻轻地吻着她的唇角。一时之间，他仿佛完全忘记了她是一个来自外星系的绝对危险的敌人，也忘记了刚才她还气定神闲地告诉他，一有机会她就会杀死他。

奇怪的是，欧德卡铃的眼神中没有情欲的迷离。她只是睁着大眼，眼中有一点点好奇的神采，目不转睛地瞪着姚德。

不知道为什么，姚德的背上此刻升起一阵隐隐的热流。他的脸已经有些发红，他的手迟疑地轻轻搂住了外星女孩的后腰。

情欲的热流，不自觉地在腰腿间缓缓流动……

忽然，欧德卡铃问了一句莫名其妙的话。

“这是什么?”她停留在姚德的唇际问道，“为什么你的嘴唇要碰我的嘴唇?”

姚德有点茫然地看着她，不知道她这样问是什么意思。

“这又是你说的‘人性’吗?”她笑嘻嘻地说道，“为什么要这样用嘴巴碰着我的嘴巴？你们真是一个奇怪的种族。”

突然，有种什么东西迅速抽离的感觉出现在脑海里，一下子把姚德从情欲的冲动中带回到现实。

太荒谬了！

这是此刻姚德的脑海中出现的唯一一个念头。

在历史上，他可能是第一个和半人马星人真正接触的地球人。而且，第一次接触后不久，就成了第一个亲吻半人马星人的地球人。

如果有所谓荒谬剧的话，这应该是最极致的了吧？

他的心里突然打了个寒战，于是缓缓将欧德卡铃推开。

“这到底是什么？为什么会有这种动作？”欧德卡铃饶有兴味地追问道，“为什么刚刚你的身体会变得那么热？这是你们取暖的方式吗？”

姚德有点狐疑地看着她，真不知道她问些话的用意是什么？

“没什么……”他有点犹豫地说道，“只是一时的失态，对不起。”

“对不起？那是你们常用的一句话吧？是对人做错了什么事，就要说的话吧？这也是‘人性’，对不对？”欧德卡铃笑道，“看来，我真的有太多不懂的东西了，你们也有太多的‘人性’了。”

“你……真的不知道刚刚我们做的事是什么？”

“不知道，所以才问你啊！”

姚德想了一下，心中才有恍然大悟的感觉，并且认为任杰夫一直喜欢叫他“白痴”未必没有道理。

可能是因为欧德卡铃的外形太接近人类了吧？不知为什么，姚德总会忘记她是一个穿越了数千光年，前来地球侵略的外星敌人。

这样一个外星人，不懂任何地球的人情世故，是很正常的事。

“你又在想什么？”欧德卡铃问道，“为什么你们会花这么多时间去想事情呢？”

“没什么，我们快点找可以用的东西吧！”姚德有点不自在地说道，“天快黑了，天黑之后，就看不见东西了。”

入夜以后，澳洲海岸的风有点冷。姚德找了一件军用夹克披在身上，想着今天一整天的奇妙经历，想着这场星战以来，自己的诸多古怪遭遇，不禁有点梦幻之感。

远方的天空，星星清晰如钻，像是镶点在黑色鹅绒上的各式宝石。

这样的一片天空，自古以来就是多少人想象的投射对象。而自从人类知道在宇宙中有着那么多的星星，又有多少人曾经幻想过外星的奇妙种族和奇妙世界?

此刻，自己便置身在这个奇妙幻境之中，除了多次和外星军团交手之外，此刻身边还有一个……

正当他想得出神之际，怀中突然传出稚嫩童音唱出的儿歌。

而且，那居然是一百多年前，二十世纪曾经流行一时的著名儿歌。

“一闪一闪，亮晶晶
满天都是，小星星
挂在天空放光明
好像一颗小眼睛
一闪一闪，亮晶晶
满天都是，小星星……”

姚德微微一笑，把那个“说话熊”从怀中拿出来。他想起遥远的某个地方，有着一个多病的小女孩，一直在等待父亲带回来这样一个可爱的小熊……

突然，一个低沉的声音在他的身后响起。

“姚德。”

不用回头，便知道是欧德卡铃，但是此刻姚德不想理她，因为她的残忍，小女孩就一生一世再也见不到她的父亲了……

第10章
公主之吻

但是，姚德转念一想，自己也曾经杀过那么多半人马星人，而那些人，是不是也有小女孩在等着他们回家呢？

一念及此，他又开始觉得茫然，那种常在人群中感到的寂寞渐渐在心中扩散开来。

“姚德。”

欧德卡铃从后面走过来，坐到他的旁边。

“你又在想什么了，对不对？”

“嗯！”

那只“说话熊”仍然在夜空下不停地唱着“一闪一闪小星星”，欧德卡铃很好奇地看着它，目不转睛。

“这是什么？”

“玩具。”姚德没好气地说道，“你不会告诉我，你连这个都不知道吧？”

“我不是问这种东西，我是说，这种话是什么？为什么听起来和你说的话不一样？”

姚德一时间脑子转不过来，不明白她问的是什么意思，又一转念才想起来，原来她不懂得什么是“唱歌”。

“这个叫作‘歌’，和说话是不一样的，它有音乐，有旋律在里面。”

“歌？”欧德卡铃闭上眼睛，学着儿歌的旋律。“它也是‘人性’吗？为什么它听起来比说话还要好听？”

这样的问题，姚德却不知道该怎么回答。

“这种东西，你们叫作‘玩具’，对不对？”她又问道，“是你们的幼种最喜欢玩的东西，对不对？”

“幼种？”姚德愣了愣，随即会意。“没有错，你不会告诉我，你们连‘幼种’都没有吧？”

“我们也有‘幼种’，但是，我们的‘幼种’不玩这种东西。”

“那他们玩什么？”

“他们什么都不玩。在我们的星系里，每个人一出生就是战士，一出生就要学习战斗。”

“那‘幼种’们的父母呢？难道都不用管孩子了吗？”

欧德卡铃看了他一眼，一时听不懂他问的话，又想了想，才点点头。

“我们的星系和你们的星系是不同的，我们只管战斗，其他事情是不管的。”

姚德骇然。

“难道，你们的文明中，除了战斗，就没有别的事情了吗？”

“还有别的事情吗？”

“音乐啊，爱情啊，文学、艺术、诗歌，什么都没有？”

“为什么要有那些东西？”

“这样日子才会过得丰富，才会有意义啊！没有调味料的菜，虽然一样有营养，却不好吃啊。你们连这么简单的道理都不懂吗？”

欧德卡铃很认真地看着他。

“不懂。”

“就像这只玩具小熊，本来是要送给一个小女孩的，她一直在家里等待，等待她的爸爸回家来，送给她这个玩具。”姚德的语气开始有点激动起来，“她虽然身体有病，不能跟小朋友们出去玩，但是，只要爸爸送给她这个玩具熊，就算没有其他小朋友陪她玩，她也会很高兴的，你懂吗？”

“生病的‘幼种’……你们还让她活下去，这样不是浪费资源吗？”

“不是！”姚德怒道，“虽然她生了病，但是也有活下去的权利。因为无论怎么不好的人，都有活下去的权利，这就是我们的世界！”

[第11章]
被牺牲的和平

欧德卡铃默然，也不知道她是听进去了，还是看见姚德已经开始发怒，便不再发问。

过了好一会儿，她才平静地问道："我可以再听一次这个……'歌'吗?"

姚德望了她一眼，点点头，把玩具熊交给她。

欧德卡铃闭上眼睛，仔细聆听着那首"小星星"。

稚嫩的童音，悠悠地传遍整个沙滩，传过横陈在夜色下的海星，传过摇摆的树林，也传过轻柔的风。

良久，欧德卡铃居然静静地流下两行清泪。

看见她流泪了，姚德不禁目瞪口呆。

连欧德卡铃自己也不明白为什么，她只是不由自主地重复着那个简单的旋律。

"真好听啊！这就叫作'歌'吗?"她恍惚地问道，"还有很多吗?"

"还有。"

"那……"她盯着姚德的眼睛，低声说道："我还想听。"

自从离开"浪荡废墟"那一刻起，姚德就很少再唱歌了。因为之后生活颠沛流离，再加上爆发了星战，歌声已经逐渐成为遥远的记忆。

但是，不知道为什么，在这个夜色很美的夜晚，虽然面前的欧德卡铃是这样奇特的外星人，那种想唱歌的感觉却再次出现了。

“你等等。”

姚德从战斗运输艇里找出一把吉他，调好了音，便坐在夜色下，唱一首又一首的歌给欧德卡铃听。从《冷漠》唱到《负心的倾心》，唱到《爱到成错》，还唱了《服下你藏好的毒》。

在他的歌声中，欧德卡铃仔细聆听每一句歌词，还不时发问。

“这些歌里面唱的，就是爱情吗？真有这样的东西吗？”她认真地问道，“你唱的‘如果真的相爱，为什么要这样的彼此伤害’，怎么会有这样的事情呢？”

这些问题，当然是没有人可以回答的。两个人之间的距离在歌声中逐渐靠近，欧德卡铃问“为什么”的次数也越来越少。

姚德也不知道自己唱了多少首歌，最后，欧德卡铃终于轻轻吐了口气。

“原来，你们的世界是这样的世界。”她轻柔地搂着“说话熊”，“原来，那个小女孩收到这个玩具的话，就可以听到这么好听的歌了……听到这首歌的时候，她会不会像我这么高兴？”

姚德瞪着她，刚想说些什么，却又忍住了。

“我在问你啊！姚德。”欧德卡铃固执地问道，“她什么时候才会收到这首歌？”

“她收不到了。”

“收不到？为什么？”

“因为……她的爸爸已经被人杀死了。”

“杀死了？”欧德卡铃问道，“是战争吗？”

“嗯！”

“如果是这样，那就没办法了。”

姚德望着她，悲哀地摇摇头。

“你还是弄不明白，是不是？就是因为你们的战争，你们要打这样的战争，所以才会有这么多人遭到不幸。那个小女孩的爸爸，就是昨天被你杀了的那些人之中的一个！你知道吗?”

欧德卡铃看着他激动的神情，神色淡然地说道：“是的，我是真的不明白。但是，我想，有一天，也许我会明白的。”

夜，逐渐深了。

第二天，姚德从睡梦中醒来，却发现欧德卡铃仍然坐在海边，神情庄重地看着远方，似乎努力地在思索些什么。

直到入夜之后，她仍然静静地坐在那儿。姚德看了她一整天，终于忍不住过去和她说话。

“喂！”他拍拍她的肩膀，问道：“你在想什么?”

欧德卡铃没有回头看他，只是轻轻地抚摸着那只玩具小熊。

静夜里，有风轻轻地抚过海洋。

过了好久好久，欧德卡铃才悠然说道：“姚德，很多事，我已经想了一整天，但是，有些还是没有想通。不过，我想告诉你一些我们星系的事情。”说到这儿，她转过头来，凝视着姚德。“还有，我不只是欧德卡铃，我是欧德卡铃公主，是我们星系之王最钟爱的小女儿。”

在月色下，欧德卡铃公主娓娓地叙说半人马星系的事情。这也是地球上首次有人这样直接且明确地了解了半人马星系的文明概况和生活细节。

“我们的星系，如你们所知，是位于半人马星座中，我们称之为‘博克杜文’的一个星系。在那儿，我们有九个行星，而九个行星组成一个共同的文明……”

在欧德卡铃的叙述中，姚德听得有点发怔，仿佛是听着一场荒谬的童话故事。但是说故事的人叙述的，却是她的世界中最实际的事情。

在半人马星座的世界中，任何事情都不重要，最重要的事情只有一样：战斗。

因为生存资源不足，所有半人马星座的子民一出生便经过精细的筛选，从他们的“幼种”时期（也就是地球人的婴儿时期），便要开始学习不同的战斗方式。

成年的战士们，搭乘着巨型生物舰艇到星系附近去掠夺资源，以强取豪夺的方式取得其他星球的资源。对半人马星人来说，这便是他们生存的唯一意义，战斗、掠夺，等到资源消耗完了，再重复一次同样的过程，还是一样，战斗、掠夺。

而半人马星人的科技虽然看似先进，他们的文化其实从来不曾进步过，他们拥有的科技和文明其实是非常久远的古代先人遗留下来的，现在的半人马星人担任的只是文明守护人的角色。对于这个曾在远古时代璀璨一时的远古文明，欧德卡铃公主也一无所知，只知道那些远古先祖大多具有和她一样“完美人”的形象，除此之外，就不知道细节了。

在半人马星系中，并没有任何类似文学、艺术、宗教等柔性文明，人与人之间的关系也很脆弱。其整个文明是一个很大的军事体系，人生存在其中，唯一的目的就是战斗，以便掠夺外星系的资源。

要说明半人马星系的生物形态时，欧德卡铃公主的地球语言便开始辞穷了，她也不知道该如何解释星系内的生物是如何诞生的。姚德只能从她的说法中大概听明白，在半人马星系中，并没有婚姻、生殖的行为，仿佛所有生物都是凭空出现的。但是说“凭空”也不尽然，因为她还用了好几个半人马星系的词汇尽力解释，却怎样也解释不来。

基本上，半人马星系好像是有一个极大的生殖系统。包括公主在内，所有生物、人种都是从那个系统中产生的，连星战中常见的生化兽、飞行武器，甚至远在小行星带的“龙城”，都是由这个系统制造出来的。

当然，这个所谓的生殖系统模式也只是姚德的猜测。因为欧德卡铃公主仍然无法用地球的语言准确描述这个系统的状况。

在半人马星系中，有着不同形态的各类人种，个头有大有小，有些有明显的兽类特征，有的则和地球人大同小异，但统治阶层一定是像欧德卡铃公主这样，称之为“完美人”的人种。据说，这种“完美人”是依照远古的先祖形象制造的，生来就是要做半人马星系的统治者。而欧德卡铃公主的“父亲”（没有生育的关系）是星系现在的统治者，这次前往地球的侵略行动，也是他发动的。

据欧德卡铃公主所知，这次对地球的侵略和以往的侵略极为不同。以往半人马星系的掠夺对象都是邻近星区的星球，从来不曾超出十光年以外的范围。

但是，这一次却足足横跨了数千光年的距离，千里迢迢地来到地球展开侵略。另外还有一点非常奇怪的是，欧德卡铃公主的“父王”，也就是半人马星的统治者对地球仿佛了如指掌，无论是方位、资源，甚至文明特征都相当清楚。比如像联合地球的内贼，再开始战争的方式，在半人马星系的战争史上从来不曾有过。

而且，有一次欧德卡铃公主还听“父王”说过，说这次的侵略是一场“圣战”，是远古祖先留下来的遗命。据他说，在远古祖先留下的记载中，便巨细靡遗地叙述过地球的状况，也将这次“圣战”的细节全部交代清楚。

更惊人的是，在远古祖先的记载中，早已出现过叛徒波修、军事委员会主席克鲁、名将莫里多等人的名号。

还有，欧德卡铃公主不止一次说过，在半人马星系的文明之中，没有文学、艺术、诗歌、宗教可言。但是非常微妙的，像她这样的半人马星人，对地球的歌曲、情感还是会有很强烈的感应，也因为有了这样的经验，她才决心要好好了解和这一类事物有关的柔性文明……

姚德听完欧德卡铃公主对半人马星系的叙述之后，有好一阵子睁大眼睛，觉得相当匪夷所思。

当然，在浩瀚无际的宇宙中，有着各式各样人类难以想象的奇特生物，光是曾经和地球有过联系的星系，就不知道有多少种外星人是超乎人类想象空间的种族。然而，听完欧德卡铃公主的叙述之后，姚德却有一种很奇怪的感觉。

这个穿越数千光年，前来地球引发星战的半人马星系种族，为什么在很多地方和地球的种族很是相似?

不，也不应该说完全相似，却像是脱胎自同一个生态体系，因为光看欧德卡铃的外形便可以知道，地球人和半人马星人很可能有着一定程度的血缘关系。

但是在距离数千光年的两个星系间，又怎么会发生这种情形?

除非……姚德在心里想了好几次这两个字，却久久想不出适合的解释。

欧德卡铃看着他蹙眉思索的神情，露出了笑容。

“其实，有一件事我想告诉你的。”

“什么事?”

公主侧着头，轻轻地抚摸着光洁的脖子。那动作在月光下看起来非常赏心悦目，姚德怔怔地看着她，连这样的神态是否有点无礼都不自觉。

“我刚遇见你的那天，你不是把我的武器全部藏起来了吗?”

“嗯!”姚德点点头道，“我看你那么生气，如果没有把那些东西藏起来，我这条小命恐怕就没有了。”

欧德卡铃公主嫣然一笑。

“其实，你还是没有藏干净哟!因为，我这儿还有一个东西。”她说着，便在脖子上取下一个皮肤颜色的带子。“这个东西，有着我们那儿最剧毒的针，只要一针，就是比你大五十倍的大家伙，也会立刻死亡哪!”

姚德有点发怔地看着她，一边不自觉地摸着脖子。

“那……你为什么没有杀了我?”

“不知道哪!”她笑道，“不知道为什么，后来我有好几次只要一动手指，你就会死了，可是，我就是没有动手。”

姚德勉强地笑笑，不想在这个话题上再谈下去。

第11章 被牺牲的和平

“你告诉我这么多，不怕我回去告诉军区的人吗？只要他们多了解你们一些，对你们的战争就会非常不利。”

“我知道。”

“那你还告诉我这么多？”

“有件事，我还是得想一想，因为这件事实在太大，太严重了，所以我还是要想一想。不过，如果你想把我们星系的事说出去也可以，因为我从你这儿知道地球这么多事，如果你们可以多知道一些我们的事，那不是非常棒吗？”

“你真的非常特别。”姚德由衷地说道，“我想，很少有外星人会了解地球，了解到会用‘棒’这个字。”

欧德卡铃公主笑了，笑容美如娇艳的花朵。

“而且，我还知道你这句话可以用在一种叫作‘美利坚式’的幽默上。”

欧德卡铃公主突然转过身来，正色对姚德说道：“有件事，我想请求你。”

“什么事？”

“那一天，你的嘴唇碰上我的嘴唇，我知道那不只是唇碰唇那么简单，对不对？”

听了她这样的问法，姚德有点迟疑，但是公主的神情非常认真，于是他想了一下，才勉强说道：“对。”

“那个动作，你的歌里出现过很多次，叫作‘吻’，对不对？”

“对。”

“我想再和你试一次。”

没料到她会提出这样的要求，一时间，姚德有点手足无措。

“可以吗？”欧德卡铃公主微侧着头，露出娇美的笑容。“我知道，‘吻’和‘爱’有很大的关联。所以我想，如果我要学着‘爱’的话，我会想要先学会爱你。”

“公主。”姚德困窘地说，“地球人的‘爱’这个字，不是这样用的……”

公主的眼睛微微一闭，又睁开，眼神深处仿佛有淡绿色的火焰在燃烧。

“相信我，我知道怎样用这个字，而且我还要说一次。”她一字一顿地说道，“姚德，我爱你。”

姚德不敢置信地望着她那美丽的面容，却渐渐感觉到她说的的确是肺腑之言。

不过，和来自数千光年外的外星女子谈恋爱，却实在是……

然而，欧德卡铃公主并没有让姚德再迟疑下去。她柔柔地搂着他的颈项，微闭双眼，便将自己的朱唇印上了姚德的唇。

就在这一刹那，岛上的另一侧突然“轰”的一声，有一架地球防卫联军的飞行艇突地起飞，向着星空扬长而去。

姚德目瞪口呆地看着那部飞行艇逐渐远去的火焰，心中却升起了无数的谜团。

如果是地球防卫联军的人，为什么到了这个岛上却没有现身？

如果是前来搜寻的部队，为什么没有和他联络？

他百思不解地想着，一转头，却看见欧德卡铃正温柔地看着他，双手依然搂着他的颈项。

“你怎么了？”她的声音像是夜空下奶油味道的轻风，“我说，我，爱，你。”

“那……那是我们地球防卫联军的飞行艇，他们也许知道了我在这个岛上。”姚德有点呼吸困难地说道，“我是说……如果他们来了，你又……”

欧德卡铃轻轻地摇头。

“这个我可不管，我也不在乎。”她的眼神中现出坚决的神采，“我只知道，我爱你。”

她的脸在月光下泛出牙白色的美丽光泽，浅浅的绿眼珠，深处仿佛有火焰在燃烧……

此情此景，姚德的眼睛也逐渐出现迷蒙蒙的神采。于是，他不再说话，只是重复地，轻轻地吻着外星女孩温软的唇……

公元二十三世纪的这一个夜晚，在澳洲海岸上有一个看似平淡无奇的小岛。然而，在这个岛上却曾经有过一段极度浪漫的奇缘，也就在这个小岛上，日后星战英雄史上最伟大的英雄姚德，让一个来自半人马星系的女孩深深印在他的心里。

次日清晨，姚德拥着欧德卡铃公主，在阳光下、沙滩上，在和风的吹拂下醒来。

醒来的时候，却发现他们的身旁已经站满了半人马星人的战斗军团。军团的成员中有大有小，有俊有丑，有的驾着巨大丑怪的生物兽，有的则和常人一般大小，只是身上覆着造型奇特的生物盔甲。

但是，这些战士们却是一致露出目瞪口呆的表情。尤其是欧德卡铃公主从睡梦中醒来，眼睛还没睁开，就在身边的姚德唇上印上长长一吻，更使得其中一名驾着巨龙型生物兽的战士几乎要摔倒在地。

姚德看着这些形貌特异的半人马星系战士，虽然他胆子向来极大，但是此刻脸上还是有点僵硬的害怕神情。

“没事的，他们都是我的手下。”欧德卡铃从其中一人手上接过盔甲，穿戴在身上。“我要走了，但是我一定会回来看你，因为你是我最爱的人。”

姚德苦笑了一下，又忍不住望了那些战士一眼。

“我说过我要想的事，我已经想通了。”公主深情地握着他的手，排开众人，边走边说道，“我要回去告诉大家，不要再和地球作战了，因为战争不是解决事情唯一的办法，这是你教我的。”她嫣然笑道，“因为我们还有爱，对不对?”

“对。”

“还有我。”她再次深情地吻了姚德。突然，那名龙形战士再也忍受不住，腿一软，摔倒在地。

“我是你的最爱，对不对?”

“对。”姚德坚定地点点头。

“我走了。”她依依不舍地握了他的手，“请回去转告你的上级，近日内我一定给你们消息。希望下一次见面，我们的星球已经是朋友，不再是敌人。”顿了顿，她又笑道，“还有，还有一件事。”

“什么事?”

“这个，”她从怀中取出那个“说话熊”，“这个，送给我好吗? 我会把它放在我的房间，你知道它会提醒我什么。”

“说话熊”的主人本应是陆品湖的小女儿，而陆品湖已经丧生在欧德卡铃公主的手下。如今她要了这个玩具，表达的当然是今后不再恣意杀戮的决心。

“好。”姚德笑着应道。

轰隆隆的起飞声中，欧德卡铃公主的倩影就这样消失在蔚蓝的空中。姚德的唇边，她深情的吻余温犹在。姚德失神地抚了抚唇角，恍若置身梦中。

从几天前，她说“只要我的族人一来，我就把你杀死”，到此刻的深情相约，如果这不是一场梦，那还能有什么样的解释?

只是，不知道这样的好梦会不会醒得也特别快?

半人马星战士离去后的中午，地球防卫联军也找到了姚德的踪迹，救援部队派来了三部救援艇。

姚德在机侧的引擎狂风中上了飞艇，一进入乘座舱，他便坚定地告诉主事的长官：“我想求见莫里多长官，我有半人马星军团的重大事件要向他汇报。”

在地球防卫联军的军事委员会最高机密会议记录中，对姚德这次经历有详尽的记载。

亲自整理出这份机密会议记录的人，正是名将莫里多。

“……现有联军中尉姚德，曾经在澳洲小岛上与半人马星人有接触，并有半人马星文明、战略、社会特征的详尽叙述如下……”

在这份文件中，军事委员会主席克鲁的批示是：“极好！”

“……姚德中尉回部队报到后不久，曾经向本人传达来自半人马星人的讯息，表示外星军团中，有重要人物已经有了求和之心，本人及队本部参谋评估之后，认为此讯息的正当性不足，暂时不予处理。一日后，地球防卫联军正式接到半人马星人‘欧德卡铃公主’的讯息，讯息中半人马星人表达希望进行和平会谈的意愿。因此，本人在此提出报告，请军事委员会裁示……”

当年，莫里多曾经和姚德深谈过这次澳洲小岛的奇异经历。除了和欧德卡铃公主的浪漫情怀略过不说之外，姚德将她说过的，有关半人马星系的所有细节都汇报了。

然而，阅人无数的莫里多却早已从姚德的言谈之中察觉出一些端倪，知道这位外星公主也许对姚德有着某种特别的情愫。

不同星球、不同文化的感情交流，在文学作品中或许是很吸引人的故事，但是在兵战凶危的战场上……

因此，在谈过这些事情之后，莫里多送出了交给军事委员会的报告，却在自己的办公室中陷入了深深的思考。

不久之后，军事委员会的高级将官们已经就这个议题进行过讨论。虽然是个看似极为重大的决定，但是委员们却在极短时间内便有了一致的裁决。

当莫里多接到这封快得出乎意料的裁示时，并没有立刻打开，而只是点了支烟，整个人便沉浸在氤腾的烟雾之中。

因为，他大略可以猜得到，军事委员会的裁决是什么。

但是，他忆及姚德那闪着希望光芒的年轻眼神，心中却隐隐有什么地方开始觉得沉重了起来。

军事委员会在接到欧德卡铃公主的讯息后不久，便正式决定了地球方面将派遣和平使节团和半人马星人会商的消息。但是军方并没有将这个消息公诸于世，理由是因为这件事情充满了许多未知，如果谈判出了问题，很有可能会影响到地球方面的士气，于是便采取暗中进行的方式。

根据半人马星人的要求，在这场会议中，地球方面必须派遣最高军事将领前往与会。而地球方面自然也不甘示弱，要求半人马星系方面也要派出最高领袖。

根据欧德卡铃公主的叙述，这个最高领袖应该就是她的“父王”。

至于姚德，因为他曾经直接接触过欧德卡铃公主，因此军方认为他在这次会议中也可以有所发挥。一旦双方的对谈出现僵局，也许有姚德这样的人物在场，会有几分缓冲的作用。

但是，后来的事实证明，这个所谓的“和平使节会议”其实只是地球防卫联军的一个诱饵。自始至终，地球方面都没有与半人马星系和谈的诚意，只是想借着这个会议，一举将半人马星系的最高领袖擒拿或歼灭。

这样的做法，最后证明只是徒劳。因为半人马星系的目的居然也和地球方面一样，也只是假借和平会议的名义，想趁机消灭地球的军事最高领袖。而他们的真正目标，相信极可能就是半人马星系最头痛的死敌：莫里多将军。

于是，两支完全不具任何意义的和平使节团，便依照约定，来到了昔年曾经发生过著名的“昆虫世纪事件”的南太平洋可鲁瓦岛。

第11章 被牺牲的和平

到了会议现场，双方才发现对方的重要人物都没有到场。地球防卫联军方面，最高阶级的军官是一位军区少将，而半人马星系的“父王”没有出现，出现的只是一心以为和平可能实现的欧德卡铃公主。

在会议中，半人马星系的随从首先发难，试图将地球防卫联军方面的军官全部杀死。而地球方面的禁卫军也早有准备，立刻和半人马星人展开激烈的战斗。

直到这个时候，欧德卡铃公主和姚德才知道，两个人距离自己和平的梦想有多遥远。姚德是个微不足道的小军官，被上级牺牲也就罢了，而欧德卡铃公主这才知道，原来在战争的前提下，“父王”连牺牲她也在所不惜。

在纷乱的交火场面中，欧德卡铃公主为了保护姚德而死，姚德抱着她，在惨叫连连、尸横遍野的会议室中夺门而出。刚出门的时候，欧德卡铃公主还微有气息，她沾血的怀中，仍然紧紧抱着那只会唱歌的“说话熊”。

然后，她迷迷蒙蒙地躺在姚德的怀中，仰望着姚德沾满血污的脸，从他的脸上又看到了那片可鲁瓦岛上的蓝天。

那片上百年前，“昆虫世纪事件”中的昆虫人们脱茧而出后，第一眼看见的蓝天。

这个来自数千光年外的外星女孩，便在地球的蓝天下，在姚德的怀里停止了呼吸，脸上却带着淡淡的微笑。

而那只沾满血污的“说话熊”也随着惶急的逃难脚步，滚落在尘沙之中。

但是，姚德和欧德卡铃公主的噩梦并未完全结束，因为从远方的天边排空而来的，是地球防卫联军的战术轰炸艇。

军方最高层决定，连一丝丝的机会也不留给岛上的人，决定在会议开始不久后，将整个可鲁瓦岛以传统核弹夷为平地。

巨大的轰炸艇从天际缓缓接近，然后，“滴”的一声，机腹冒出灼亮的蓝光，核弹缓缓向岛上落下……

而那就是姚德失去知觉前，在可鲁瓦岛的苍穹下见到的最后一幅景象。

蔚蓝的天，满是血污的脸……

在虚无缥缈的迷离意识间，姚德觉得自己仿佛仍然置身在和平会议中，在那场血光漫天的巨变之中。

然而，等到意识回来的时候，他才发现四周围非常静，只有轻轻的潮声从远方传来。

夜色浓重，晚风微凉。

仿佛在前方的夜色下有个高挑纤细的身影，一头黑亮的秀发，白衣胜雪，随风飘荡。

也不知是人，还是灵界中衣袂飘飘的仙子。

迷迷糊糊的意识中，姚德轻哼了一声。

自己的声音传入耳中时，才开始有点清醒的意识。

也许……也许自己还没有死。

“你……”姚德有点困难地开口道，“你……”

其实姚德还不知道那个人是男是女，但是他从背影的身形判断，便下意识地把那个人当成是女的。

那个人轻轻地哼了一声，声音有点沙哑，但是在这样的静夜里却相当好听。

“你醒了?”

“嗯!”姚德点点头道，“是……是你救了我?”

那个女子又哼了一声，并不答话。

两个人陷入了沉默，一时之间，姚德也不知道怎样接口下去。

又过了半晌，那个女子才低声说话，言语间仿佛有怒意。

第11章 被牺牲的和平

“你几乎送了小命，知不知道?”她急促地说道，“就为了那个外星女人，值得吗?”

听了她的话，姚德的脑中才陡地一阵清明，想起了欧德卡铃公主在他怀中死去的温柔神情。

一念及此，他的心中隐隐地痛了起来。

“怎么，又想起她了?”那女子冷冷地笑道，“我真不知道为什么要救你这样的人，简直是个无可救药的……无可救药的蠢蛋!”

在冷峻的语气中，她缓缓地转过头来，清冷的月光下，她的面容仿佛泛着光芒。

而那微嗔的神情，带着怒气的眼神，却是姚德日夜思念、时时想起的一张脸。

一张最熟悉，也永难忘怀的脸……

“青河!”姚德失声大叫，而且因为心绪太过激荡，重伤下的意识又开始模糊。

在他逐渐模糊的意识中，那张酷似任青河的脸逐渐远去，遥远的语声中，却仍然听得见她的话语。

“你还有脸说她的名字?不过，我不是任青河，我的名字叫作……”

但是，这时，姚德已经失去了意识。他仿佛在一扇巨大的玻璃窗前努力窥视，想要极力看清楚她的脸，听清楚她说的话，可是，却全然无法控制自己。

然后，一切陷入无可救药的黑暗之中。

等到姚德再次醒来，却已经是个艳阳高照的好天了。他缓缓地在阳光下爬起身来，一睁开眼却被太阳刺痛了眼。

虽然如此，昨夜失去知觉前发生的事，却清清楚楚地记在脑海里。

那个救了自己的女子，究竟是不是青河?

但是青河早已过世，怎么可能再次出现?

如果那女子不是青河，为什么样子会那么像她？

一连串的问题接二连三地冒出来，却完全找不出答案。

姚德在重伤后的疲累下，有点困难地爬起身来，一站定，就发现自己又置身在一个沙滩之上。

不过这一次当然不是在澳洲的小岛上，也不太可能是可鲁瓦岛。

想到这儿，姚德突然愣住，因为在眼前的沙滩上，有着几个娟秀的大字。

“芙杰丝到此……”

芙杰丝？

正当他企图将思绪带回现实时空之际，天边已经传来了救援艇的声音。

但是，和上一次在澳洲获救时不同的是，这一次，欧德卡铃公主已经永远长眠在地球的南太平洋小岛上了……

一念及此，姚德的眼中忍不住湿润起来，并且，在眼神的深处闪耀着愤怒的火焰。

[第12章]
昆虫人的后代

地球防卫联军总部，军事委员会议事大厅。

在一场军事例行会议中，开会时从不接外方消息的克鲁将军破例接了一通外来的急电，老人干瘪的双唇低声说了些什么，便将话筒挂断。并且，仿佛像是什么事都没发生过似的，立刻恢复原来的默然神情。

“继续开会。”

莫里多将军冷静的蓝眼珠此刻却没有将注意力放在眼前的文件上，偶尔还将眼神扫向会议室的大门。

突然，一阵喧闹声由远而近，从会议厅的大门传来。

与会的将领们起了阵不大不小的骚动。军事委员会是全球权力最高的机构，这里开会是世界上一等一的大事，不用说这样的喧闹了，就是连苍蝇的声音也很难听见。

可是，现在那阵喧闹声却越来越近。有的将军带着询问的眼光望向克鲁将军，却看见白发苍苍的老将军仿佛什么都没听见，只是望着远方的天空。

“砰”的一声巨响，会议厅的大门被人一脚踢开。众将军又惊又怒，纷纷站起身来，对着那人大声喝骂。

“什么人！”

“大胆！”

那个直闯而入的人看来年纪不大，军衔不过是个中尉。只见他的军帽下长发简单地束着，耳际还戴着一只晶亮的耳环。

有几个将领认得，这个人就是近日以来，在军区中名声相当响亮的“姚德中尉”。

只见他一脸铁青地走进议事厅，略一环视，便直直地往主席克鲁将军的方向走去。

而就在那短暂的环视中，有几位将军和他的森冷目光接触，原先还在高声叫骂的，一看见这种眼神立即便闭上嘴噤声不语。

有不少安全部队成员这时也急忙冲进议事厅，手上的枪械“咔咔”“咔咔”的响声不绝，纷纷将枪实弹上膛。

“姚德！别做傻事！”禁卫军的一个队长这样大声叫道，“不值得！”

但是姚德对这些喝骂声恍若未闻，还是径自走向克鲁将军。

所有的禁卫队狙击手只等待指挥官一声令下，便要将姚德乱枪打死。

就在这一刹那间，老将军高声大叫。

“都给我住手！”他叫道，“让他过来！”

白发苍苍的将军这时仿佛更老更疲倦了，他静静地看着姚德，又看看身旁的莫里多。

军区最负盛名的名将莫里多此时却仿佛事不关己，只是专注地看着窗外。

姚德走到克鲁将军面前，先“啪”的一声敬了个漂亮的军礼。

“从一开始，地球防卫联军就没有和谈的意愿，对不对？”姚德沉声问道。

克鲁将军望了他一眼。

“对。”

“一切的和平会谈准备，只是想把半人马星人的首脑一网打尽，对不对？”

“对。”

“从头到尾，我和欧德卡铃公主就没有任何机会，对不对?”

“对。”

姚德的神情更加冷傲，他缓缓向前，又向克鲁将军逼近了一步。

因为他这样的举动，禁卫队更是紧张，纷纷将手上的武器瞄准姚德。

但是，姚德对周围的一切都置若罔闻，只是苦涩地大笑起来。

然后，他挥起拳头，结结实实地往克鲁将军的脸上打了一拳。

有史以来，从来没有一个尉级军官胆敢在公共场合殴打将级军官，更遑论是最高统帅!

姚德挥完这一拳之后，立刻后退一步，高举双手，表示束手就缚的意思。

一旁的禁卫军这时一拥而上，将他紧紧围住，并且立刻铐上手铐。

姚德临去之前，静静地看了莫里多一眼，而莫里多却以谅解的眼神看着他。

于是，著名军官“姚德中尉”便以当众殴辱长官的重罪立刻收押。

至于姚德为什么会在这样一个场合殴打克鲁将军，而克鲁将军又何以纵容他走入议事厅，来到面前殴打自己，所有的一切，已经成了只有当事人知道的谜。

夜已深。

走进空无一人的军事委员会议事大厅，莫里多突然想起，当年，波修曾经在这个地方企图挟持克鲁将军，派遣特种部队击破大落地窗，却被他以质子力场吸收器制服。

当时，主持会议的莫里多官阶还是上校，会议讨论的是应对半人马星人威胁的事。如今，波修早已成为出卖地球的罪人，而当时在场的将领们，也有许多人已经丧生在这场惨烈的星战之中。

军事委员会主席克鲁将军这时静静地端坐在昏黄的灯光之中。经过这些年的星战之后，他的面容更加苍老，每次见面，莫里多总觉得那种油尽灯枯的感觉越来越明显。

他和克鲁向来交好。虽然这些年来自己因为战功，早已升级为和老将军平起平坐的世界名将，但是莫里多对克鲁始终不曾少过一点儿礼数，见面时也总是以下属的身份和老将军相称。

“坐。”克鲁平静地说道。

莫里多点点头，两人在空旷阴暗的议事厅中默然相对。

良久，克鲁才深深地叹了口气。

“我这一生，是不是做错过很多事情?”

莫里多摇摇头。

“我并不这么觉得。”

“我想，那个勇敢的特战队军官姚德现在一定非常恨我，因为在某个层面上，我出卖了他。”

“也许是。”莫里多想了一下，淡淡地说道，“但是事实证明，您的判断并没有错，从半人马星人的反应来看，他们本来就和我们一样，根本没有开和谈会议的打算。”

“我不杀伯仁，伯仁却因我而死。”克鲁说道，“在法理、制度上也许我没有错，但是在情理上，我的确背弃了和平使节队伍。但是你要知道，我也有我的压力，我必须面对与地球防卫联军中许多人不同的压力。”

“兵战凶危，在作战的乱世中，很多事情本来就没有对错。”莫里多说道，“战争本来的目的就在求胜，情理、道义是和平时代的事情，在战争时期，有很多事本来就是很难两全的。”

“所以在这件事情上，你支持我的做法?”

莫里多想了一下，点点头。

“是。”他说道，“不过，有一件事我要请求您答应。”

“你说。”

第12章
昆虫人的后代

“那个军官姚德，虽然他在那样的场合公然打您，但是请您念在他的情绪及处境，法外开恩，从轻处分。”

克鲁饶有深意地看了他一眼。

“你认识他?”

“算是认识，几年前，我曾经在帝京的街头上帮他解过一次围。这人血气方刚，做起事来不顾后果，却是个难得的人才。”

“好，我听你的。”克鲁直率地说道，“不过，这个人和我今天要你来也有点关系。”

“什么关系?”

老将军并没有立刻回答，只是深深地长叹一口气。

“莫里多，我们快不行了，你知不知道?”

虽然老将军突然说了这句没头没脑的话，但是出乎意料的，莫里多却点点头。

“知道。”

“我们的军需虽然还不匮乏，但是面对半人马星人那六艘战舰，自从‘明斯克’和‘小鹰’被他们击毁之后，我们已经没有战舰可以对抗他们了。”

“嗯!”莫里多的脸色也变得极为凝重。“因为我们的战略只能局限在地球大气层内，而他们却可以边打边跑，一阵猛攻后，立刻跑出大气层。这样长久下去，我们便会被他们拖垮。”

“没错，你还是和以前一样，什么战略都瞒不过你。对于这样的局势，你有没有什么意见?”

莫里多沉吟良久，才颓然说道:“没有。”

“如果今天我告诉你，有一个非常办法可以将半人马星人击退，甚至消灭，但成功率却非常小，而且只要失败，你立刻就会死于非命，你觉得如何?”

“死于非命?”莫里多疑惑道，“我死于非命?”

“你，你的部属，你的战友，只要这个方法失败，就会死得惨不堪言。”老将军的神情肃然，“而且我说的‘成功率很小’，不是说说而已，实际上，它的成功率只有不到百分之一。”

“恕我直言，将军。”莫里多正色道，“这样的战法并不存在，至少在我认知中，绝对不存在这样的战法。即使是自杀式的战法，死是很可能会死，但是成功率不会小到只有百分之一。”

“这种战法，真的存在。”克鲁将军说道，“我也是这么大年纪的人了，你想想，我这辈子有没有说过空泛不切实际的事?”

“所以，您说的这种战法真的存在?”莫里多的蓝眼中闪着奇特的光芒，他是个当世的军事奇才，遇见奇特的战法，简直就像是一流棋手看见失传的棋谱一样期待。“愿闻其详。”

克鲁将军看着他热切的神情，微微一笑。

“你听过‘昆虫世纪事件’没有?”

“‘昆虫世纪事件’? 听过，那不就是在二十一世纪末期，史赫可星人和美利坚合众国在南太平洋冲突的事件?”

“没错，这件事，一般民间的人是不太清楚的，但是你既然是军人，应该或多或少知道这件事。”克鲁说道，“那么，‘昆虫世纪事件’之后，又发生了什么事，你知道吗?”

“这我就不太清楚了。我只听说，当时在那个小岛上发生过一场极严重的疫病，但是疫病过后，却出现了身体内有昆虫基因的特异人种。”

“对，当时的数量大约是三千多人。”

“听说，这些昆虫人后来混入人类的世界，曾经造成过一些冲突和混乱。但是这也是上一个世纪的事了，因为这些昆虫人的后代并没有昆虫人特征，所以‘昆虫世纪事件’时出现的那些昆虫人过世之后，这个世界上就再也没有这种族类了。”

“但是，这种昆虫族类，就是我今天要和你谈的战略。”

“您……不会是要用昆虫族类去攻打半人马星人吧? 而且，如果还有昆虫人的话，也已经是上百岁的人啊！"

"不是用昆虫人去打半人马星人，而是用'潘多拉核酸'！"克鲁将军傲然说道，"我记得我们曾经说过，如果我们有什么真正王牌的话，就一定是'潘多拉核酸'！"

"潘多拉核酸"是公元二十二世纪发展起来的世纪超级科技，运用基因工程技术，可以让人在短期间增加学识、能力、技艺。也因为有了这样的科技，地球才有办法在短短一百年内成为和各星系并驾齐驱的高级文明。

莫里多自己在还没从军之前，就是"潘多拉核酸"科技的专家。

但是，此刻克鲁将军指的是哪一项"潘多拉核酸"工程，可以用来击退半人马星人，则不得而知。

"将军指的是哪一种'潘多拉核酸'？"莫里多问道，"这又和昆虫人有什么关系？"

"十年前，潘多拉核酸总局曾经在一项秘密的研究中，将多种'潘多拉核酸'合成，研发出一种'超人核酸'。"克鲁悠然地说出科学界的重大秘密，"这种'超人核酸'一旦注射入人体，理论上，便会将这个人体的所有特异力量、功能激发出来。"

"只是理论上。"莫里多摇头道，"这样的研究，其实有很多科学家都曾经尝试过，但是在实际中执行却有几近不可能的困难。"

"没错，科学家们早就发现，'潘多拉核酸'如果混合使用，常常会产生意想不到的致命副作用。但是如果能够善用的话，却可以造出能力超凡的人。"

"能力超凡的……死人。"莫里多冷冷地说道，"因为这样的副作用通常都不是寻常人体可以承受的，早在发挥潜能之前，那人早就不知道死了几次了。"

克鲁凝视着他，眼神耐人寻味，缓缓说道："但是，'超人核酸'的研究小组已经找到一种人，这种人很有可能不会死于副作用，如果能撑得过去，的确可能变成超人。”

“什么样的人……” 莫里多疑惑道，脑海之中突然灵光一闪，这才恍然大悟。“昆虫人?”

“不，应该说是‘有昆虫人基因’的人，简言之，” 克鲁点点头，“就是昆虫人的后代。”

“为什么会这样?”

“核酸总局的科学家研究指出，昆虫本来就是地球上最强的生物，生命力、耐久力、抗外压力都各自有独到之处，而这些昆虫人的后代虽然再也没有显示出昆虫的特征，但是体质中那种昆虫的强韧度是仍然存在的。所以，这样的人如果接受‘超人核酸’注射的话，成功的机会就大得多了。”

“大得多?” 莫里多摇摇头道，“但是也一样只有不到百分之一的成功率，对不对?”

“对。” 克鲁看了看莫里多，问道:“依你看，这样制造出来的人，能力会有多强呢?”

“我不知道。” 莫里多很诚实地说道，“这种实验，没有真正去做，没有人会知道。”

“其实，核酸总局的人已经用生物态超级计算机估算出来了。而且，使用‘潘多拉核酸’可以增强能力，其实已经有许多‘剑士’做到了。” 克鲁说道，“而我们估算过，这样的超人兵团，只要有几十个，我们就有可能逆转局势，打赢这场战争。”

“几十个?” 莫里多奇道，“这样就够了?”

“其实，不是要这些超人战士和那些巨舰打游击战，这样根本不切实际。” 克鲁沉声道，“这是军事委员会的最高机密，但是我想告诉你也无妨……”

莫里多微微一笑。

“其实，我猜也可以猜到了。” 他说道，“如果这样的军团成军，我们要攻打的，一定是他们在小行星带的大本营——龙城，对不对?”

克鲁将军面露赞许之色。

“我早知道这件事瞒不过你，没错，就是这样。”他说道，“现在，又要回到那个老问题了。如果是你，你会不会下这样的赌注?”

“会。”

“真的会? 就算你有可能牺牲生命，你还是会去出这个任务?”

莫里多疑惑地看着老将军，不知道他这样问是什么意思。莫里多自己已经是联邦军队中官阶最高的人之一，但是此刻克鲁问话的方式，却仿佛是在问一个随时要为国捐躯的小兵。

而且，从刚刚一开始，克鲁便用过了这样的语气。

但是，就在这一刹那间，莫里多圆睁双眼，终于知道了个中的原因。

克鲁扬着雪白的浓眉，微微一笑。

“你终于想到了。”他郑重地说道，“从二十一世纪末开始，全世界的情报系统或多或少都收集了自己辖区内的昆虫人档案，我们现在拥有绝大多数情报系统的数据，已经从中找出三千个适合的有昆虫基因的人选。”

“我……”莫里多有点艰难地说道，却怎么也说不流畅。“我也是……”

“没错，你的祖母是个来自可鲁瓦岛的当地土著，而她是个天牛特征的昆虫人！虽然在‘昆虫世纪事件’后，许多昆虫人的行踪都在当局的监控之中，但有不少人却始终隐藏自己的身份，而且隐藏得很成功。”克鲁的眼睛闪烁出奇异的光芒，“还有你那个一面之缘的朋友姚德，他的祖父是当年去过可鲁瓦岛的华人青年，是有蚱蜢特征的昆虫人，也是帝京姚家的创始人——姚伟风。”他缓缓地站起身来，看着大落地窗外，“帝王之京”晦暗的街景。

“你们，就是地球现在唯一的希望。”

顺着他的肩头望出去，天空中星河浩瀚。莫里多曾经隐隐听说过，“昆虫世纪事件”是某个神秘的星族“史赫可”的杰作。

在这壮阔的群星之中，自己的命运、地球的命运，还有人类的命运却这样巧妙地联结在一起。莫里多并不是爱说哲理的人，然而，此刻却因为命运的错综安排而感到有些唏嘘之感。

“史赫可……”他喃喃地说道，“龙城……”

几天后，位于“帝王之京”的潘多拉核酸总局门口，突然出现了许多人。

经由军事委员会的安排，执行这次“超人计划”的单位经过最严格的筛选，从体力、体质、智能各方面考察，选出了三千名最优秀的人选。

人类有史以来，从来没有一个计划能够集结这样多的出色人选。这一次，出面挑选的是地球防卫联军军事委员会。因为星战的缘故，整个地球已经全面军事化，全民皆兵，所以才能够集结这么多的出色人选。

但是，主导这项计划的科学家们看见这些来自世界各地的最精锐人员，复杂的心情却是很难形容的。

这一次的“超人计划”太过凶险。纵使这些人的体内有着昆虫基因，比正常人多不到百分之一的存活率，会多上一些成功的机会，但是这些最出色的人们，在“超人核酸”的处理后死于非命的可能性还是非常大。

一方面，科学家们对于这个空前计划的执行跃跃欲试。毕竟，执行有史以来最大的一场人种改造计划是个非常难得的经验，实验的结果可能改变历史，也就是说，经由这样的实验，自己的名声很可能流传到后世，成为科学界的传奇。

但是，看着这些最出色的奇人异士，有的人自信满满，有的人一脸悍然，有的人昂首阔步，有的人英伟健壮。这些人，都是当今战士中的一时之选，但是，在不久之后，很可能只因为体质上的一点儿小小不同就会变成死人，或是失去知觉的植物人！

虽然这些奇人异士在加入这项实验时，便已经非常清楚实验可能造成的副作用及后果。但眼看有大部分在不久后便要牺牲，还是不禁令人萌生不忍的唏嘘之感。

然而，有一位来自酷寒之地的军士瓦鲁科说得好，其实，他的说法也泰半能代表参加实验者的意见：

“没错，我知道这次实验凶险得很，一个不小心，就要回老家去了。”他豪气地笑道，“但是，打仗不就是这样吗？在有些战场上，一百个人出去，回来的说不定不到三个人，更何况是和外星人交战，一个闪失，就要全军覆灭在太空里。同样的危险，我倒觉得能被挑选来参加这个实验，是个千古难逢的机会，也许我这个默默无闻的家伙，日后还能在历史上留下一名半姓呢！”

人群中，这时候突然起了一阵骚动。一部鲜红色的两用军事艇出现在潘多拉核酸总局的门口，从艇上下来的，是当今世上最出色的名将莫里多。

奇人异士之中有许多人曾经在战事中见过这个传奇的名将，看见他如同文人般的斯文外貌，大家不禁议论纷纷。

许多曾经和莫里多共同作战过的军人这时兴高采烈地迎了上去。因为莫里多向来对待属下极为温厚，即使是不属于他管辖的军人，也对他非常景仰。

原先，大家都以为莫里多只是以长官的身份，前来视察这次空前庞大的计划。等到他也做完简单的身体检查，站在人群中时，才知道原来他也是这次计划的参与者之一。

连军方的名将都加入的这一场实验，其重要性可想而知！

和莫里多一同出现的，是一名长发的年轻男子。这男子一脸的漠然神色，头发简单地束在脑后，耳朵上更是戴着一个亮晶晶的十字架耳环，与其说像是个军人，倒不如说像是个玩音乐的摇滚乐手。

戴耳环的年轻男子并不像莫里多那样，一出现就有许多人簇拥着。他像个落拓的街头乐手，默默地走到一个不太引人注目的角落，蹲在那儿发呆。

这时候，人群中有人高声叫喊。

“姚德！”

有几个人这时好奇地转头看着喊声的来处，看见一个瘦高个头的人，正一脸欣喜地排开人群，向那个乐手模样的年轻男子走去。这个瘦高个头的人相貌非常俊秀，虽然声音低沉，乍看之下却像是个极为漂亮的女人。

姚德漠然的脸上露出欣喜的笑容，像是看见了久别的亲人。

“杰夫！”他高兴地大叫道，“任杰夫！”

自从在军事会议上公然打了克鲁将军之后，姚德便被收押在军事监狱中，准备接受军法审判。这样的禁锢经验对他来说已经不陌生了。当年，他为了替任青河报仇，被关在死囚牢中，这回也因为欧德卡铃公主的事，再一次陷身囹圄。

但是，有一天，军方高级将领莫里多却出现在囚室之中。在那儿，莫里多约略告诉了他这个“超人计划”的内容，然后便带他来到潘多拉核酸总局。

不料，姚德在这里再一次见到了亲如兄弟的昔日旧友！

姚德兴高采烈地看着任杰夫，看了看，却有点发愣。

任杰夫的样子虽然没有什么变化，却穿了一件宽衣大袖的长袍。此时正是夏天时分，这样厚重的衣服穿在身上，他居然受得了！

从早年时候开始，任杰夫便习惯在脸上戴上妖魔面具，以遮掩自己如女性一般美貌的容颜，此刻他并没有戴上妖魔面具那么高调地掩饰，但仍然戴上了口罩。好在姚德与他从小就认识，只凭眼睛部位就认得出他来。

不过……那长袍大袖的打扮，还是有些奇怪，不过在这样的场景中，姚德也不及多想，笑得非常开心地走过去，便和任杰夫紧紧地拥抱在一起。和从前相比，任杰夫瘦了不少，原先他是个高个子的壮汉，此刻身体却是轻飘飘的，也不知道为什么会瘦成这样。

跟着任杰夫出现的，还有当年的贝斯手海志耀。原来，他们俩人都有着昆虫基因，被军方筛选来参与这场超人实验。当年的“彩虹毒药”

摇滚乐团中，水克斯在那场海上战斗中阵亡，丁于则在一场焦土战中不知所踪，而“浪荡酒吧”的主人原纪香也为了保护任杰夫而死。

自从星战爆发之后，“彩虹毒药”便等于解散了，几个人四散在各地的战场，旧友之中，已有近半过世。但是在这样的一个场合，大伙儿竟然又聚在一起，的确是令人非常振奋的事。

姚德、任杰夫、海志耀在人群中忘形地大声谈笑，说到感伤处神色黯然，说到狂野处不禁手舞足蹈。

这样寒暄、叙旧不久之后，核酸总局终于走出来了一大群科学家，为首的核酸学首席专家狄定国环视了一眼这群当世最出色的英雄好汉，沉声说道：

“各位，这是个最恶劣的世代，却也是出色的世代。关于实验的细节，相信大家都已经清楚了，不用我再多说，今后的史书中，各位肯定会有一席之地。现在，我正式宣布实验开始，祝各位好运。”

在核酸总局最大的生化实验室中，放置着三千个合成钢化玻璃槽，整整齐齐，像是排列完善的药用胶囊般陈列在巨大的空间内。一开始，参加实验的奇人异士们将衣物全部脱光，平躺在透明槽内。

静静地，整个实验室上空伸出数以百计的探照枪，泛出蒙蒙的蓝光。

因为探照枪的数量极多，那蓝光柔亮地充斥在钢化玻璃上，在每个人的脸上映照出奇异的光芒。

这些探照枪是最精密的生化系统探知器，会在实验的最后一个阶段，再一次对参与者的生化系统做最后一次检查。

血压、脉搏、脑波、内脏功能、血液流动状况……

一项项数据在控制室的超级计算机中流过，发出低微的认可声响。

等到所有声响陷入沉寂之后，首席科学家狄定国的声音透过扬声器，在每一个人的钢化玻璃罩中清晰地响起。

“最后检查结束，各位，我们的实验即将开始。”

姚德静静地躺在玻璃罩中，从玻璃中仰望出去，是实验室中布满线路、仪表的天花板。他知道这一次的实验凶险无比，也许现在映入眼帘的，就是他看见这个世界的最后一眼。

仿佛在无穷远处出现了女孩娇美的容颜……

青河秀雅中带着几分稚气的笑脸……

欧德卡铃公主那倔强的眼神……

还有，那个神秘的蒙面女孩芙杰丝的高挑身影……

“嗤”的一声，玻璃罩内喷出催眠气体，不知不觉间，姚德便陷入了沉沉的梦乡。

在大落地窗外，见证这次历史性实验的科学家们，有的人看了这一刻的情景，心中忍不住有一个想法：

“我们现在做的，到底是什么样的可怕事情？是人的工作，是神的工作，还是魔鬼的工作？”

当然，这些科学家意识到，他们现在参与的，将会是一项划时代的伟大计划。这个计划在后世历史评价的重要性上，绝不会亚于公元一九四零年代，美国新墨西哥州的核子计划，公元一九六十年代末期，美国休斯顿的太空登月计划，以及公元一九九九年，全球的计算机千禧年危机应对计划。

只可惜，他们的估计还是出了极大差错。

因为这一次的超人计划，在历史长河中的重要性，绝对是上述所有重大计划的总和！

三千名志愿战士们进入睡眠状态后，从每一个钢化玻璃槽中伸出了一个银亮的针头。在针头的注射筒内，装的便是这次实验中，经过许多次失败、赔上许多条人命后，精心研制出来的“超人核酸”。

无色、无味的“超人核酸”其实是一种经过数亿种不同生化方式扭曲的DNA激素。它可以在注入人体后产生连锁性的基因重组，经过这样的重组，人体的DNA键会产生亿万分之一厘米的小小扭曲，而接受注射者的体质、脑力便因此产生了绝对性的差异。

这，基本上就是“潘多拉核酸”的精髓所在。

而这次实验中研制出的“超人核酸”，正是“潘多拉核酸”科技发展到极致的最高层次产品。

然而，就如同科学家们所担心的，这样的科技，这样的产品，是不是已经逾越了“人”的层次，变成涉足“神”的领域的工作?

如果是这样的话，就如同《圣经》中的巴比伦塔，人类试图跨越凡人的极限，建造出能够上达天神的建筑，最终的代价却是塔毁人亡。

这一切，在“超人核酸”注入三千名志愿者的体内之后，便能够得到答案。

“潘多拉核酸”科学之父英千格是这次实验的总召集人，他的声带在早年坏了，所以必须借助扬声器说话。此刻，他沉声下了人类史上最重要的一个指令。

“注射。”

多年以后，这场超人实验的详细资料已经在地球的巨大动乱中亡佚。再也没有人能够得知实验当时发生了什么事，只是后来某位科学家的后代曾经在先祖留下的一份光盘中读到下列残缺不全的记载:

“……人间地狱……血光满天……有人将自己的眼睛挖出，狂啖入腹……有人扯下手、脚三肢，再以最后的手臂将自己扼死……”

“参与研究的科学家有近百人必须长期接受精神治疗……自杀者在超人战争末期已增至三十七人……”

“……愿上天宽恕我等罪过，将我等列于地狱烈火，方能抵偿我等罪行之万分之一……”

[第13章]
四十勇士

根据历史记载，这场超人实验等于是一场死亡率极高的不归路。参与实验的三千名志愿者之中，绝大多数死于极猛烈极可怕的副作用，最后，只有四十个人幸运存活下来。

对于姚德来说，这场超人实验的确像是个炼狱。因为在实验过程中，他曾经因为某些未知的原因醒过来片刻，很不幸地目睹了当时副作用发生最猛烈时的可怕景象。

有没有看过，一个人以可怕的蛮力把身上所有肌肉、组织、内脏全部赤手空拳撕烂、取出，而且在过程中每次有这样的剧痛时，还在快乐地大笑大嚷?

有没有看过，一个人将嘴巴可及部位的身体全部咬碎，而咬不到的地方还用手撕下，嚼得一干二净?

在痛楚的记忆中，姚德其实并没有醒过来太久。但是那些可怕的景象实在太过骇人，骇人到让他的神经不自觉清楚上一阵，然后，才在另一次惊怖的震撼中失去意识。

姚德记得，让他失去意识的，是另一幅最可怕的景象。因为他清楚地看见，那个曾经在“帝王之京”对他趾高气扬的女剑士“天秤狼剑”吴玉鹰，和另一个不知名的胖女人面对面，两人像是对坐吃午餐一般，吃的却是自己的血肉。

然后，他的意识便陷入一场长长的灰暗梦境。

而且，这样的可怕梦境便永远进驻在他的生命之中，像是一条永远走不完的长廊，直到他失去生命的一刹那为止。

志愿者们再一次醒来，感觉像是一个世纪后了。根据核酸总局的记载，虽然“超人核酸”计划中失败的参与者副作用极为可怕，但是四十名成功完成核酸注射的勇士，都在一周后陆续醒来。

从实验中醒来的人并没有什么明显的副作用残留。虽然他们在接受注射的过程中同样有过极大的痛苦，但是在超人体质形成之后，因为自愈系统的逐渐健全，这段可怕的回忆便泰半自动隐藏起来。

这时候，半人马星人在和平会议失败之后，攻势更为猛烈，而且动不动便采用大量伤亡的焦土战略。

根据军事委员会的评估，半人马星人原先的策略是想要占用地球的自然资源，所以在许多战法上尽量采取不伤害既有资源的传统战法，但是在和平会议之后，这种战略很明显已经改变了。也就是说，这个来自数千光年外的外星族类已不再将地球资源列入考虑范围，主要目的只是要攻下地球，其他因素都已不再考虑。

所以，“超人计划”才会因此应运而生。如果不是有这样紧迫的战略需求，核酸科学家可以再研发新的“副作用缓冲剂”，如此一来，也许当初参与计划的三千名志士就不用伤亡那么多人。

但是，这都已经成为过去了。如今，“超人计划”已经成功地改造出四十名地球有史以来最强的人种，他们超凡的能力，连当年“昆虫世纪事件”中的昆虫人都要瞠乎其后。

其实，不用别人的提醒，姚德在刚醒过来的时候，便已经意识到自己在心理、生理上起了重大的变化。

在“超人核酸”里，除了将体能无限度增强之外，也加入了许多古往今来的信息，这些信息如果以正常的方式研读的话，大约需要四百年才能将所有数据看过一遍，更遑论是记得清楚了。但是，经由“超人核酸”的注射之后，姚德的脑海中，便有了人类从信史时代以来，曾经记录下的所有数据。

这么大量的信息，对于超人勇士们了解自己的能力也大有帮助。为了省掉冗长的解说，核酸科学家们干脆把超人勇士们提升能力的方式也编入“超人核酸”之中。因此，除了一些特别刁钻的技能之外，姚德所需的所有技能已经无师自通，仿佛亘古以来便已深植在他的脑海之中。

这样的经验是可畏的。因为那些信息其实自己完全没有接触过，此刻却只要疑问一起，答案便仿佛是深植在脑海中一样，理所当然地跳出来回应自己。

比方说，姚德有时会想，人类的智能负载能力毕竟有限，即使是有着比平时强上数倍的潜能，但是要负载比凡人多上数千数万倍的信息，又怎么可能办到？这样的念头一起，脑海中立刻出现回答。

“因为核酸中有着DNA感应能力，大部分数据其实是贮存在核酸总局的巨型数据库中。超人们的大脑扮演的并不是贮存的角色，而是‘转介’的角色，只要在心中一动念，便能够和大数据库的信息迅速感应。”

超人们的肉体能力也是以这样的方式发挥出来的。一般来说，从前曾经出现过的一些能力特出的人种，像“昆虫世纪事件”中的昆虫人，或是“帝京十剑”那样的核酸剑士，这些奇才异能之士，如果能够发挥超越人体潜能数倍的能力就已经相当了不起了。但是，这次实验中出现的四十个超人，却是能力可以与自然抗衡的可怕族类。

同样的，如此可怕的巨大力量也不是来自超人们的肉体，他们只是充当将许多自然力量凝聚、而后散发的传导管道。即使只是这样，就已经具有非常可畏可怖的能力了。

在四十名勇士相继适应自己的超凡能力后，核酸总局曾经做过一次测试，想要测出超人勇士们的能力极限。结果，有位来自大英国协的勇士，只花了三十分钟，便以激发而出的飓风能量将一座巨大的风洞夷为平地！

因为有了这样的测试结果，核酸总局将结果呈报给军事委员会。有鉴于半人马星人的攻势越来越猛烈，而且大本营“龙城”很有可能会正式兵临地球上空发动最强烈的攻击……

“因此，我们决定，将所有预定测试程序取消，提早交予四十名战士任务。”军事委员会主席克鲁将军宣布，“任务名称：‘龙城之战’。”

但是，姚德并不知道为什么，却已经在心中、在脑海中，隐隐察觉到有什么地方不太对劲。

这样的说法也许并不具任何意义。因为他已经成功地完成了“超人核酸”的转化作用，已经成为人类有史以来能力最强的族类，当然在身体、生理上会有许多的不同。

就好像拥有了完全不同的视觉，看出去的世界当然颜色会变了另一个模样。

也像是长高了的孩子，一旦回到旧时的房子，会觉得为什么小时候高耸的天花板、宽阔的房间，成长后回来，却觉得房子变小、天花板变矮了。

他一再试图劝服自己，这就是心中那种不对劲感觉，除此之外，再没别的了。

只是，真的是如此吗？

深夜里，姚德时时在一个个噩梦中惊醒，醒来后一身冷汗。

只是，这怎么可能呢？身为史上最强族类的一员，照理说，应该已经不会有什么东西会让他惧怕了，况且他体内注入的核酸知识也让他更肯定了这一点。不过，肯定归肯定，噩梦却时时在睡梦中袭来。

梦境里，到底有什么东西？

是什么东西会让他如此害怕?

有时候，姚德会在白天里的一项一项身体机能测验中，试图想出梦中的可怕形象是什么，却始终找不出答案。

核酸总局安排的身体机能测试，严格来说是不具任何意义的，而且对测试人员来说，也是一次又一次的梦魇。所有的测试仪器都是针对普通人的机能而设的，面对超人战士们可惊可怖的能力，却时时超过负荷，有时仪器一旦无法承载，还可能冒出火花，炸伤不少人。

能力测试在一开始的时候便已然停摆，现在连身体机能的测试也几乎全部停止。是以白天的大部分时间，姚德只能望着蔚蓝的天空发呆，偶尔会望见遥远的天边出现零星的烽火，也时时看得见交战中的地球防卫联军和半人马星部队。

看见这两个壁垒分明的部队交战，姚德便时时想起欧德卡铃公主倔强美丽的容颜。

如果她还在的话，人类和地球不知道还会不会有和平的一天?

此刻在他的心中，却已经开始微妙地困惑起来，自己到底是恨地球防卫联军多一点儿，还是恨半人马星座多一点儿?

这种情绪上的激动，时时会在他的体内鼓荡，仿佛有着无穷无尽的恨、怨、喜、悲，转化为可怕的力量，随时想要散发出来。

有一次，姚德的情绪又开始激动起来，一时之间烦躁无比，只想着眼前不管出现什么，都要把他们杀个精光!

那种残杀，并不像是人类与人类之间的单纯厮杀，而比较近于那种将所有人像是恼人的蚂蚁般全部杀死的残暴之感!

虽然这种冲动总是稍纵即逝，但是几次之后，却让姚德心中产生了畏怖的感觉。

他逐渐发现，这种烦躁和他的噩梦有极大关联。每次一出现这种烦躁，就仿佛在他和噩梦间出现了个通道，而通道的尽头，却是浑身充满无穷精力、已经几近炸裂边缘的自己!

第13章
四十勇士

因为有了这样的异常状况，姚德也曾经求助过核酸总局的专家，但是专家们却面有忧色地告诉他，出现这种现象的，不是只有他一个，因为几乎每一个超人战士都出现过这样的莫名浮躁。而像姚德这样能够控制得住的，已经算是好了的。曾经有位来自中非洲的黑人战士就因为这样的浮躁，控制不住自己，在狂怒中几乎将半座山头击垮！最后还得靠其他几个超人战士一齐出动才把他制伏！

从这些超人战士闹事的事件中，地球防卫联军更发现了一项惊人的事实，也就是说，传统的武器，对超人战士们已经不构成任何威胁，因为战士们掌握的能源除了攻击极有用之外，连防御能力也可怖惊人。当中非战士闹事时，地球防卫联军曾经派过近一千人的部队去制止他，原先只派四十人，后来人次越加越多，却发现近千人最精锐的部队，还挡不住一个超人战士！

从一个部队的角度来说，有这样强大的队员当然是一件可喜可贺的事，但是当防卫军高层看过中非战士闹事现场破坏之巨、摧毁之彻底时，许多将领纷纷露出疑惧的神情。

水能载舟，亦能覆舟。

如果这样的超人战士失控闹事的话，他们就等于是一颗会走路的核弹头，处处充满了玉石俱焚的危险。

也因此，一股暗流已经开始在防卫军的高层汹涌起来。

但是，随着战云越发密布，这样的事情是不会有人注意到的。“龙城之战”定在公元二二二五年的七月发动执行，在此期间，超人战士们接受了最后阶段的“超人核酸”注射，将他们的超人体质的潜力指数约略估算出来。因为参与计划存活下来的勇士们各有不同的体质，所以能够发挥的力量也不同，才需要这最后的一道程序。

只是，四十名勇士却不知道，这一剂“潘多拉核酸”中，却藏有让他们受制于人，而且可能让他们万劫不复的秘密！

“龙城之战”执行的前一周，四十名勇士终于有一个机会聚集在一起，参加克鲁将军主导的誓师典礼。

这四十名逃过死亡噩运的勇士，也终于在这一刻，有了互相打个照面的机会。

“超人计划”开始执行后，存活的战士们并没有住在同一个医疗单位，而是分散开来，由不同组别的科学家依照每个人的属性不同来分别照顾，所以并没有什么彼此相处的机会，只在偶然的状况里，几个人会凑在一起。

也就是说，从那次三千人齐聚一堂的聚会后，大家都不知道有什么人存活了下来。

而大部分的人在实验后便已天人永隔。因为姚德在醒来后便已经辗转知道，这次的实验中，只有四十个人完好存活下来，其余的参加者要不就是在实验中失去了生命，要不就是身体组织遭到严重的破坏，终生残疾。

原先挤满整个科学聚会厅的三千人，如今却只剩下了寥寥数十人。

姚德一到了举办誓师大会的科学大厅时，仰望着大厅那布满电路及管线的天花板，想起当初自己参加实验时，和其余的参与实验者躺在强化玻璃槽中，在核酸注射前的最后一刻，心中却想着这会不会是生命中最后一幅景象。

如今再一次看着同样的场景，身边却已经空荡荡的，那种苍凉之感也颇让人唏嘘不已。

其他超人勇士这时也陆续进入会场。姚德站在那儿，有点期待地看着一个个走进来的超人勇士。忽然，一个他非常熟悉的身影映入眼帘，他便在空荡的大厅中兴高采烈地欢声大叫起来。

“杰夫！”他的声音在人群中显得有点突兀，“任杰夫！”

那个长挑身材的人，果然便是姚德从小到大一起长大的挚友任杰夫。当年，他在“彩虹毒药”乐团有“吉他手任杰夫”的名号，弹起吉他来绝对不比姚德逊色。任杰夫是个容貌俊美如女子的人，他也时时因此感到极度困扰，所以常常在脸上戴着面具。

此刻，任杰夫仍然戴着一副丝质脸罩，只露出美丽的蓝眼睛。而且，早在还没有参加实验前，姚德便已注意到他的穿着和旁人不同，宽衣长袖，将整个身体包得严严实实。

两人在这场由生至死，由死到生的际会中再度重逢，兴奋的程度自不待言。但是，身为深知任杰夫个性的哥们儿，姚德一句话也没有提及他那奇特的装扮。

而且，姚德还微妙地感觉到，任杰夫明显地变得跟自己有些生疏，言语间已不像往日一样无所不谈，反而还多了些客气。

这样的转变其实也没有奇特之处，因为姚德自己也时时要面对那种接受“超人核酸”后，身体、心境上产生的巨大变化，所以看见任杰夫和从前的些许相异之处，刚见到时有些讶异，但是过了一会儿之后，也就习以为常了。但是，唯一令人感伤的是，“彩虹毒药”的另一名伙伴海志耀并没有成功地转为超人体质，所幸他只是在身体上受了重大的伤害，并没有像大部分参与者一般死于非命，此刻他正在核酸总局中疗养。

姚德和任杰夫聊得正起劲，身后却传来一阵轻轻的笑声。

那个笑声听来很熟悉，但一时间又想不起来在什么地方听过。姚德有点好奇地转头，看见来人却两眼圆睁，欣喜之情溢于言表。

“师父！”姚德一边笑，一边大声叫道，“雷玛师父！”

原来，来人便是在“天使之京”曾经教过他剑术的盲人歌手雷玛。当年，雷玛曾经在“天使之京”的山上指点过姚德吉他琴艺，并在琴艺中溶入极精深的武术，因为有了这样的武术底子，日后在几场冲突中，的确救了姚德好几次命。

雷玛是“帝王之京”的第一高手，多年来一直在“帝京十剑”排行榜上名列首席，他和姚德极为投缘，个性也很随和。

“不是说不要叫我师父吗?”雷玛笑道，“这些年不见，你现在果然已经是个名人了，‘姚德中尉’，还当众扁了军事委员会主席一拳，我在军中可是时时听得到你的名号哪！”

姚德朗声大笑，还没答话，又听到身旁有人“哼”了一声。

“还有我哪！你们师徒那两招的晦气……”那个人说道，“总有一天，还是要讨回来。”

姚德转头一看，看见来人一身黑衣，脸色却很苍白。

“桑俊禾？”姚德失声叫道。

“可不是我吗？”桑俊禾冷然道，“银步雷，别来可好！”

黑衣人桑俊禾也是“帝京十剑”之一，曾经受雇于“帝王之京”的黑帮组织，打算在一艘船上刺杀姚德，却被姚德以雷玛传授的武术打败。

雷玛的本名，便是“帝京十剑”之首银步雷。

“桑兄，过去的那些陈年旧事，”雷玛笑道，“你还记得，我可就不记得了，现在大家都是同一条船上的人了，还计较谁强谁败做什么？”

桑俊禾冷笑不语，身上的黑衣却已经开始鼓动。

姚德曾经和桑俊禾交过手，知道这是他要开始拔剑的前兆。但是，现在他已是四十超人勇士之一，有了运用无限能量的超凡能力，所以一旦运起功来，身边出现了强大的力场，声势更是可怕惊人，连一旁的姚德、任杰夫等人都感到压迫感极重，仿佛连呼吸都很困难。

雷玛仍然露着微笑，但是笑容却开始凝重起来。

桑俊禾从黑衣中缓缓抽出长剑。他的剑当年在船上对付姚德时断了，现在用的是另一把更薄的剑。

但是姚德却在一旁清楚地看见，他的步法、姿势都仍然有破绽，而拔剑的架势和当年相比，也没有太多进境。

也就是说，除了因为“超人核酸”而增强的超凡能力外，桑俊禾的武术仍然不及雷玛，甚至可能依然打不过姚德。

突然，有个精瘦的身影从桑俊禾身旁走过，也没看见他有什么动作，但经过时，仿佛有阵阵轻柔和风袭来。

第13章

四十勇士

桑俊禾的脸色一变，苍白的脸上突然涨红，“铮”的一声，手上的薄剑断了。

那个经过的人身材中等细瘦，一头金发，眼珠却像大海一样湛蓝。

这双眼睛，姚德也是见过的，但是此刻却很微妙地感觉到，这个人的个性也已经起了很大的变化。

因为在“超人实验”之前，法兰西名将莫里多是个沉稳温和的人，但是此刻他的眼神却时时迸现出狂野的光芒。

“有那么多力气的话，为什么不拿来对付半人马星人?”莫里多的身后跟着几个看来也是军方系统的人，他看着桑俊禾，冷然说道，“把力气留着，到龙城作战时再打!”

方才也没见到莫里多有什么大动作，但是此刻桑俊禾却呼呼喘着气，仿佛刚刚做过什么极度费力的事。

莫里多不再理他，冷哼一声，便扬长而去。

姚德诧异地看看任杰夫，又转头看看雷玛，却看见雷玛空洞的眼神正仰望着，像是看着天空，额上却流下冷汗。

姚德认识雷玛这么久，这位曾经名噪一时的剑客始终气定神闲，从来没有见过他有这样的恐惧神情。

“这……这个人是谁?”雷玛侧着头问道。

“他是军方的高级将领莫里多。”姚德疑惑地看着他，“有什么不对吗?”

“他……他的力场好强，比我们加起来都强。”雷玛颤声说道，“而且，仿佛有什么很邪恶的力量附在他的身上。”

“邪恶?”姚德好奇地远远看着莫里多，却发现此刻他的身边已经围了不少人，但是这些人并不说话，只是冷冷地直视前方。“他人不坏呀!虽然是高级将领，但是做人好像还不错。”

雷玛凝思半晌，摇摇头。

“不对……”他低声说道，“变了，我们全都变了……”

姚德听不懂他在说些什么，想问他，却冷不防从科学厅的一隅传来清亮的号角声。

誓师大会开始了。

科学大厅的中央临时搭建了一座观礼台，在观礼台下，四十名超人勇士昂然地站着，注视着白发苍苍的克鲁将军走上观礼台。

“各位，这是一个最艰苦的时代，却也是个最美丽的时代。”克鲁将军并不知道，同样的讲辞已经在实验前，被核酸总局的科学家抢先讲过，因此本应慷慨激昂的内容，此时听来却有点重复。“再过一个星期，‘龙城之战’就要开始，这是扭转劣势的最好时机，地球的荣辱存亡，从此就肩负在诸位身上。”顿了顿，他又说道，“在我们这个史无前例的‘超人实验’中，诸位是经历过各种最艰苦考验、被筛拣而出的最出色人选，这一次的‘龙城之战’，你们也将由地球上最出色的将领——莫里多将军率领，现在，我们就请莫里多将军上来，给大家讲话。”

克鲁将军身后的各军区将领纷纷鼓掌，超人战士们大多认得莫里多，每个人都将目光集中在莫里多的身上。

只见莫里多微微一冷笑，却并不动身走上观礼台。

这样出乎意料的尴尬持续了一会儿，空荡荡的大厅里没有人吭声。

观礼台上的克鲁将军掩饰地轻咳了一声，又说道：“请莫里多将军上来为我们的四十勇士致辞。”

还是没有反应。

这时候，各军区将领也不再鼓掌了，只是面面相觑，而且好几个人眼光还有着疑惧。

良久，莫里多才懒洋洋地说：“还有什么好说的？”他站在一群军区出身的超人战士旁边，淡淡地冷笑道，“大伙儿就尽力吧！”

说完之后，他突然冷冷地横了台上的克鲁将军一眼，居然带着他的一群手下，径自掉头便走。

而余下的超人战士看见莫里多这样的举动，也跟着一哄而散，嘻嘻哈哈地各自离去。

当然，一旁的禁卫军噤若寒蝉。虽然手上有各力强大的武器，但是大家都早有耳闻，这些武器对超人战士们是起不了作用的。

一场本应严肃激昂的誓师大会，便这样在近乎胡闹的场面下草草结束。没多久，战士们便走得干干净净，一个也没有留下。

克鲁将军怔怔地站在观礼台上，看着空荡荡的科学大厅，脸上神情复杂。

而他身后的将领这时已经开始交头接耳，人人脸上都写着疑惧。

这样能力极其强大的四十个超人，也许应付强悍巨大的半人马星座主舰“龙城”没有什么问题。

但是，如果真的打赢了之后呢？

这四十个超人，要怎样安置他们呢？

其实，还留在大厅里的每一个人，脑海中想到的都是这个问题。但是，对于这个问题的解决方式，却大为迥异……

接下来的一个星期，是军事委员会的重头戏。为了让超人战士们顺利抵达小行星带，空军军区在极短的时间内准备了一艘星际小型战斗舰。从星战一开始，地球防卫联军因为星际战舰的舰身打造不及，便利用古代的退役战舰，加上质子引擎后，改装成可供使用的星战舰队。

但是经过连年战火，连古代的退役舰身也几乎消耗殆尽。因此，这次“龙城之战”用的小型战斗舰身，就找到了一艘早在二十世纪便已退役的核潜艇“鹦鹉螺”号。

经过军方的改装后，这艘史上相当有名的核潜艇便被改名为“屠龙舰”，在四十勇士出动的当日，静静地矗立在地球防卫联军总部的巨大星舰起落场上。

这次的“超人计划”是军方主导的极机密计划，从头到尾都没有让世人或媒体知道。也因为这项任务本就是一项突击任务，在地球上处处可见半人马星战斗机械的状况下，自然必须保密。

但出乎意料的是，在“龙城之战”启动当日，军事总部的大起落场旁居然挤满了媒体和前来围观的群众，虽然他们无法接近“屠龙舰”，但却在距离之外万头攒动。

军事委员会成员们又惊又怒，不知道为什么这样重大的军事机密会走漏出去。震怒的将领们要求立刻找出原因，情报局军官战战兢兢地开始调查，却很轻易就发现了泄密的原因。

“莫里多?”情报局首席官大声咆哮道，“为什么他要把这个消息走漏出去? 他的脑子是不是出了问题?”

果然，所有媒体几乎在“龙城之战”出发前，便一致接到由名将莫里多发出的新闻电子邮件。邮件中，除了将“超人计划”全部曝光外，还将四十名勇士的名字全部列出。

这就是为什么，在日后的地球历史中，虽然许多历史事件的真相因为巨大灾变被湮没，但是“四十勇士围龙城”之前的细节却完整地保存了下来。

因为莫里多几乎就像是记载历史一样，把所有行动细节全部公诸于世。

高级将领们暴跳如雷，但是，此时“龙城之战”已经箭在弦上，消息既已走漏，也无法弥补了，他们顶多只能看着莫里多在群众的欢呼中出现，暗自生着闷气，吹胡子瞪眼。

而且，从另外一个角度想，以四十勇士目前的超凡能力，已经没有任何制裁方式可以制得住他们，更不用说处罚了，就连骂上他们几句，也绝对没有人有这么大的胆子去尝试。

这是一个非常热烈的盛大场面。在数以十万计的群众欢呼声中，媒体将这一幕景象摄入，由卫星转播到全世界，也在这一刻，四十勇士成为不世出的大英雄。

但是在四十勇士之中，除了莫里多和他的手下之外，大部分人面对这种盛大的歌功颂德场面还是非常不习惯的。除了不太适应之外，有见地者如姚德等人，还在心中有些疑虑。

“这样大张旗鼓，不会让半人马星人都知道了吗?”在震耳欲聋的欢呼声中，姚德悄声对任杰夫说道，“这不等于是告诉他们，‘我们要来了，快点儿加强兵力抵抗’吗?”

出乎意料的，姚德的低语居然还是让莫里多听见了，他转过头来凝视着姚德。

“我就是要让他们知道!”莫里多原本清澈的蓝眼睛里此时燃烧着狂野的火焰，“我要他们知道，即使知道我们要来，‘龙城’还是避免不了粉身碎骨的命运!”

军事委员会主席克鲁看了这样一幅景象，心中忍不住愁云密布，心事重重，仿佛已经可以预见日后的纷扰争端。

而年迈的克鲁此时并没有发现，他身后的各军区将领已经纷纷退后几步，开始交头接耳地说些什么。老将军虽然仍排在所有将领之首，这时候却已经形单影只，只剩下孤零零一个人。

正午时分，预定的战舰发射时刻到了，执行军官有点不知所措地望向军事委员会的将领们。这样的盛大场面，还有莫里多失序的行为已经让人无所适从了。

按照原定计划，“龙城之战”会在正午时分让四十名超人勇士进入“屠龙舰”，再以高速离开大气层，然后在九个小时后到达小行星带，展开攻击计划。

而在计划中，四十勇士将会带上所有的必需装备，鱼贯进入起落场。但是令人愕然的是，四十勇士中有将近大半的人手无寸铁，只是穿着真空战斗服。

执行军官再一次求助似的望向克鲁将军，老将军脸色凝重地点点头，示意他可以宣布。

“我宣布……”他高声说道，“请四十名战士进入战舰，准备起飞。”

就在这一刻，全场群众高声欢呼，欢送这些不世出的英雄。而且这些英雄绝对不只是纸上人物，而是活生生地站在众人面前。

然而，更惊人的变故发生了，在震耳欲聋的欢声雷动中，有一个清朗的声音居然像是清越的钟响一般，盖过了现场数十万人的欢呼声。

[第14章]
龙城之战

说话的人是名将莫里多，此刻他的金发已不复从前的服贴整齐，而是散乱地披在额上。

“各位！”他的嗓音音量极响，完全不像是凡人能力可及声音。“你们正在见证一个伟大时刻的到来，你们见到的，更是一群划时代的英雄。今天，四十勇士不进‘屠龙舰’！我们不借助任何工具，就能赤手进入‘龙城’，把那条恶龙揪出来！”

他那匪夷所思的嗓音声传数里，但是听到的人却完全不了解他的意思。群众的欢呼声逐渐止息，大家都怔怔地盯着莫里多慷慨激昂的身影。

“今天，我们就要进入‘龙城’去屠龙，但是，凭借的是我们自己真正的力量！”

突然，莫里多身上开始出现淡黄色的力场光圈，而且他的身边开始出现猛烈的狂风。一时之间，天地间变色，整个起落场飞沙走石，群众在惊呼声中纷纷走避。

莫里多在狂风中哈哈大笑，呼呼的风响中，只听见他朗声大叫。

“我等勇士，下次再见之时，就是恶龙被斩之时！”

然后，他身边的风声越来越响，越来越尖利，最后简直就和旧世代的涡轮喷射引擎声没有什么两样。

在群众惊恐的眼神中，莫里多和几名手下的身影在暴风之中隐约可见。突然，伴随最后最尖利的“咻”的一声巨响，便看见他们的身影融在气团之中，拔地而起。

而那气团的势头极快，也许比最精锐的星战舰艇还要快上许多，不一会儿，他们便在大气层中消失了踪影。而云层中，还隐隐有风雷声传来。

四十名勇士中，莫里多等人以迅雷不及掩耳之势离开大气层，而包括姚德、任杰夫在内的勇士也纷纷发出强大的力场，同样卷起满天风雷，冲天拔起，尾随莫里多的方向离开大气层。

这个“超人计划”中的四十名勇士，能力居然超凡至此！

从有记载的历史以来，连外星文明都从来不曾出现过能够以肉身状态进入太空的先例，但是在场数十万名群众，此刻却亲眼目睹四十个超人勇士以肉身进入太空的惊人景象！

这一幕，日后也变成了“星战英雄传说”中最令人记忆深刻的一幕。因为在场的数十万人每一个人都带着这样的记忆回家，而这样的经历，足以让他们对后代子孙不停地重复叙述。

起落场旁，数十万名群众在四十勇士离去后，良久，仍然被那惊人的一幕深深震慑。即使大气层中早已不见他们的踪迹，一阵清风吹来，绝大数人仍然觉得自己仿佛置身于一场天马行空的幻梦。

在静寂的起落场旁，老将军克鲁缓缓走下观礼台，回到联军总部。他一走进会议室，却发现身边的士兵们已经全部换岗，每个人都以森冷的眼神看他。而随后而来的各重大军区将领却个个神情复杂，有的人目光和克鲁相接，还面有愧色地低下头去。

“什么事?”克鲁有点不快地说，“他们就快要到龙城了，为什么还不去开战略会议?”

一阵桀黠的笑声响起，克鲁听见这个笑声，整个人便打了个突。

因为这个人是绝对不应该出现在军事委员会的。

如果这个人到了这里，那么，情势便已经大为不妙……

“波修！”克鲁将军一脸怒容，沉声道，“你还有脸到这儿来！”

来人果然是亚洲的独裁强人波修，当日他与克鲁将军争夺军事委员会主席之职，并且企图引发军事政变，却失败了。而且，半人马星人攻打地球之举，其他星系的外星文明决定袖手旁观，就是因为地球的军事将领中出现了叛徒，出面“邀请”半人马星人攻打地球。

按照星际惯例，如果发生了这样的状况，这场星战便会被视为内战，其他星系不得插手。也因为如此，地球防卫联军的这一场仗，才会打得如此辛苦。

然而，因为半人马星人自始至终都不愿和地球会谈，因此这个私通外敌的将领罪名在星战的前期始终无法得到证实。

不过，只要是对地球的军事局势分布有点认识的人，都知道这个无耻的叛徒必定是波修将军。

而此刻，这样一个无耻的野心分子居然胆敢走进军事委员会！

波修将军大笑。

“我为什么不敢到这儿来？我来，是要实践我以前的诺言。”

克鲁将军冷然道：“你没有什么诺言可以实践，有的话，也请你到军事监狱中实践去。”

他转头对军法首席官说道：“立刻逮捕波修将军，控告他叛国罪！”

波修夸张地圆睁大眼，笑得很狰狞。

“判我的罪？你省省吧！看看四周，有没有一个是你的人？”

方才克鲁一见到波修出现，又看见将领们奇怪的神情，心中早已明白了七八分。

“我明白了。”克鲁将军淡淡地说道，“只是我不明白的是，为什么你们会听从这个人的话？难道你们还不知道这个人是什么样的可怕分子吗？”最后几句话，是对将领们发出的疑问。

情报局首席官很不安地望了克鲁将军一眼，却不敢与他对视。

“我……我们不是不相信你，而是不相信那四十个什么‘超人’。”

“不相信他们？他们的能力如何，你们也是看见的，还有什么好不相信的？”

“我们不是不相信他们的能力，就是因为他们的能力太可怕了，即使能够灭掉‘龙城’，也不知道会做出什么事来。”

“怎么会？”克鲁将军摇头道，“莫里多是什么样的人，你们应该都知道的。而这些战士们的品格，之前也都经过最严格的审查筛选，怎么会出问题呢？”

“正因为我们都知道莫里多是什么样的人，所以才更害怕。”情报局首席官吞吞吐吐地说，“他接受注射之后，变成了什么样子，将军也看到了。‘超人核酸’是一种我们还没有办法控制的科技，这些超人的个性变成了什么样，我们是无法预知、也无法掌控的。”

“我可以向你们保证，”克鲁昂然道，“莫里多绝不会有任何问题，我和他相处了这么久，绝对相信他的人品。”

不待情报局首席官回话，波修便冷笑道：“这些家伙就是知道你会偏袒那个马屁精莫里多，所以才不再相信你的，懂了吧？”他呵呵笑道，“我曾经告诉过你，总有一天，我一定会拿下这个位子。”

克鲁不去理会他，转头问情报局首席官。

“就算你们因此要拱波修上去主席这个位子，他能给你们什么？”

情报局首席官迟疑了一下，看了看波修。

“告诉他啊！他做了你们的头子那么久，总不会这么没有人情味吧？”波修得意地说，“说说说，我不会介意的。”

“我们在‘超人核酸’的最后一次试剂中放进了监视剂和毒剂处方。”情报局首席官说道，“毒剂处方是波修将军提供给我们的，这种DNA提炼出来的处方，只有波修他们的国家才掌握。我们试过不同的毒剂，只有这种才有办法攻入超人的体内。”

“所以，你们可以在这儿遥看他们攻入龙城的情景，对不对？”克鲁曾经在部队中使用过这种监视剂，所以知道它的用法。“那毒剂呢？如果他们并没有对地球有威胁，那又如何？”

“无论有没有威胁，他们对我们都是一个大隐忧，所以……”情报局首席官又低下头，不敢看着克鲁严厉的眼光。

“所以无论成败，他们都没有机会，对不对？”

“对。”波修接口说道，“成者为王，败者为寇。既然当了军人，就没有什么公平可讲了。”他笑道，仿佛说的不是四十个人的命，而只是吃个水果那么简单。“如果他们失败了，死在‘龙城’，没关系，我们再制造四十个‘超人’，直到把‘龙城’打垮为止，但是，如果他们完成任务回来……”他晃了晃手上一个小小的遥控装置。“就是这个小家伙在等着他们。只要我轻轻一按，启动他们体内的毒剂，‘噗’一声之后，大伙儿只要每年去他们的墓碑前假哭几声，也就可以了。‘前’军事委员会主席，您还有问题吗？”

克鲁将军默然良久，才缓缓说道：“果然，沙场名将最大的悲哀，不是死在敌人的手上，而是死在自家人的手上。”

“很有意思，不过都是废话。”波修放声大笑道，“不过，我不会杀你的，还会好好地把你安置在一个美好的小岛上，在这些家伙的命运被决定之前，得劳驾您老人家住一住军事监狱。而且，你还会和我们一样，全程看到监视器传回来的四十‘烈士’攻打龙城的景况。”

“带他走！”波修下令道。

被带走时，克鲁将军并没有激烈的情绪表现，数十年的沙场战阵早已让他对许多事情看淡了，他平静地说：“希望你们不要聪明反被聪明误，机关算尽太聪明，反送了卿卿性命。”

这句话，是中国古代一句很有名的警语，但波修将军并不是很明白这句话的意思。

不过，对波修来说，明不明白一点儿也不重要，重要的是，如今他已经贵为地球防卫联军的军事委员会主席，终于达成了自己的心愿。

“下一步，”波修狞笑地对所有将领说道，“我要你们看看，什么样的人能够把这四十个所谓最强族类完全消灭！”

“啪”的一声，军事委员会墙上的投映幕全部打开，在这些投映幕中，分割成了四十个窗口，因为四十个超人勇士的体内已经注射了监视剂，所以他们体内的核酸会和所有神经发生感应，军事委员会这边再用极强的讯息接收器收集感应而出的微弱生物电，将四十名勇士所见的景象全部传回来。

看着那四十个分割屏幕，波修忍不住得意地笑了出来。

“什么送了什么性命……哼哼……”他想起克鲁将军临走前说的话，虽然听不明白，却大概记得几个字。“送了性命？我倒要看看最后是谁送了性命。”

波修将军果然没有爽约，在军事狱监狱中的克鲁也有一片计算机投映墙，上面同样出现四十个分割画面。

从分割画面上可以看出，超人们的速度好快。星际路线分析师的报告指出，从他们出发到现在不过三个小时光景，四十个人已经越过了月球，直奔火星而去。

监视剂传来的讯息毕竟比不上一般摄影器材，然而，超人战士之间，有时也会在长程旅行中彼此做做手势，有时从某些角度也看得见其他超人战士的影像。只是其中有一个影像有点奇怪，但是还没有奇怪到要汇报的程度，因此分析师只是好奇地看了看，把纳闷放在心里。

那个分割屏幕是属于一个叫任杰夫的战士的，不知道为什么，他的视野中常常出现另一个名叫姚德的战士。分析师查了这两人的资料，发现他们是旧识。

因此，即使分析师觉得有点好奇，这样的小插曲也是过眼即忘。

在战士们出发后第四个小时，距离火星已经不太远的时候，发生了

一件令人惊讶的事。

因为在那一瞬间，所有显示屏居然全部停摆，讯号完全消失了。

也就是说，军事总部和四十名超人战士之间，已经失去了联络的方式。

波修将军在失去讯号后六分钟内便立刻到达监视屏幕之前。看见那一片如雪花般的屏幕，他说没几句便暴跳如雷，还威胁要将所有监视分析师处死。

但是，即使将所有人都处死也已经于事无补了，因为讯号已经断了，而分析师们试图找出原因，却始终没有办法让超人们看见的景象再一次出现在屏幕上。

几个分析师这时忙着将断讯前的影像再做一次分析，不久便有一个分析师惊呼出声。

他分析出来的窗口，是属于一位名叫狄贝科的战士所有的，他是原来是莫里多的得力助手，在这次任务中，一直跟在莫里多身边。

而从他的视野中望出去，能清楚地看见，在讯号消失前的一刹那，莫里多千真万确地对着他的视野饶有深意地笑了笑，并且做了个奇怪的手势。

分析师将那个片段放了又放，确定莫里多的确对着镜头笑了，而且还做出那个手势。

“那又能证明什么?”波修大声叫道，“要知道这个镜头在莫里多来说，是面对着那个狄贝科做的，所以他有可能是在对那个家伙做表情啊!”

一阵静默中，有个分析师小声地说道:“也……也许不是，也许他是对我们做的。”

“他怎么会知道?”波修咆哮道，“你又怎么会知道?”

那个分析师迟疑了一下，才悄声说道:“因为我以前在莫里多的部队待过，那个手势，是莫里多和他的部下常用的手势。”

“那个手势是什么意思?”

“意思是说，”分析师说道，“我一定会回来找你们算账!”

军事监狱中，克鲁面对着已经全无讯号的电视墙，那种不安的心情又悄悄地出现了。

因为他方才在电视断讯前，清楚地看见莫里多做了个手势。

而那是克鲁当年带莫里多时，在部队中常用的一个手势。

“我一定会回来找你们算账!”

军事监狱的牢房有一个小小的窗，从窗户望出去，夜色逐渐降临，虽然天尚未全黑，却已经隐隐可见一些亮度较强的星星。

而在天空中，那颗泛着红色光芒的，就是莫里多等人现在快要到达的火星。

当然，从克鲁将军的眼中看出去，是绝对不可能看见莫里多等人的。只是，想到这群人即将面临的苦战，以及他们回到地球后可以想见的命运，克鲁还是陡地觉得心中一痛。

天色逐渐暗下去了……

关于“四十勇士围龙城”一役，当时实际状况到底为何，在历史上众说纷纭。有人说星战英雄姚德率领着任杰夫、雷玛等人，已经先在抵达“龙城”之前有过一场兄弟阋墙的大战，也有人认为，将占地近千公里的“龙城”整个攻下的，是莫里多一派的人。

这些说法，其实全都是空穴来风，因为真正的状况为何，只有当时在场的四十勇士知道。但是“四十勇士围龙城”之役后，回到地球的只有十来个人，至于其他二十多个人的下落，没有人知道。是围攻“龙城”时殉难?是自相残杀而死?是死于意外，抑或是滞留在太空之中，永远无法回来?事实真相没有人知道，而且相较于地球之后发生的惨烈变故，这个千古之谜也已经不再重要。

第14章 龙城之战

不过，当时唯一能够确定的，就是四十勇士的确成功地让“龙城”一举瘫痪。因为所有的历史都记载，“龙城”是半人马星座所有生物、战斗舰艇的命脉，如果将“龙城”摧毁，其余七艘巨舰以及无数军团生化兵器将全部瘫痪。

而在四十勇士失去联络的第四天，地球表面的半人马星座生化兵器便纷纷失去了效用，坠毁在地。而半人马星人的那七艘巨舰，在地球表面的四艘被几个军团分别围攻消灭，在月球附近的三艘，也在不久后坠毁在月球表面。

因此，与半人马星系的这一场星战，在短短几天内便宣告结束。从此之后，再也没有人见过半人马星系的生物。

在地球的历史上，在人类的命运中，这都是最讽刺的一个章节。公元二十三世纪的一场星战，因为人类的自私、贪婪而引起，后来，似乎有一个可以挽回的机会，却因为人类的猜疑、不信任，终究还是化为泡影。这样一场影响至剧的星战，为了找出制胜的方法，最后，却把所有人类的命运推上绝路。

公元二二二五年，七月十四日。

在地球上，这是晴空万里的一天，一大早下了场小雨。原先还以为会有一个讨人厌的雨天，但是雨停不久之后，阳光便露出笑脸，阴霾骤去，仿佛会是平凡而快乐的一天。

一双浅白色的粉蝶，自在地在中国南方的一个小菜园中飞舞。

一对刚刚陷入情网的少年少女，正亲密地窝在巴黎街头一家小咖啡厅，两人调皮地合咬一支香草冰激凌。

“天使之京”的街道上，年老的清道夫走过一家废置的酒吧，想起几年前，一群年轻人还在这儿，不知愁滋味地尽情唱歌。

“帝王之京”的马路上，一个忙碌的上班族偶尔想起，已经好几天没再看见半人马星座的飞行器在天空飞舞，也已经好些天没响过空袭警报。

而且，虽然还不是很确定，媒体上的新闻已经开始暗示，星战胜利的消息不用多久便会透过卫星向全世界正式宣布。

这也是四十个超人勇士消失在火星附近，失去联络后的第十天。

新任军事委员会主席波修这时兴高采烈地坐在自己的办公室里，手上拿着一份演讲稿，打算在“星战胜利”的新闻发布会上，将自己描述为“带领地球消灭外星侵略者”的不世出英雄。

根据各地来的简报，发现半人马星座的战力几乎全部丧失，证明远在小行星带的“龙城”已经被歼灭。

现在，最后一步便是将那些幸存的超人战士除掉，自己便已经可以稳坐“星战英雄”的宝座了。

波修将军将手上那个小小的毒素引发器放在手上，心想只要有这样一个小小的东西，就可以轻易解决所有的超人战士。

只要轻轻一按，启动了超人战士们体内的毒素，这些心腹之患便化为尘烟……想想看，那些能够赤手空拳毁掉“龙城”的超人战士，一到他的手中便像是蝼蚁一般，根本就不足为惧了。

如此一来，这个星球上最伟大的人，可不就是自己了吗?

波修望着窗外的蓝天，沉迷于自己的野心想象，却依稀觉得天际有什么东西不太对劲……

“什么鬼东西……”他眯着眼睛，想要再看清楚一点儿。

蔚蓝的天空，这时却开始像是错焦的镜头一般，开始浮动，出现不正常的波纹。

波修睁大眼睛，以为自己眼花了，揉了揉眼睛之后，再睁开一看……

这时候，那浮动的波纹像是有生命一般，开始出现如地狱般的烈火、飓风。

接着，那火、风、云便一下子充斥整个世界，将他卷入无底的纷乱死亡的深渊。

第14章 龙城之战

疯狂的独裁强人波修这辈子万万没有想到，他做了一生的雄霸世界美梦，却在梦想仿佛要实现的一刹那间，他的生命便已经结束。

不过，他之前处心积虑，要置超人战士们于死地的做法此刻仿佛得到了证实，证明他的做法果然没有错。因为让波修死无葬身之地的，果然就是超人战士之首：法兰西名将莫里多。

公元二二二五年，七月十四日正午十二时三十九分，法兰西名将莫里多，在围攻半人马星人大本营“龙城”后第十天，突然驱动“龙城”巨舰回到地球，并且将“龙城”正面撞上地球防卫联军军事委员会所在地“帝王之京”。

就这样，莫里多以迅雷不及掩耳之势回到地球，除了将地球叛徒波修将军杀死之外，更酿成了人类有史以来最大的一场灾难！

半人马星座的大本营“龙城”是一艘长达九百八十八公里的生物型巨舰。虽然它撞上地表时不像金属制的船舰那样因为燃油及外壳造成那么大的损坏，却也将“帝王之京”方圆一千五百公里内的所有建筑设施夷为平地。

“帝王之京”是公元二十三世纪地球上规模最大的城市，遭遇这场史无前例的重大打击，成了一片废墟，尸横遍野。

根据事后统计，这一次“龙城”撞上“帝王之京”，造成至少一千万人死亡，是人类有史以来死亡人数最多的一次灾变。

而经此一役，人们才知道，法兰西共和国名将莫里多已经成了一个能力超凡入圣的疯子，一个原来闻名全球的名将，现在却成了最可怕的杀人狂魔。自此，“狂人莫里多”的称号便踩过那一千万人的鲜血，深刻地印入地球人的记忆。

更不幸的是，“龙城”撞上“帝王之京”的事件，并不只是单一事件，而是“狂人莫里多”肆虐世界的一个序曲。

“帝王之京”毁灭后不久，全球的卫星突然收到了同步讯号，在讯号中，一致出现“狂人莫里多”的身影。因此，只要是有屏幕的地方，便可以看得见他说的这段话。

“地球上的兄弟姐妹们。”在屏幕上，莫里多声音沙哑，和以往的形象截然不同，更奇怪的是，他的左眼还戴上一个眼罩，不知道眼睛出了什么问题。“我是莫里多，今天，我在这里宣布正式接管地球，从今以后，我乃是地球之王，顺我者生，逆我者亡！”

正当人们为了这个讯息议论纷纷的时候，莫里多证明了他并不是虚言恫吓。因为不久之后，各国政府便陆续收到了莫里多的通知，要求各国领袖对他表态臣服。

这是一份极为匪夷所思的通知，历史上从来不曾发生过同样的事。在通知中，莫里多言简意赅地要求各国政府在第一时间内表态臣服，“否则必将处以严厉无比的惩罚”。

对于莫里多的恫吓，各国政府首脑一致陷入两难的境地。从实际的政治方面考虑，没有一个国家领导人能够接受这样的条件，毫无抵抗便臣服一个人之下。

在历史上，侈言要统治全世界、让全世界臣服于他一人脚下的狂人所在多有，然而，莫里多却和这些空言的狂人不同，因为他已经不是一个单纯的狂人。

在历史上，从来没有一个狂人可以在弹指间毁灭世界最大的城市，也没有人可以在一刹那间灭绝千万个生命。

也因此，在面对莫里多的最后通牒时，各国政府都不知道如何是好。这时候，美利坚合众国的总统却独排众议，决定对莫里多采取断然拒绝的态度。

在二十世纪的时候，美利坚合众国曾经是世界上最强的国家之一。虽然在进入二十一世纪时，国力已经呈现衰退，但是那种对过往荣光怀念不已的记忆，促使合众国总统下了这个决定。

但是，美利坚合众国的总统却犯下了致命性的错误，因为他不了解，此刻面对的是一个几乎已经失去正常理性的狂人。因此，在断然拒绝莫里多的要求后，一艘来自莫里多根据地的量子武器战舰兵临美利坚合众国的上空，发动了一种从未在地球表面试用过的可怕星战武器：质子汽化弹。

根据星区文明的记载，质子汽化弹通常只用于星球的开发，这样的武器一旦催动，动辄便是数个星球的毁灭。

而“狂人莫里多”居然用这种武器来对付地球上，他口中所谓的“兄弟姐妹”！

“质子汽化弹”只花了几分钟，便将美利坚合众国的东岸全部汽化成一片空荡荡的焦土，而历时四百多年构建起来的美利坚东岸文化也在这一役中全部毁灭！

美利坚合众国的近两千万东岸居民也在这短短几分钟内死于非命，只因为他们的总统对莫里多说了个“不”字！

“狂人莫里多”在旦夕间灭掉半个美利坚合众国的消息立刻传遍了全世界，连远在金星、水星、火星的殖民区也风闻了这个令人胆寒的消息。

更可怕的是，此刻莫里多已经掌管了当世拥有最多科技秘密的核酸总局，而知道内情的人都了解，在核酸总局内列有记录的可怕武器，随便任何一种都可以将地球灭亡几百次！

因此，不到一天的时间，莫里多便已经接到了世界各国政府愿意臣服的声明。于是，他便成了有史以来第一位真正掌控全球的独裁狂人！

这仿佛是一场演技拙劣的笑话。不久以后，世界各地又纷纷收到了来自莫里多方面的通知，表示为了庆祝莫里多成为地球之王，决定要在广阔的美国内华达州沙漠举办一个盛大的登基典礼！

世界各国的首脑从来不曾面对这样的处境。从所有迹象上看来，莫里多从“龙城之战”回来之后做的每一件事都完全没有逻辑可循，有时候简直要比顽童恶少还要不合常理，但是这个狂人的能力又是如此之强，谈笑眨眼间可以灭掉半个世界强国！

于是，虽然是这样荒谬悖于常理的要求，整个世界还是没人胆敢违逆莫里多的意思，纷纷在这一个艳阳高照的沙漠太阳天里，来到美利坚合众国的内华达大沙漠。

不久之前，莫里多刚刚将这个国家东岸的人口全部毁灭，但是此刻他仍然大剌剌地挑选此地作为他举办“登基典礼”的地点。

莫里多的手下已经在沙漠上搭建了一个十分巨大的会场。会场是个金属制的巨大平台，从平台的一些旧痕迹看来，这很可能是从旧火箭发射场改装而来的。

莫里多在“超人计划”之前，本来就是个非常擅长利用旧有装备改建新武器的战略专家。此刻他更拥有了惊世骇俗的“超人核酸”知识，这样的工作对他来说，当然更是驾轻就熟。

来自各国的首脑们登上平台，却发现这个平台有许多令人费解之处。

这个占地极广的巨大平台，与其说是个举行盛大典礼的场所，倒不如说像是个巨大的室外实验场。莫里多并没有在平台上装设任何金碧辉煌的装饰，连最起码的张灯结彩也没有，整个大平台上只有许多说不出名字来的奇怪装置，以及在正中央一个更高的平台。

正当众人在烈日下汗流浃背，心中却纳闷不已之时，平台上已经响起一阵雄壮的军乐声。

而排开众人，傲然出现的，正是“狂人莫里多”。

在场的许多人，都只是耳闻过这个弹指间狙杀千万人的狂人的大名，并不曾亲眼见过他。此刻亲眼一见，却发现莫里多长相斯文、中等个子，除了左眼的黑色眼罩之外，脸上并没有预期的癫狂神情，反而比较像是个神情沉郁的诗人。

这样一个长相斯文的人，很难想象他在回地球不到一个月的时间内，手上便已经染满了上千万人的无辜鲜血！

[第15章]
超人传说

在众人惊讶又带着疑惧的眼光中，莫里多缓缓走向平台正中央，身后有着雄壮的军乐声响起。在这样一个肃杀的场面中，不知道为什么，那军乐声却让人有着不伦不类的感觉。

莫里多漠然地走上平台正中央的宝座，不过，说是宝座也不过是张宽大的金属椅子，和今天“登基大典”的名义并不相符。

莫里多登上宝座后，并没有立刻坐下，而是眼神锐利地望向四周。

然后，他的周身便像是膨胀的光圈一般，“超人核酸”形成的超凡能力在众人面前绽放出耀眼的光华。

而那强劲的力场上空像是迅速抽芽的植物一般，一道明亮的闪电直冲天际，在云层上结合电离子，发出可怕的惊人雷声。

这一幕惊人的景象，在现场所有人的心中都留下了极为深刻的印象。世界各国的首脑都或多或少知道这项惊世骇俗的“超人计划”，也知道军方只凭四十个超人战士便将半人马星人全部歼灭，打赢了这场星战。

然而，传闻终究是传闻。那场“四十勇士围龙城”的战役一直是个没有人亲眼见过的谜，虽然半人马星人的确在这一役之后永远消失，但一般人还是对超人战士的能力一无所知。

不过，现在当然已经不同了，当莫里多陡地激发力场，在各国首脑面前展示那惊天动地的神力之后，已经不再有人胆敢质疑他的能力。

况且，拥有这样可怖的能力的超人战士还不止莫里多一个，从“龙城之役”生还回来的，还有另外四名他的下属。

也就是说，在这个世界上至少还有五个这样的超人战士。

众人用惊怖的眼神，看着“狂人莫里多”坐上“地球之王”的宝座！

那灼亮的强大力场这时已经逐渐减弱下来，因为莫里多刻意要众人看清楚他的身影。此刻他依然没有坐下，还是神色冷傲地站在那儿，睥睨四方。

广阔的内华达沙漠上此时静寂无声，众人连呼吸都战战兢兢的。

良久，莫里多开始沉声说话，他的声音清朗，语声却极响亮，声传数里，清清楚楚地传入每一个人的耳朵。

“各位，我就是你们今后的统治者，莫里多上将。今后，世界上大大小小事情都将由我做主。如果有人违背的话，我以天神之名为誓，绝对要让他死无葬身之地。”

这样可笑又自大的言辞若是由一个普通人说出来，一定是个令人莞尔的笑话，但是此刻由莫里多这样的人说出口来，却令人油然而生颤抖的感觉，仿佛今后连打个呵欠也可能让自己命丧黄泉。

“今天，我除了在此地向大家宣布我的统治之外，还要让大家知道，我是怎样一个天神般伟大的统治者，也让你们知道，今后你们的眼中不需要再有其他伟人，你们的伟人只有一个，那就是地球最伟大的君王——莫里多上将。”

莫里多的手上又亮出明晃晃的力场电流，电流灼亮地流动于平台之上，让整个平台像是发怒般隐隐震动。

正当众人惊疑不定之际，平台的四周像是灾变后冒出的石林一般，一个一个地升起许多巨大的奇形怪状的器械。

那些器械在阳光下闪着奇特的光芒，仿佛是一只只的史前巨兽，虽然暂时不动，却仿佛蓄满了无尽的邪恶及能量。

第15章 超人传说

“今天，莫里多不但要当你们的地球之王，也要迈出地球，向星系各大文明挑战，让他们知道，地球人是最优秀的，而地球人中最出色的人，就是我莫里多！”他慷慨激昂地说道，“这些武器，就是将来要助我登上宇宙之王宝座的最好工具！”

莫里多越说神态变得越癫狂，他忘形地穿梭在那些武器之间，大声地解说它们的功能。

“‘水分子键结角反应器’，”他指着其中一部状似飞鸟的器械说道，“只要我催动它，氢分子键角改变，所到之处，水还是水，却已经是杀人于无形的毒水！”

“‘质子力场’，只要将它放在大气层中，所有人畜都要化为飞灰！”

“‘热辐射中和器’，只要我一用，太阳还是太阳，只不过它不热了，整个太阳系就要陷入万年寒冰之中！”

“还有这个‘星际攻击飞弹’，在太阳系之内，我想让哪个行星殖民区的人全部死光，他们就会全部死光！”

随着莫里多的逐一介绍，每个人心中更增恐惧之感，却不敢在脸上表露出来。

这时候，莫里多的几个随从更凑兴地跑出队伍，大声叫喊起来。

“莫里多万岁！地球之王！莫里多万岁！地球之王！莫里多万岁！地球之王！”

众人在这种可怖的局面下哪敢落人之后，不禁也跟着这样阿谀吹捧下去。一时之间，整个炽热的沙漠充满了歌颂莫里多的声音。

莫里多在这样的巨大声浪之中，脸上终于露出自得的神色，站在宝座前，打算缓缓坐下去。

可是，他的腰还没弯，却从沙漠的极远之处传来一阵洪亮至极的声音。

那声音听起来像是一个人的声音，声量却非常之响，轻易地便将众人的声音压过。

只听那个人也跟着众人叫道：“莫里多万岁！莫里多万岁……”但是，洪亮的语音一转，却用促狭的口气大叫道：“白痴之王！蠢蛋之王！”

一时之间，有人脑子转不过来，便发出哄然的笑声，但是笑声一出，才想起可能闯下了大祸。

莫里多的手下听见这个语声，又听见有人哄笑出来，便大声叫骂，有几个还冲入人群以长鞭鞭打，打得众人抱头鼠窜。一时之间，人群中乱成一团。

而莫里多却仿佛是遇见了什么可怕敌人似的，整个人像是警戒的猎犬一般，连须发都要直立起来。

混乱中，众人忍不住向声音的来处看过去，却看见远方的沙漠地平线隐隐出现沙尘，也亮出和莫里多方才展现能力时一样的力场光芒。

那阵沙尘来得好快，前一刻还在极远之处，眨眼间却已经极为接近。

来到眼前，众人才看出沙尘中有三个人，形貌都相当特别。当中的一人年纪很轻，一头不羁的长发简简单单束在脑后，像是个不修边幅的乐师，另外一人则是一身黑衣，脸色苍白，背上背了一把长剑。

第三个人年纪看来较大，也是一身落拓打扮，背上背了把吉他，他的眼神并没有看着前方，不时侧着头走路。

这第三个人原来还是个盲人！

在沙尘中，这三个奇形怪状的人便这样走过来，对眼前的登基大典仿佛视若无睹。

人群中，有军方的人认得，那个神色满不在乎的年轻人便是地球防卫联军颇有名气的“姚德中尉”！

而那名黑衣人便是昔年“帝京十剑”中的好手桑俊禾。

当然，那个盲眼的吉他手便是本名银步雷的剑术高手雷玛！

在这片北美洲的大沙漠上，竟然又出现了三名超人战士！

莫里多冷眼看着姚德等人的身影，冷哼了一声。

姚德来到平台下站定，仰头向莫里多笑道：“莫里多长官，别来无恙？”

第15章 超人传说

莫里多还未答话，人群中却有许多人“咦”了一声。

姚德好奇地随着众人的眼光看过去，却看见沙漠的另一端又出现了与姚德等人出现时同样的沙尘。

在那阵沙尘中，有一个衣袂飘飘的人影也朝平台方向走了过来。

看来，这一天的确是个超人战士聚集的大日子。

等到来人面目已经清晰可辨的时候，莫里多、姚德、雷玛和桑俊禾等人却不约而同“咦”了一声，而姚德接下来更是惊叫出了声。

沙尘中，只见那是个穿着白色长袍的美貌女子。她的容貌极为清丽，但在秀美中又透着一股英气。

除了姚德之外，令莫里多等人讶异的是，以这个女子出现的方式来看，她显然是超人战士的一员，但是他们却十分肯定，在四十勇士行列中，绝对没有这个女子。

而姚德惊呼的原因是，这个容貌酷似任青河的女子他是见过的，当日在可鲁瓦岛的轰炸中，便是这个女子救了他一命。

而且，她还留下了自己的名字，说她叫“芙杰丝”。

那个名叫芙杰丝的奇异女子来到平台附近。她并没有像姚德等人一样，站在平台前方，而是站在较远之处，表示对姚德和莫里多等人的事暂不插手。

既然知道不是和姚德等人一路，莫里多也就暂时不去理她。

“姚德！”莫里多直截了当就向姚德等人大声说道，“我刚刚说过了，在地球上，不准有违背我的人。你们今天来，是要归顺我，还是要和我作对?”

姚德朗声大笑。

“莫里多长官，当年你曾经在帝京街头救过我一次，这份恩情，我是很感念的。可是……”他的神情转为严肃，“您知不知道，当年为什么我会被黑帮追杀得那么惨?”

莫里多冷着脸，摇摇头。

“那是因为，有一件事，是我一生始终深信不疑的。”姚德朗声说道，“那就是，只要是做错事的人，就一定要受到惩罚，因为这是个有正义，有公理的世界！”

此言一出，众人终于弄清楚了姚德等人的立场，知道今天这三个人是专程来找莫里多的麻烦的。

这个世界上，总算出现了胆敢向“狂人莫里多”挑战的人。

莫里多怒极，反而大声长笑不已。

“正义，公理，说得好，说得好！”莫里多狞笑道，“却不知道，你所谓的正义公理是什么？”

“‘龙城’直撞帝京，千万条人命，你要付出代价，受到惩罚，这就是正义公理！”

“我要付出代价，你知不知道，当时你们的身上都有波修植入的毒药，一旦回到地球，便要死于非命？”

姚德一怔，这件事他的确完全不知情，但他只是愣了一愣，便摇头说道：“这是两码事，不能够相提并论。”

“很好，很好，不能够相提并论。那我猜，你接下来要说的是美利坚东岸汽化的事了，对不对？”

“没错。”

“正义，公理。”莫里多指着远方沙漠的一处地平线，冷然说道，“那你看看那一边。”

姚德瞪了他一眼，转头朝着他手指的方向看过去。

在那儿，原先是片寸草不生的黄沙之地，此刻却像是有活物在下面一般，微微地颤抖。

接着，整片沙漠陡地碎散开来，地面上像是春天冒出的新笋一般，缓缓升起两根巨大的飞弹弹头，冒出冲天的火焰，向着天空直飞而去，不一会儿，便消失了踪迹。

虽然姚德此时已经有了极强大的超人能力，看见这样的阵仗也不禁骇然。

莫里多欣赏着他们惊讶的神情，冷冷一笑。

“就因为你要正义公理，所以我现在决定将金星殖民地毁掉。”他淡淡地说道，仿佛只是在谈论饭后要到什么地方散步。“金星殖民地现在有四千六百万移民，七个小时之后，这枚星际导弹会将金星表面全部汽化，而他们会死，只不过因为你向我啰唆这个劳什子的正义公理，所以四千六百万人，全都是你害死的！”

听见莫里多这样的疯狂说法，姚德又惊又怒。看那两枚导弹刚刚离去，还没离开大气层，他便在身上凝聚力场，准备追上两枚导弹，将它们摧毁。

可是莫里多仿佛猜中了他的心思，仰天大笑。

“如果能让你追得上的话，难道我会在你面前用这一招？这两枚导弹是我精心设计出来的武器，除非你和它们玉石俱焚，否则它们一定要炸光金星殖民地才会罢休。”莫里多轻松地笑道，“现在，你告诉我吧，四千六百万人和你自己，二选其一，你还要不要正义和公理？”

这样的手段果然狠辣无比，“狂人莫里多”行径疯狂，一下子便将姚德逼入了绝境。

但是，只要是稍稍了解姚德个性的人，便知道他会做出什么样的决定。

“莫里多长官，你多行不义，总有一天，一定会得到报应的。”姚德高声说道，“我会在地狱的那一端等着你！”

在沙漠的闷热阳光下，姚德凝聚体内的强大力场，在身体的周围形成一个光圈，四周尘沙飞扬，在尘沙中，还有着滚动的灼亮电流。

然后，他便一个纵身，打算直直飞出大气层，试图阻止那两枚金星导弹。

或者，就如莫里多所说的，和那两枚导弹同归于尽。

但是他们飞起来，却被另一道更灼亮的光芒所阻。两道光芒相遇之下，发出“砰”的一声巨响，尘烟满地。

姚德有点惊讶地看着那个阻止他起飞的人，却看见一张带着怒容的俏脸。

芙杰丝。

那个长得和青河极为酷似的芙杰丝。

“你总是这样！”她怒气不息地说道，“做什么事从来都不考虑后路，只顾拼命向前冲，你这种见鬼的性格要到什么时候才会改得过来？”

姚德目瞪口呆地望着她发怒的神情，看着她那酷似任青河的脸，却很奇怪地知道这个女子绝对不会是任青河。

而那种神情，那种语气，却又熟悉得不能更熟悉……

但是此刻他的心中只顾虑着那两枚导弹，心中暗自下了个决定，这一次决不能让莫里多再伤无辜。

“别拦我！”姚德大叫道，“我再不去，就来不及了。”

神秘女子芙杰丝凄然一笑，摇摇头。

“姚德，你这个人……”她轻声说道，“你真的是一个不折不扣的白痴！”

听了这句话，姚德又是一愣，随即直觉地就要叫出一个人的名字。

因为只有这个人，才会动不动就要骂他白痴。但是……

这时，姚德突然像是被雷电打个正着似的，露出极度骇然的神情，指着芙杰丝久久说不出话来。

在黄沙漫天的阳光下，芙杰丝像是个脱俗的仙子，衣袂随风飘荡，静静地从怀中取出一个青面獠牙的面具，戴在脸上。

而这个动作，只有姚德才看得懂……

因为，会戴这个面具的，普天之下只有一个人……

任杰夫。

这个看起来全然是个美貌女子的芙杰丝，居然就是与姚德从小玩到大，情同兄弟的莫逆之交任杰夫！

第15章
超人传说

姚德目瞪口呆地看着她绝世的容颜，心下却像是绽放的烟火般，出现了无数疑问。

这个女子的容貌和青河酷似，而青河和杰夫虽然有几分相像，但是……如果她真的是任杰夫，为什么她的面容却和杰夫有些不同？

而且，任杰夫虽然容貌俊美，但是身材、个性却十足是个阳刚的男子汉，为什么眼前这个芙杰丝却身形窈窕，声音仪态一如女子？

还有，任杰夫本就十分痛恨被人误认为女子，为什么现在又会以女子的身份出现？

许许多多的疑团，这时挤满在姚德的脑海里。雷玛和桑俊禾并不知道他们之间的关联，也没有插口，而莫里多也不来干扰，任由姚德和芙杰丝说下去。

芙杰丝取下面具，淡淡一笑，那笑容丰姿淡雅，让人为之眼睛一亮。

"没错，姚德，我就是任杰夫。""她"轻声说道，"这就是青河生前要告诉你的秘密。"

姚德愕然。

"青河的……秘密？"

芙杰丝点点头。

"嗯！而且，我曾经答应过，有朝一日，一定会告诉你。"

"那……那她要告诉我的，到底是什么秘密？"

"这个秘密就是，"芙杰丝眼神一黯，轻轻地说道，"我和她，都是纯种的昆虫人。"

"昆……昆虫人？"姚德喃喃地说道。

"虽然我们出生后没有出现过昆虫的特征，但是我们的双亲却都是纯种昆虫人。而我们的生理特征之一就是，会在出生后改变性别。青河出生时也是男生，后来在六岁那年才转变为女生。"

姚德茫然地听着她的叙述，像是在听一个和自己绝对无关的童话故事。

“这就是我们任家子孙的宿命。在我们的家族中，不时会出现我们这种情况，出生时是男生，却会在成长期转变为女生。”

“那你……你是从什么时候，就变成女生了？”

“从加入空战部队开始，我的身体就已经开始变化。小香过世后没多久，我的女性特征便已经全部出现，所以那个时候，你们看到我时，我都穿着宽袍大袖，就是不想让你们发觉。”

姚德仔细回想了一下那时的情景，发现果然如此。

“所以……所以你和小香……”

“没错。”芙杰丝，不，应该说是任杰夫静静地点头。“那也就是为什么，我告诉过你们，我不能爱上小香。”

“其实，你和那个半人马星公主在荒岛上的时候，我就曾经跟踪过你。而且，你在部队里的时候，我也常常偷偷去探望你。”

“为什么要‘偷偷’探望我？”姚德奇道，“我们是那么要好的朋友，你可以直接来看我啊！”

“因为……”芙杰丝凄然说道，“自从我变成女性之后，就发现我和青河一样，也爱上了你……”

“爱……”姚德张口结舌地说道，“爱上……”

“那天在荒岛上，我看见你和那个外星公主那么亲密，心下就嫉妒得几乎要发狂。而我后来没有通知救难队去救你，也是这种嫉妒作祟，因为我在心底暗暗希望她的同伴先找到你们，如果他们把你杀了，我也就不会受这样的相思嫉恨之苦了……”

“那……那次在可鲁瓦岛上，你又为什么要救我？”

“因为我还是忘不了你。虽然和你一起的时候，我可以掩饰得很好，好像还是你的哥们儿，但是没有人在的时候，只要一想起你，我的心就会像刀割过一样，痛到无法呼吸。”她的眼神凄然，已经隐隐有了泪光。“我知道，像我这样的怪物，是不能爱你的。可是，我又很不甘心，因为我已经是个完整的女人。难道，只因为过去和你是哥们儿，就不能够爱你吗?”

“我……”一时之间，姚德不知道该如何回答。

“所以，今天我明知道不该来，还是来了，因为我还是忍不住想看看你……”

姚德看了看她，勉强地笑笑，正想说些什么，却听见莫里多发出了嘲讽的大笑。

“好好好，正义公理。现在你有一个旧哥们儿爱上你了，姚德，你果然是条‘好……汉’。”他说到“好汉”时，还刻意拉长语调，嘲讽意味十足。

姚德大怒，正想说些什么，却听见芙杰丝轻声说道：“不要怪他，是我的命不好。”她凝眼望着姚德，“别人说什么，我都不会在乎，但是，我只想听你说一句，你，可不可能爱我?”

面对这样一个极度两难的问题，姚德不知如何回答。他转头求救似的看着雷玛和桑俊禾，但是两人也露出爱莫能助的神情。

任杰夫仿佛也知道他会有这样的反应，整个人反而像是松了一口气似的。

“好了，我知道了。”她轻轻地说道，“这样，我就没有任何牵绊了。”

听到她这样说，姚德一时之间不明白她的意思，有点勉强地笑笑，露出询问的神情。

“没什么，就这样了。”

她很认真地凝视着姚德，美丽的蓝眼睛闪着迷蒙蒙的光彩。

“姚德。”

“什么事?”

她轻轻地抚着自己脸颊，然后，两颗清澈的泪珠终于掉了下来。

“要，永远记得我。”

然后，她便像是春雷一般，以惊人的高速度往天空之外飞去，飞行的速度比方才的导弹要快上许多。

姚德一惊，想伸手阻止，却又迟疑了一下，这一耽搁便只能眼睁睁见她纤美的身影迅速在天空远处消失。

超人战士们的飞行能力都差不了多少，眼前任杰夫又是以全速离去，也就是说，即使姚德现在追上去，也不可能来得及了。

就在姚德思绪奔腾的时候，远方的天空突然一下炸开来。那爆炸的光芒一定很强，因为在大白天的蓝天里，还是看得见那小小的黄色爆炸光点。

但是这一切却是静寂无声的，良久良久，那爆炸的声波才远远地传了回来。

这便是“星战英雄传说”中，最为后世史学家歌颂的一段传奇。在传说中，“吉他手任杰夫”牺牲了自己的生命，挡下了“狂人莫里多”射往金星殖民地的导弹，地球种族也因此一役，在二十三世纪的“超人战争”之后才能够延续下去。

但是，后世的人们当然不会知道，在这段动人的传奇里，居然还藏有姚德和任杰夫这段如梦幻般令人难以置信的情爱纠缠。

而那个因为宿命，体内有着昆虫基因的绝世之女，便为了炽烈的情爱，将自己的生命化为灿烂的火光，永远地消失在了太空里。

自此以后，星战英雄姚德便率领着不肯屈服在“狂人莫里多”之下的人们展开顽强的对抗，这便是星战史上有名的“三十年超人战争时期”。

在为期三十年的战斗中，雷玛、桑俊禾，以及莫里多的几名超人部属相继阵亡，而地球更在超人战争的肆虐下，逐渐成为死域。

后来，地球上仅存的居民也几乎在“超人战争”期间已经全部移民到了金星、火星殖民地。

最后，莫里多终于在一场与姚德的最后决战中被姚德刺中要害，然而，他却在死前催动了最后的终极武器——行星炸弹“变天”。它能将大气层内的所有空气抽离，而一旦空气全部抽离，地球上的人、兽、植物将会全部灭绝。

而不幸的是，星战英雄姚德因为伤势过重，最终还是无法阻止莫里多启动行星炸弹“变天”。

四十五亿年的地球生命，就在这样的遗憾之下，遭到种族全部灭绝的噩运。

当姚德面对着那一片残破的大地，仰望着苍茫阴郁的天边，心中却忍不住想起，二十岁那年，第一次看见半人马星座的“龙畏”星际战舰，遮蔽了近半个天空，排山倒海而来的壮观景象。

那种残酷却极为震撼的暴力之美，一直到了此刻，仍然清晰地浮现在他的脑海之中。

难道，所有的一切，就是这样的结局吗?

所谓英雄的宿命，难道就是这样?

莫里多那狂乱的眼神，随着身上伤口血液的流失，已经逐渐转为平静。

姚德冷冷地望着他，勉力爬了过去，缓缓扬起手上那柄长剑……

长剑的光芒映着莫里多的脸。他的眼罩已经脱落，失明的那只眼睛空洞洞的，然而，仅剩的那只眼睛却闪着温和的神采。

莫里多静静地望着那片仍然湛蓝的天空，嘴里喃喃地说了些什么。

姚德仔细倾听，却发现他正在喃喃地吟诵一首古代诗人郑愁予的诗。

“滑落过长空的下坡，我是熄了灯的流星
……生命如雨点，在湖上激起一夜的迷雾
……生命如此的短，竟短得如此的华美……
……起落的拾指之间，反绣出我偏激的明暗……
生命如此之速，竟速得如此之宁……静……”

在莫里多的吟唱声中，姚德将手上的长剑缓缓落下，身上的力场也逐次收起，不再现出强烈的光芒。

莫里多的吟唱声逐渐低了下来。

“好美……”他赞叹道，“地球……好美……”

但是，那一片湛蓝的天空这时已经出现乌云，远方也出现鬼魅般的鞭状云气。

听了他的话，姚德忍不住低声说道：“是很美。但是，亲手将它毁灭的，却也是你自己。”

莫里多转头望他，眼神澄澈如镜。

“我知道，但是，却知道得太迟了。”

姚德点点头。

“莫里多长官，你终于醒过来了。”

“我是醒过来了，却宁可自己没有醒过来。因为醒过来之后，我会为自己犯下的罪过永远追悔。”

姚德的身上，这时又出现了无比的剧痛，而且在剧痛下，他的力场又开始炽亮开来。一刹那间，他只觉得自己的灵魂又要脱离躯壳，让躯壳变得无法控制。

莫里多缓缓伸出手，握住他的手臂。

“来，我来帮你。”

但是，莫里多在重伤之下，力场显然已经变弱，只能勉强帮助姚德控制那乱窜的力场，偶尔放松一下，还会吐出强烈的光芒。

姚德重重地喘着大气，望着躺在地上的莫里多。

“莫里多长官，是这样吗？你当初就是变成这样的吗？”

莫里多点点头。

“是，我是这样。而你，虽然来得比我晚，但是总有一天，你也会和我一样。我们都是原本就不该存在于人间的变异族类，我们的能力已经逾越了人的范畴，所以，神才会要我们自相残杀，直到我们全部毁灭。

“但是，即便有这样的理由，对我的罪行来说，还是难辞其咎的。因为，虽然我癫狂的时候或许灵魂并不属于自己，但我杀戮时，的确是有很大快感的，我也很享受那种感觉。那种畅快之感，现在想起来，仍然令我不住颤抖。

“如果你问我，如果再让我面对一次这样的诱惑，我会不会再度犯错？我告诉你，姚德，我会，我一定还是会的！”

姚德身上的力场更加灼亮了，他的意识已经开始模糊。

“我……我不要像你这样。”

莫里多微微一笑，用尽身上最后一丝力气，挺身坐起，伸手握住姚德持剑的手臂，将剑尖往自己的胸膛猛力刺下。

就在这一刹那，姚德的脑海中突然一片清明，仿佛有许多污秽一下流尽，那炽烈不受控制的光芒一吞一吐便整个黯淡下来。

而莫里多身上的伤更重了，他一个脱力，整个人便倒了下去，但是脸上依然带着微笑。

大气层中，这时空气已经开始抽离，整个空间突地变得阴暗，像是地狱一般。

“来吧！”莫里多笑道，“是时候了，只剩下我们，我们一死，这个世界才会有重生的希望。”

姚德静静地看着他，眼神变得坚定。

“我知道了。”姚德爽朗地笑道，“我们黄泉路上见。”

“铮”的一声，他将手上的长剑折成两截，一截交给莫里多，然后将他扶起来。

“莫里多长官，这一生有你这样的朋友、敌手，我姚德再无遗憾。”

莫里多大笑。

“我也是。”

这两名人类史上仅剩的超人战士，此刻在空气即将抽离的地球大气层下巍巍站起，然后，各自举起手上的断剑，刺向对方。

那一刹那间的断剑光芒，将两个人的容颜留在永恒的一瞬间。

而姚德离开这个世界的时候，仿佛还看见了许多人在永恒的甬道上对他微笑招手。

任杰夫和任青河……

欧德卡铃公主……

水克斯和海志耀……

盲眼的雷玛师父……

当然，还有和他并肩离开人间的莫里多……

然后，一切变成纯白，化入深邃遥远的永恒。

美利坚名城洛杉矶的废墟中，坐着一只脏脏的玩具熊，它定定地看着这个死寂的世界。这便是当年欧德卡铃公主珍爱的那种“说话熊”。在最后一丝空气抽离地球，大气层内变成一片死寂前的一刹那，玩具熊“克”的一声，体内的发声装置开始运作，唱起一首儿歌来。

“我要乘坐六月的风，来看可爱的你

你一定已经长大，变胖，又变高……

你可知道，池里的荷叶变莲蓬……”

那歌声在大气层中逐渐止息。经此惨烈一役，地球上的生物终于全部灭绝，在数十年的时间里，整个地球的生物只剩下南极圈中的少数地衣类植物。

这样的沉寂持续了数十年，后来才有胆大的金星殖民地探险队前来死寂的地球探险，发现这绵延数十亿年的水蓝星球，经过这场超人战役后已经变成死寂一片。虽然日后人类重新在地球上建造了十三个大遮蔽幕，但是这个太阳系中最闪耀的水蓝之星，从此走入了历史的陈迹。

而流传在人世间的，只剩下这一段永远为后人叹息、咏唱的“星际超人传说”。